U0924910

Yilin Classics

H. de Balzac

经／典／译／林

Le Père Goriot

高老头

[法国]巴尔扎克 著　韩沪麟 译

译林出版社

图书在版编目(CIP)数据

高老头 / (法) 巴尔扎克著; 韩沪麟译. —南京: 译林出版社, 2017.6(2022.11 重印)
(经典译林)
ISBN 978-7-5447-6885-6

Ⅰ.①高… Ⅱ.①巴… ②韩… Ⅲ.①长篇小说-法国-近代 Ⅳ.①I565.44

中国版本图书馆 CIP 数据核字（2017）第 051568 号

书　　名　高老头
作　　者　[法国]巴尔扎克
译　　者　韩沪麟
责任编辑　张媛媛
责任印制　董　虎
出版发行　译林出版社
地　　址　南京市湖南路 1 号 A 楼
邮　　箱　yilin@yilin.com
网　　址　www.yilin.com
印　　刷　江苏凤凰盐城印刷有限公司
开　　本　880 毫米 × 1240 毫米　1/32
印　　张　9.75
插　　页　4
字　　数　178 千
版　　次　2017 年 6 月第 1 版
印　　次　2022 年 11 月第 16 次印刷
书　　号　ISBN　978-7-5447-6885-6
定　　价　39.00 元

译林版图书若有印装错误可向出版社调换
订购热线: 025-86633278　质量热线: 025-83658316

译序

一

一八三四年，巴尔扎克三十五岁，他已有二十年的写作生涯了。十二年前，他就开始发表作品，但署名巴尔扎克还是五年前的事，三年前他又改为德·巴尔扎克。同样，他创作的题材和形式也在不断变化，有历史小品、婚姻随笔、哲学论文，以及描写感情生活和剖析社会的中长篇小说。于是他开始寻求统一的模式，把所有内容都包括进去，使书中的人物在多部作品里反复出现，哪怕提示、影射一下也好。一八三三年，他的理想终于变成现实，所有的书组成了一本大书，即《人间喜剧》，许多人物都贯穿于这本书的始终。这里要说的是，巴尔扎克用来系统地作这番尝试的第一部小说，便是《高老头》。

一八三四年九月，巴尔扎克完成《绝对之探求》的创作之后，精疲力竭，出发到图尔纳散散心。九月二十八日，他在给母亲的一封信中说他只需几天时间便可完成《高老头》，并说这部小说将比《欧也妮·葛朗台》更精彩。巴尔扎克回到巴黎后，于十月十八日给韩斯卡夫人写了一封信，信中说，他已开始写《高老头》，并补充说道："《高老头》将使您大出所料，这是一部杰作。我描绘了一种极为强烈的感情,什么也不能使这种感情有所减弱;轻侮、伤害、不公正都对它无损,这个人有着神圣的父爱,是虔诚的基督教徒。”数天之后,他对印刷商埃弗哈宣称,《高老头》是他手中一部“堪与《欧也妮·葛朗苔》媲美”的小说。直到一八三五年一月二十六日,巴尔扎克终于松了一口气,他在给韩斯卡夫人的另一封信中说:“今天,《高老头》竣工了。”作者花了整整四个月的艰辛劳动才完成了这部小说的创作,而不是最初说的“几天”。

二

本书讲述一个名叫拉斯蒂涅克的年轻人的故事。他只身来到巴黎攻读法律,住在一家简陋的包伙公寓里,在那里,他先后认识了神秘人物伏脱冷、年轻孤女维克多莉娜、退休面粉商高里奥等人。此外,他又借助表姐鲍赛昂夫人的关系,钻进了巴黎的上流社会,并结识了两个贵妇人,即高里奥的两个女儿,一个嫁给了贵族雷斯托,另一个嫁给了银行家纽沁根。高里奥把全部感情都寄托在这两个女儿身上,心甘情愿让她们榨干了毕生心血。伏脱冷是个玩世不恭的人,他开导拉斯蒂涅克说,社会就是一个巨大的角斗场,金钱能主宰一切,因此,他建议拉斯蒂涅克想方设法暗杀维克多莉娜的哥哥,使她成为唯一的财产继承人,再娶她为妻。年轻人听了大为震惊,怒不可遏,他宁愿依靠贵妇人发家致富,经过努力,终于成了纽沁根夫人的情人。伏脱冷原来是个越狱的苦役犯,被捕了。高里奥两个女儿的婚外恋,先后被她们的丈夫发觉,她们被迫去向父亲乞讨最后一个子儿,竟当着他的面争吵起来,丑态毕露。高老头又气又急,得了中风,卧床不起,几天后就悲惨地死去。临终时，两个女儿都没去看望他，只有拉斯蒂涅克和他的朋友医科大学生皮安训守候在他身旁。从此，拉斯蒂涅克完成了巴黎社会的启蒙教育，大彻大悟，发誓要向那个充满邪恶的社会挑战，比个高低。

说到这部小说的素材，巴尔扎克于一八三九年在《古玩商店》一书的序文中说:“作为原型的事件是够可怕的，即使残忍的人也难以做得如此之绝；可怜的老父生命在垂危之中，喊叫了二十小时想喝口水，但没有人去照应他。他的两个女儿，一个在参加舞会，另一个在看戏，虽说她们明明知道父亲的病情，但就是不管他。这件真实的事情真令人难以置信。”巴尔扎克强调这个故事的原型“确有其事”，究竟是取材于花边新闻还是亲耳所闻，就不得而知了。我们知道他于一八一七年或一八一八年在纪尧内-迈尔维勒律师家做文书时，曾知道社会上发生过这样一幕惨剧。自一八三〇年起，他本人也确曾寄居在一个老面粉商家中。这个面粉商是否就是高老头的原型呢？巴尔扎克没有留下有关这方面的任何文字记载。

至于拉斯蒂涅克，我们可以设想作者是受到《红与黑》中年轻野心家于连·索黑尔的启发，因为他是非常推崇这部作品的。巴尔扎克对伏脱冷这个形象也有其根据。他在一八四六年说过:“我可以向您肯定，这个人物的原型是存在的。他既伟大又可怕，是个活生生的伏脱冷。他是一个邪恶的天才，无处不在使坏。”有人猜测伏脱冷的原型是维多克，一个囚犯，在复辟时期曾领导过保安部门工作。他写的《回忆录》对巴尔扎克产生过影响。

无论怎么说，有一点是可以肯定的，即巴尔扎克在创作这部小说时是受到莎士比亚剧作的影响的。

莎士比亚是巴尔扎克心目中的巨人。他在本书的开始便效仿莎士比亚的口气，写了 All is true(英文“都是真实的”)。在《哲学研究》的序言中(署名虽是弗利克斯·达文，但肯定是经过巴尔扎克过目并修改过的)，在谈到把文学作品当成社会的一面镜子时，作者说道："往昔，莎士比亚也同样追求这样的（指《高老头》）戏剧效果。"再说，巴尔扎克在创作这部小说时，无疑从《李尔王》汲取了养料。李尔王也有两个女儿，曾倾囊为她俩备置嫁妆。但她们分别在其丈夫的胁迫下，还想方设法盘剥他，甚至彼此嫉妒，彼此憎恨。失明的父亲心里虽有气，但仍然爱她们，最后终于被她们逼疯了，在贫困中死去。这与《高老头》的主要情节有很多相似之处。

环境和氛围也是有源可溯的。巴黎市民的膳食公寓，巴尔扎克至少熟悉其中的一家，即维蒙公寓。那里曾住着一位名叫伏盖的小姐，她家是巴尔扎克的世交。巴尔扎克也在这家公寓里用过餐，当时这类公寓除了供应宿客的伙食外，亦接待外来客用餐。有史料介绍，巴尔扎克对当时的这类膳食公寓的描述是非常真实和准确的。

三

现在具体谈谈这部小说中的人物形象。

开头已经介绍过了，《高老头》是巴尔扎克尝试使人物反复出现在多部作品里的第一部小说。《人间喜剧》在这部小说里初露端倪。不过，高老头却是第一次出现的主人公。作者在他的提纲里写着："一个老实人——市民公寓——六百法郎年金——被两个女儿榨干油水，她们分别有五万法郎的年金——像一条狗一样死去。"

巴尔扎克先后曾描述过十来种父爱之情，如葛朗台冷酷的父爱，《幽谷百合》中的莫瑟夫几乎丧失的父爱。然而在一八四五年左右，当巴尔扎克回顾了他的作品里的种种父爱之情时，他把高老头的父爱说成是"本能的、带有情欲和病态的”。这个人物正是由于其多层次的性格而显得特别丰满，所以能成为一个超越时代、超越国家的典型文学形象。

高老头给我们的第一个印象，即他确实如巴尔扎克所说，是一个由本能驱使的人。他笨头笨脑地来到伏盖公寓时，伏盖太太觉得他是“一头身体结实的牲口”。他把所有的精力和感情都以盲目的虔诚态度放在他的女儿身上；他对她俩的感情，他自己也认为几乎带有动物性的：“我喜爱拖她们上路的马，我愿意变成偎依在她们膝上的小狗。”这种本能力量又调动了“带有情欲的父爱”，于是，他对女儿的感情中，一切都是反常的、过分的。然而，这种情欲最终却给卑贱的面粉商带来了悲剧性的后果。高老头临终时，在病榻上，终于发出悲叹，道出了真情：他的两个女儿从未爱过他。老头忏悔了，自己也成了情欲的牺牲品。

欧也纳·德·拉斯蒂涅克在小说中占据了一个特殊位置，他不仅是书中的一个人物，同时也是一个观察者和见证人。可以说，他是作者本人的影子。先从家庭背景来看。巴尔扎克也有两个妹妹，萝尔和阿加特；如同拉斯蒂涅克，巴尔扎克也少年贫穷，是全家的希望所在。他自幼就心怀大志，初到巴黎也是学法律的。他也生性敏感、善良，最后完成了巴黎的启蒙教育，踏上了征服巴黎的征途。

小说本身就是拉斯蒂涅克认识社会及处世决窍和准则的过程。他初到巴黎是一个单纯善良的青年，但不久便发现，在“巴黎文明的战场上”，他需要更有力的武器。投降与反抗经过多次较量之后，他终于选择了一条在他看来是最有把握的道路：高攀一位贵妇。后来，高老头的入土完成了他的人格，人间的自私、无情和虚伪使他淌干了最后一滴眼泪，从此，任何力量也阻止不了他向上爬了。

总的说，拉斯蒂涅克是用行动往上爬的人，而高老头则是在忍受中解体的人。

伏脱冷亦是小说中的一个重要人物。他与拉斯蒂涅克不同，在小说开始之际已经定型，只是随着情节展开进一步暴露罢了。他与拉斯蒂涅克的谈话成了我们认识这个神秘人物的钥匙。他认为世界是丑陋的，社会是腐朽的，人间是可憎的，因而，反叛是合情合理的。他本人的欲望就是找到一个弟子，造就他，让他向社会开战。“啊！”他对欧也纳说道，“倘若您愿意做我的学生，我将使您得到一切。”伏脱冷超越一切社会准则，置“善”“恶”于不顾，他是罪恶精灵、魔鬼天使。

巴尔扎克在晚年曾说伏脱冷的原型取于一个叫维多克的人。他是囚犯，复辟时期当过保安局头子；他强壮、孔武有力、精通各种武器、粗俗、喜欢开玩笑，这些特征在伏脱冷身上都得到体现。有一个细节值得一提，就是巴尔扎克在《高老头》付梓前四个月，曾在别人的陪同下和这个维多克一起用餐。然而，维多克毕竟不是伏脱冷，在《高老头》中倒更像逮捕伏脱冷的警察头子贡杜罗，而且在作者手稿上，这个警察头子原先的名字就叫维多克。在《交际花盛衰记》中的伏脱冷倒具有维多克更多的特征。

说到底，伏脱冷多少也有点儿巴尔扎克本人的影子，如伏脱冷野心勃勃，蔑视法律和庸人；对年轻人善于说教，对女人总爱另眼相看。特别是，他有坚强的意志，幻想得到权力，既爱享乐又要当强者，这些不都有点像作者本人吗？

上述三个人物构成了全书的主线。最初出场的是高老头，但他的悲剧需要一个见证人，即拉斯蒂涅克。读者是通过后者的眼睛了解全部故事的。高老头后来欣然把女儿苔尔费纳送给他做情妇，开始在精神上把年轻人看成是自己的儿子，称他为“我的孩子”，他则称高为“我的高里奥爸爸”。但应该说，真正对他完成理性化教育的则是伏脱冷。作者也是借助伏脱冷之口，说出了自己对社会、对人生的许多充满哲理的见解。伏脱冷爱他，处处保护他，称他为“我的孩子”、“我的宝贝”，但同时教唆他干坏事，甚至教他用暗杀的方法，让维克多莉娜取得遗产，然后再娶她为妻。有趣的是，拉斯蒂涅克高出其师一筹，他不像伏脱冷“从外部强攻”，而是更狡猾更精细，他渗透进上流社会，从内部进攻，从而征服它。这里又再现了巴尔扎克的影子：巴尔扎克在生前也是不遗余力想进入上流社会的每个沙龙，装得像个公子哥儿，以征服贵妇人为荣。他一面玩弄、利用社会，一面却用手中的笔写出了《人间喜剧》，对社会作出了最严厉的控诉。

四

这部小说不长，却在社会上产生了深远的影响，深受各国读者喜爱，历久不衰，因此在艺术上必然具有强烈的震撼力量和独到之处。

首先，小说讲究章法，情节安排十分经济。作者称之为“亮相”的阶段，仅仅发生在两天之内。从舞会归来的拉斯蒂涅克，高老头和伏脱冷的夜间活动，以及住客们在用餐时生动而有趣的谈话，都激发了我们的好奇心。第二天介绍了欧也纳如何挤入上流社会，最初在雷斯托伯爵夫人处受窘，以及后来他拜访鲍赛昂子爵夫人时的情景。

第二阶段节奏要慢些，用了两个月。这期间，欧也纳成功地迈出了第一步，他一心想征服纽沁根夫人，但在伏脱冷的“开导”下，维克多莉娜的百万法郎对他也具有诱惑力。这时，第三阶段，也就是全书最富有戏剧性的一个阶段开始了。在一个礼拜之中，事件迭起。首先，米肖诺和布瓦雷伙同贡杜罗设下陷阱；伏脱冷只等塔勒费的儿子自投罗网。次日，先传出塔勒费儿子的死讯，接着是伏脱冷中风，后是老囚犯被捕。喧闹的一天过后，到了晚上，欧也纳由高老头领着去了他的新寓所。第三天，欧也纳成功地为苔尔费纳搞到一张去鲍赛昂夫人家作客的请帖。又过一天，老头的两个女儿先后来看他，父女相见的场面十分悲惨，他痛不欲生，三天后就断了气。年轻的拉斯蒂涅克用了三个月时间完成了巴黎社会的启蒙教育，为作者的另一部新的小说作了充分的铺垫。

这部小说的戏剧效果十分明显。巴尔扎克先是把人物、环境烘托出来，然后再酝酿事件，逐渐铺开，最后爆发，再骤然收场。其中有一根线牵连了所有的场景，为它安排了先后顺序，并赋予其特定的意义，这就是拉斯蒂涅克。同时，高老头的情欲与鲍赛昂夫人的悲剧又给伏脱冷的说教作了修饰和补充。

从《高老头》的结构、章法和节律看，这部小说酷似悲剧，至少具有很浓烈的悲剧效果。

从小说的主要内容看，我们很难说《高老头》是一部描述父爱的小说还是一部说教的小说。作者取名为《高老头》是因为他是三个主人公(另两个是拉斯蒂涅克和伏脱冷)中唯一与本书同时结束的一个，而其他两人的生命还要延续，出现在其他新作品中。其实，这是一本通过父爱说教的小说，结果是，拉斯蒂涅克总结了两个精神上的父亲——高老头和伏脱冷的教训和经验，完成了巴黎社会的启蒙教育，脱颖而出，并且“青出于蓝而胜于蓝”，单枪匹马向巴黎社会挑战了。

读者亦可把《高老头》看成是一部心理小说，因为该书出现的众多女人的个性非常鲜明，心理变化也非常真实；又可把它看成是一部“黑色小说”，因为有伏脱冷冷酷的性格、他的被捕和他的罪行作背景；通过作者对伏盖公寓及其宿客的详尽描述，还可把它看成是一部市民化的现实主义小说；高里奥的命运及其悲剧意义，又使我们最终可把此书归纳为哲理性小说。总之，读者无论把该书归纳为哪一类小说，都有一定根据，足见其内容之丰富，蕴义之深远了。

巴尔扎克本人是意识到这部小说出版后的真正价值的。一八四三年版本上的题赠便是一例。以往，他对每本书的题赠都是经过深思熟虑的。例如把音乐氛围很浓的小说《朗热夫人》赠予大音乐家李斯特；把色彩很浓的小说《金色眼睛的姑娘》赠予大画家德拉克瓦；把隐喻小说与人之间关系的《驴皮记》赠予雨果。最初，他曾想把《高老头》赠给文学圈子里的人，如夏多布里盎，但最终还是把它献给了一位科学家，即热奥芙罗依·圣意莱尔。这个变化表明，巴尔扎克意在超越作品的纯文学观念，使小说亦能成为对社会各阶层的人物进行科学分析的文字记录。

一九九三年五月

献给伟大而光荣的热奥芙罗依·圣意莱尔①

谨把此书作为对他的工作和天才的敬仰的一个证明。

巴尔扎克

① 热奥芙罗依·圣意莱尔(一七七二——一八四四):法国自然学家,他是法国开设这门学科的第一人,还创建了胚胎学。

I

一座市民的膳宿公寓

伏盖太太本家姓贡芙朗，是一位老妇人，四十年来，她在巴黎开了一幢平民式的膳食公寓，整幢房子坐落在拉丁区和圣马尔索市郊之间的新圣热纳维也芙街①上。这幢名叫“伏盖公寓”的膳宿场所，不分男女老幼一概接待，公寓里风气淳朴，受人尊重，从未招来什么闲言碎语。不过，三十年来，在这幢公寓里也没看见什么年轻人住过，除非个别年轻人因家里给的生活费少得可怜，才肯住进来。然而，在一八一九年，即这出悲剧开场的那年，一个可怜的少女却住在里面。在那个伤感文学泛滥的年代里，“悲剧”这个词被用得既滥又牵强，我们眼下再用，似乎有些丢失面子，但这里却非用不可：这倒不是因为这个故事真的有多少悲剧的意味，而是这部小说写完后，也许 **intra muros** 和 **extra**② 读者会洒下几滴眼泪。出了巴黎城，该书还会被人理解吗？恐怕大成问题。这场戏里对当地的考证和地方色彩比比皆是，其特色也只有住在蒙马特高地和蒙脱鲁日小丘之间的人才能赏识；在这个著名

---

① 即当今的图尔纳福街。

② 拉丁文：意即“城墙内外的”。

的盆地里,墙壁上的石灰随时都会落下,黑色的泥浆纵横阡陌,充满人间真正的痛苦、虚假的欢乐,老是动荡不安,令人生畏;因此,不发生非同寻常的事件,人们是不会对其稍加留意的。然而,这里也确实时刻发生一些不幸,交织着恶行与善举,因而也变得伟大而庄严。自私自利和唯利是图者看见这些景象,会止步不前,感叹一番;但是,他们所产生的印象顷刻间就化为乌有,就好像一只被一口吞食的甘美的果子。文明的车辆如同雅热尔纳城的神车①,被一个较难碾碎的人挡住了去路,稍停了一下,立即又把他碾死,继续昂然阔步地上路了。你们埋在柔软的安乐椅里,白皙的手拿着这本书,自言自语地说:也许此书会让我散散心。你们可能会这样做的。当你们从书中得知高老头不幸的隐私之后,晚饭照样吃得很香,托口说作者杜撰而无动于衷,说他任意夸张,指责他故作多情。啊!请你们相信,这个悲剧既不是故事,也不是小说。**All is true**②,它是如此之真,每个人都能从中发现自身或是内心的一些影子。

膳食公寓的房子属于伏盖太太。它坐落在新圣热纳维也芙街的下段,那地方通向弩箭街是一个斜坡,坡度很陡,崎岖不平,以至于很少有马车取道上下。这些街道紧紧挤在恩典谷修道院③和先贤祠的两个尖顶之间,使本来寥寂的环境更加安静了。这两座建筑投下一片黄澄澄的色彩,穹顶双双投射出肃穆的阴影,因而改变了四周的气氛。街上,铺路的石块干巴巴

---

① 在印度的一个城市里,每年都要举行宗教仪式,信徒们纷纷拜倒在载着维希努神偶像的大车下。

② 英文:"都是真实的。"

③ 该院一七九五年改为医院,一八五一年又改成军队保健学校。

的，阴沟里既无污泥，又无浊水，野草沿着墙根往上生长。一到此地，再无忧无虑的人也会像所有过路人一样，变得怏怏不快；一辆马车的辚辚声会惊动整条街，街面上的房子死气沉沉，一堵堵墙让人联想到监狱。一个迷路的巴黎人在这里看到的，不是一座座市民的膳食公寓，就是一个个机关，要不就是贫穷和倦怠的景象，老年人气息奄奄，生性活泼的年轻人也不得不勤学苦读。巴黎找不出另一个更加可怕，甚至可以说，更加不为人知的街区了。特别是新圣热纳维也芙街，简直就像一只古铜盒子，作为这个故事的背景是再合适不过了；为使读者有个体会，无论怎么运用灰暗的色调进行沉闷的描述都不过分，就如游人走下地下墓穴时，每下一级，日光愈加晦暗，导游的声音也愈加空洞似的，这个比喻毫不夸张！枯竭的心灵与空空的脑壳相比，谁能说哪个更加可怕呢？

公寓的正面是一个小园子，因此，整座房子与新圣热纳维也芙街成直角，从街上看得出房子的进深。在房屋与园子之间，沿着正墙有一条铺着石子的微凹的墙沿，宽近两米，墙沿前面，开了一条砂子甬道，两旁排列着蓝白双色的大陶盆，里面种植着天竺葵、夹竹桃和石榴。甬道口有一道中门，门上横着一块牌子，写着：**伏盖之家**；下面还有一行小字，写着：膳食公寓，不论男女，敬请惠顾。白天，从一道带响铃的栅栏门上望去，在小石板路的尽头，临街的那堵墙上画着一个淡青色的神龛，出自街区一个画家的手笔。在这幅画的凹处，竖着一尊爱神像。对象征画入迷的爱好者只需看一眼画像上面剥落的釉彩，也许便可联想到荒唐的巴黎式的爱情。在不远处，正有一所医治此病的场所[①]。在底座上的铭文已模糊不清，让人联想到一七七七年[②]伏尔泰重返巴黎的时代，那时人们出于对他崇拜才竖起这件装饰品。铭文上写着：

> 不论你是何人，此人就是你的导师，
> 他过去是，现在是，或许将来还是。

黄昏降临时，栅栏门换上门板。小园子的宽度恰如正墙的长度，两面分别被临街的墙和邻宅的共有墙隔着。界墙上挂满了常春藤，在巴黎也算是一景，引起行人注目。每一面墙上都爬满了毛茸茸的果树枝和葡萄藤，瘦小而茂密的果实每年都要使伏盖太太大伤脑筋，并且成了她与房客们的话题。沿着每一堵墙，各铺着一条窄窄的小径，通向椴丛，伏盖太太虽说出生在娘家贡芙朗，但“椴”的音老是发不准，房客一再从文法上加以纠正也是白搭。在两条侧径之间，是一方朝鲜蓟，两边种着修成纺锤形的果树，围了一圈酸模、生菜和香芹。在椴树荫下，有一张漆成绿色的圆桌，桌边放了一圈椅子。在气温高得能孵小鸡的三伏天，兜里有几文够喝咖啡的顾客在这儿饮咖啡。楼房有四层，上面又架了一排阁楼，用碎石砌成，涂成了黄色，巴黎几乎所有的房屋都涂上这种颜色，令人恶心。每一层楼开了五扇百叶窗，窗子上都镶嵌着小块玻璃，并配有遮光帘，这些帘子高高低低杂乱无章。这幢房子的两

---

① 指坐落在圣雅克郊外为嘉布遣会修士或花柳病患者办的医院。

② 伏尔泰返回巴黎的日期是一七七八年二月十日。

侧，每层都有两扇百叶窗，底层的百叶窗外圈还围着装有铁丝网的铁栏杆。房屋后面是一个大院，宽近二十法尺[①]，猪、母鸡、兔子在里面共同生活，相安无事；在院子里端，搭起了一座堆木头的棚子，在棚子和厨房的窗户之间，吊着一只碗橱，洗碗池的污水就从下面排出。这个院子有一道小门开向新圣热纳维也芙街，为避免瘟疫，厨娘用大量的水洗刷这块肮脏潮湿的地方，并把房里的垃圾从这道门里清出。

底层本来就打算供房客公用，从临街的两扇窗子取光，另有一扇落地门窗让他们进出。这间客厅与餐厅相通，餐厅与厨房之间隔着楼梯间，梯级是用小木板和擦得亮闪闪的彩色地砖拼成的。客厅里摆着几只单人沙发和套有下摆带须的皱褶布套的椅子，那些皱褶时而无光，时而亮堂，没有比看见这个景象更凄凉的了。客厅中央摆着一张圆桌，灰色大理石的桌面上放着一套现今到处可见的白瓷茶具，茶具上镶着的一条条金线剥落已半。这间屋子的地板很差，护墙板上贴着漆布，漆布上的图案表现的是《戴莱马克》[②]的主要场面，里面的经典人物是彩绘的。在装栏杆的百叶窗之间的墙板上为房客们呈现出一幅加里普索宴请乌里斯的儿子的画面。四十年来，这幅画常引起年轻房客的嘲讽，这样，在他们调侃自己因穷而来凑合的饭菜时，就以为可以把自己拔高了。壁炉是石砌的，炉膛干干净净，说明只有在重大节日时才升火。壁炉上沿的两边摆设着两只花瓶，插满了纸花，罩在罩子里显得很陈旧；当中摆着一只灰蓝色大理石摆钟，外形丑陋。这间客厅散发出

---

① 法国古长度单位，相当于三百二十五毫米。

② 法国作家费纳龙（一六九五——七一五）写的二十四卷本的说教小说，取材于希腊史诗《奥德赛》。

一种语言难以形容的怪味,或许叫"公寓味"吧。这种味道给人以闭塞、霉烂和陈腐的感觉,冷飕飕的,闻起来又湿漉漉的,仿佛潮气能沁入衣服;它像用饭后的餐厅散发出的味道,也像小饭馆、办事处和济贫院散发的气味。倘若人们发明出一种方法,能估量出年轻或是年老的房客身上各自特殊的伤风气味有多恶心的话,那么也许这种味道就不难描述了。哦!这间客厅虽然俗不可耐,但您若把它与隔壁的餐室作一番比较的话,您将会发现这间屋子如同贵妇人的小客厅那样,还很高雅而芬芳呢。餐室全都装上了护墙板,以前漆上的颜色眼下已分辨不清,底色上污垢斑斑,构成了一幅幅狰狞怪异的图案。好几只油腻腻的餐橱紧靠墙放着,里面放着暗淡无光的长颈大肚玻璃瓶、波纹状的镀锌垫子,一叠叠杜尔奈产的蓝边厚瓷盘。在一个角落里,放着一只多格橱,格子都标上了号码;存放房客的餐巾,上面不是有油污,就是有酒斑。客厅里还有一些弃而不用的家具,坚不可摧的样子,放在那里仿佛是养老院①里的文明的残骸似的。您还可以看见一只下雨时会出现一个教士的晴雨表、一些令人作呕的配着黑漆描金木框的污秽的木刻、一只玳瑁边框上包着铜的长形座钟、一只绿色的火炉、几只阿戈②发明的油灰积垢的甘凯吊灯、一张长长的餐桌上面罩着一块油腻的漆布,某个调皮的食客用手指头就可以在上面画出自己的名字、几张缺胳膊断腿的椅子、几块可怜巴巴的擦鞋草垫(一直在散开着,但又不会分离),还有一些不起眼的小脚炉,洞眼凹凸不圆,铰链脱落,木架子已烤得乌黑的了。欲要描述这一房

---

① 养老院于一六三四年建成,收容贫困无告的老人。

② 阿戈(一七六五——八〇三):出生在日内瓦,是物理学家和化学家,亦是以甘凯命名的灯的发明者。

家具是如何陈旧、开裂、腐烂、摇晃、锈蚀、残缺不全、七零八落、奄奄一息的，就得好好形容一番，这样就会影响这部小说的趣味，忙忙碌碌的读者是不会原谅的。红色方砖地因擦拭以及着色过多，到处坑坑洼洼的。总之，这间房间毫无诗意可言，里面弥漫着一股寒酸味，一种吝啬的、浓重的、呛人的寒酸味。虽说这些家具上没有污泥，但却有斑斑污迹；虽说还不至于千疮百孔、破烂不堪，但看来也支撑不了多久便要烂光了。早晨将近七点钟，伏盖太太的猫先于它的女主人，跳上餐橱，嗅了嗅橱里盖上盘子、盛着牛奶的碗，发出报晨似的呼噜声。这是这间屋子一天中的黄金时代。不多久，这位寡妇出现了，她古里古怪地戴着一顶罗纱无檐网眼帽，帽下挂着一圈凌乱的假发，脚上套了一双歪歪扭扭的拖鞋，蹒跚地走进来。她的脸皱巴巴、胖乎乎的，正中隆起一只鹰钩鼻，一双小手肉墩墩的，身体又肥又厚，就像一个虔诚的教徒；她的胸脯鼓鼓的，晃晃荡荡，与这间透出阵阵阴气、潜伏着不法交易的餐室倒很相宜，伏盖太太呼吸着里面热烘烘、臭熏熏的空气，从不恶心。她的脸上神清气爽，犹如秋日初霜时的景象；她的双眼眼角起皱，其表情可以从舞女的微笑刹时转为贴现者的一副凶相。总之，她整个人就是公寓的化身，而公寓就是此人的注脚。牢狱无狱卒不成其为牢狱，您想象时不可能两者缺一。这位肥胖而苍白的小女人就是这种生活的产物，如同伤寒是医院传染的结果一样。她穿的毛织围裙，盖住了她那条用旧裙子改制成的内裙，棉絮已从开裂的布缝里绽出，这条围裙便是客厅、餐室和小园子的缩影，亦让人从中窥见到厨房的概貌，并嗅出住客的味道。当她在场时，此场面也就配齐了。伏盖太太五十岁上下，与所有那些一生坎坷的女人相似。她的目光呆滞无神，带着女掮客的天真的表情，为卖个高价可以争得面红耳赤，但又准备不惜一切以改善自己的命运，如有可能，甚至可以交出乔治或是皮什鲁①。不过，归根结底，她是个“心地善良的女人”，房客们都这么说；他们听见她也在哼哼唧唧，咳嗽不已，以为她也是个穷光蛋。伏盖先生生前是什么样的人？她从不谈起。他是如何破产的？有人问起此事时，她只是回答道：遭遇了不幸。他对她不好，让她只有淌眼泪的份儿；他给了她这幢房子过日子，并且给了她不必同情任何不幸的人的权利，因为她已经受够了人间一切苦难。胖厨娘西勒维听见她的女主人在快步走动，便急急忙忙地为房客摆上午餐。

一般情况下，包伙客人只订晚餐，每月花三十法郎。在本小说开场的当儿，房客总共七位。二层楼上有整幢楼里最好的两个套间。伏盖太太占了稍小的一套，另一套让一个名叫古杜尔太太的住着，她是一个孀妇，丈夫是法兰西共和国的一个军需官。她带着一个小姑娘，名叫维克多莉娜·塔勒费，把她当作亲生女儿看待。这两个女人的膳宿费为每年一千八百法郎。在三层楼的两个套间里，分别住着一个姓布瓦雷的老头，另一个是四十岁上下的男人，他戴着一头黑色的假发，染了鬓脚，自我介绍是旧生意人，称伏脱冷。第四层楼上有四个房间，两间已租出。一间被一个叫米肖诺的老姑娘租去，另一间由一个从前兼做意大利通心粉和淀粉买卖的面粉商住着，大家都叫他高老头。另外两间是给“候鸟”准备着的，这些穷困潦倒的大学生们的景况同高老头和米肖诺小姐相仿，每月只能交四十五法郎的膳宿费；但

① 乔治·加杜达勒和查理·皮什鲁都是保皇党的领袖。一八〇三年他们反对第一督政的阴谋败露之后，成功地从追捕人手中脱逃，但最后仍被逮捕归案。

是，伏盖太太并不欢迎他们，只有在等不到更有钱的房客时，才让他们住进来，因为他们面包吃得太多了。其时，这两间房间的其中一间住着一个年轻人，他是从昂古莱姆地区①来到巴黎学法律的；他家里人口众多，为了每年给他汇去一千二百法郎，只得省吃俭用。他说他叫欧也纳·德·拉斯蒂涅克。时下有些年轻人因家贫而埋头苦读，他们在年轻时就理解双亲对他们所寄予的希望，已经在考虑能读到哪一步，预先测算将来在社会上能干哪一行，以便捷足先登从中榨取，他们就这样为自己准备了一个锦绣前程。倘若他不具备独特的观察能力，以及在巴黎的一个个沙龙里懂得如何巧妙周旋的话，这部小说的基调就没有那么真实可信了，这无疑多亏了他的洞察力，和他探索一家人可怕的秘密的兴趣，这家人不幸的境遇既被它的制造者，又被其受害者小心翼翼地隐藏着。

第四层楼上面有一个晾衣服的小间和两个小阁楼，一个叫克里斯朵夫的小听差和胖厨娘西勒维各占一间。伏盖太太除了有七名房客之外，每年好歹还有八名学法律的或是学医的大学生以及住在本区的两三位常客在她那里包了一顿晚餐。晚餐期间可以供二十来个人用的餐室坐了十八个人，但在晌午，只有七个房客围在一起进中餐时，倒像个小家庭的样子。每个人下楼时都趿着拖鞋，他们对包伙客人的衣着和神态以及对隔夜新闻都要津津有味地评论一番。这七位房客都像伏盖太太宠坏了的孩子，她依据他们各自所交的膳食费的多少，以天文学的精确度，给他们以不同的关照，区别

① 巴尔扎克对昂古莱姆非常熟悉，吕西安·德·鲁邦勃雷也在这个城市里出生（见《幻灭》）。

对待。这些房客偶尔凑在一起，各自都有一把大同小异的算盘。住在三楼的两位宿客每月仅付七十二个法郎。这么便宜的房钱只有在拉布尔勃女修院①和拉沙勒拜脱里埃尔救济院②之间的圣马尔赛区才会标出，古杜尔太太是唯一一个例外，由此说明这里的房客大约在经济上多多少少总有一些难言之隐。因此这座房子内部的寒酸相在这些同样穿得破破烂烂的常客身上也体现出来了。男人穿着礼服，但衣服的颜色已经不合时尚，脚上的鞋子则好像是上层社会的富人在本区街头巷尾的角落里扔下的，衬衣快磨破了，衣服也只剩下个空架子而已。女人穿的裙子早已过时，重染过色又褪了。裙子的花边补了又补，手套用得发亮，打裥领套总是呈棕黄色，方头巾已经磨得有些透明了。倘若说所有这些人的穿着几乎都是这副德性的话，那么他们的身架倒是很结实硬朗的，身体都已在生活的大风大浪里经受过考验，都长着冷冷的、死板板的脸，就像停止流通的硬币的币面那样失去了光泽。这些房客全都龇牙咧嘴的，使人感到他们各自都演过或正在演着戏剧，这些戏剧并非在有布景、带灯光的舞台上演出，而是一出出活生生的、无声的戏剧，一出出催人泪下、冷峻无情的戏剧、连续剧。

老姑娘米肖诺在她那双疲惫的眼睛上面套着一个用铜丝箍了一圈绿色塔夫绸缝制的油腻的遮光帽檐，其模样真能把慈悲女神吓一跳。她的披肩饰有细细的流苏，可怜巴巴的，似乎盖住了一副枯骨，隐藏在内的这把骨架子委实太瘦了。是什么样的酸液把这个人的女性曲线全都腐蚀掉了呢？她

---

① 原名叫“皇港”女修院，因建在巴黎的拉布尔勃街上，通称拉布尔勃女修院，当今该街易名为皇港大道。

② 一六五六年建成的一座救济院，自十九世纪起专门收容老人和精神错乱者。

原来大概也是身材秀美、楚楚动人的，那么这种酸液是秽行、忧伤还是贪婪呢？是不是她谈情说爱过多，做过处理化妆用品或成衣的买卖，或者干脆是个妓女？是不是她年轻时生活放荡，纵情欢乐，征服过不少人，现在成了一个令路人望而生畏的老太婆，从而赎还了前愆？她的眼白有股肃杀之气，一张枯萎的脸令人毛骨悚然。她说话的声音就如深秋林中聒噪的蝉鸣，尖厉刺耳。她说曾照料过一个患膀胱炎的老人，老人的几个孩子以为他没有经济来源把他抛弃了。这个老头给她留下一千法郎的终身年金，但他的财产继承人却定时来闹，她听够了他们的恶意中伤。虽说她因纵欲过度，早已年老色衰，但脸上的皮肤还残留着一些白净细腻的痕迹，让人想象得出，她的身子多少还残留一些动人之处。

布瓦雷先生像一架机器。他头戴一顶松软的大盖帽，手中有气无力地提着一根手杖，象牙做的手杖柄已泛出黄色，礼服的下摆皱巴巴的，一掀一掀，露出了一条空荡荡的短套裤以及两条套着一双蓝色长统袜、索索发抖的小腿，就像一个喝醉酒的人似的；他的白背心脏兮兮的，用粗平纹细布制成的领套花边皱缩着，与围在他那火鸡似的颈脖上的一条绳状领带很不匹配。当人们看见他沿着植物园旁的一条小径，像个灰色的幽灵似的走近时，禁不住要嘀咕几句：这个莫明其妙的怪物是否属于在意大利林荫大道[1]上闲逛的雅菲家族[2]胆大妄为的后代？什么样的工作才能使他干瘪成这副模样？什么样的情欲把他这张肿胀的脸变成了茶褐色？这张脸倘若被丑化一下，

① 绅士淑女们的幽会之地。

② 雅菲：《圣经》里挪亚的儿子，是印欧大家族的祖先。

几乎真伪难辨了。他以前是干什么的？也许他在司法部的某个办公室供过职，经手过刽子手上交的杂费单据，经手过为弑双亲者蒙头的黑布、盛头颅的篮子里铺的糠和挂铡刀的细绳等等开的报销单据吧。也许他曾是屠宰场的税务员，或是卫生部门的副视察官吧。总之，此人似乎以前曾经是系在我们这个巨大的社会磨盘上的一头驴，是巴黎的拉冬[①]阶层中的一个，这些人甚至不知道他们的贝尔脱朗是谁；他又是某根支轴，社会的种种不幸与秽行劣迹就依赖它转动。一句话，我们见了这样的人，常常会说："不过也少不了他们啊。"巴黎的上层对这些因灵魂与肉体备受痛苦而脸色变得苍白的人一无所知。可是，巴黎是一片真正的汪洋大海。您如在里面扔下一个探锤，也永远测不出其深度。还不如亲自去走一遭，把它描述一番吧。不过虽然您为探索、描述这片大海已殚精竭虑，虽说这片大海的探索者人数众多且尽心尽力，但其中还总是保存着一片处女地，一个不为人知的洞穴，还有花、珠宝、妖魔鬼怪，一些为文学上的探索者所遗忘的、不可思议的东西。伏盖公寓便是这样一个怪异荒诞的穴窟。

在这些房客和常来的包伙客人之中，有两个人物显然与众不同。一个是维克多莉娜·塔勒费，另一个是欧也纳·德·拉斯蒂涅克。塔勒费皮肤白净，但略显病态，有点像得了萎黄病[②]少女的肤色，此外，她也染上了这里芸芸众生皆有的忧郁症，这便是这幅画的底色。这个症状表现为整日无精打采，为人处世忸忸怩怩，外表寒酸而虚弱，虽说如此，她的脸毕竟不显老，

---

① 影射拉封丹的寓言《猴子和猫》，说的是猫拉冬为猴子贝尔脱朗火中取栗。

② 一种以皮肤变成偏绿的黄色为特征的缺铁性贫血，患者多为年轻女性。

她的动作和声音仍然是轻快的。这个年纪轻轻的不幸女人就像一株新近被移植到水土不宜的土地上而叶子枯萎了的灌木。她的面庞微微泛红，头发是黄褐色的，身材十分苗条，透露出一种秀美之气，近代诗人只有在中世纪的小雕像身上才能发现。她那对灰褐色的眼睛放射出一种虔诚的、柔和而谦抑的光芒。她的服饰朴实且价廉，显露出年轻的体态。她以谐美匀称取胜。往昔，她沉浸在幸福中时，也许是挺迷人的，因为幸福本来是女人的诗，而服饰则是她们的脂粉。倘若在一次舞会上，她兴奋起来，苍白的脸上泛出红晕；倘若高雅而温馨的生活使她那微微凹陷的双颊又重新变得红扑扑的，丰满起来；倘若爱情使这双忧伤的眼睛又重新流光溢彩的话，维克多莉娜也许可以与最美的少女试比高低的。她缺少能使女人再现青春的服饰和情书。她的经历可以写成一本书。她的父亲自以为找到了一些根据，可以不认这个女儿，拒绝把她留在身边，每年仅给她六百法郎，剥夺了她的财产继承人的资格，目的是把他的这份财产全部传给他的儿子。维克多莉娜的母亲因生活无望，到她的远房亲戚古杜尔太太家过了一些日子，并死在她家。维克多莉娜成了孤儿，于是古杜尔太太便把维克多莉娜当成亲生女儿，抚养她成人。不幸的是，这位在共和国军队里为授圣职者做稽查员的寡妇，除了她丈夫留下的一点点保险金①和抚恤金外一无所有，总有一天，她会撒手西归，撇下这个既无人生经验、又无经济来源的可怜女孩子，听任社会的摆布。这个好心的女人每个礼拜天都带维克多莉娜去望弥撒，每隔半个月带她去忏悔一次，想方设法要把她造就成一个虔诚的信女。她想得对，宗教的情感

① 丈夫生前给妻子拨出的一笔财产，以便他身后让妻子享用。

可给这被遗弃的孩子带来生的希望。她爱自己的父亲,每年都去父亲家,转达母亲对他的宽恕,但是,每次她都受到父亲的冷遇,怏怏而归。她的哥哥是她唯一一个调解人,但他四年中没有来看她一次,也谈不上给她什么帮助。她哀求上帝能擦亮父亲的眼睛,感化她的哥哥,为他俩祈祷,对他们毫无怨言。古杜尔太太和伏盖太太在词典上总是找不到足够的咒语来形容这种野蛮的行为。每当她俩诅咒这个无耻卑劣的百万富翁时,维克多莉娜总是说一些宽慰的话,就如受伤的野鸽即便在痛苦地呻吟,听来也像是求爱的喁喁之声。

欧也纳·德·拉斯蒂涅克长着一张道地的南方人的脸,皮肤白皙,碧眼乌发。从他那风度、举止和通常的姿态来看,他出身于一个贵族的家庭,幼年曾受过家族的优良传统教育。他衣着朴素,通常穿些隔年的旧衣服,然而,有时他出门时也可以穿得像一个风雅的年轻人那样体面。平时,他穿一套旧礼服,背心很旧,黑领带又皱又难看,戴得像大学生那样随随便便的,裤子与上身相仿,脚上的靴子已经换过鞋底了。

在这两个人物与其他人之间,年已四十、染过鬓脚的伏脱冷正是一个承上启下的人物。老百姓看见他这一类人,就会说:“一条汉子!”他双肩宽厚,胸肌发达,肌肉隆起,双手厚实,手指关节处长着一丛丛浓密的红棕色汗毛。他的面庞上过早地刻下了条条皱纹,显露出冷峻的神色,与他的温情、随和的态度很不协调。他的嗓音介于男低音和男中音之间,与他那粗犷而达观的性格十分和谐,倒也不让人生厌。他总是客客气气、笑容满面的。倘若有什么锁坏了,他能迅速地拆开来,三下两下就摆弄好了,上点油,再锉锉,重新装好,一边还说着:“这个我内行。”再说,诸如轮船、大海、法国、外国、做生意、形形色色的人、时政、法律、旅馆和监狱等,他无所不晓。倘若有谁成天唉声叹气的,他便立即前来为其排忧解难。他多次借钱给伏盖太太和其他几位房客,不过,受惠者宁死也不敢赖账,因为虽说他的外表像个好好先生,但射出来的目光深沉而坚毅,令人胆战心惊。外人看他那啐口水的样子,就会感觉到他那磐石般的沉着和冷静。可以设想,他要摆脱什么困境,即便犯罪也在所不辞的。他又像一个严峻的法官,目力能看穿所有疑案,洞悉人们在想什么,猜透人所有的情感。他的生活起居是中餐后出门,吃晚饭时回来,整个晚间又出门在外,带了伏盖太太给他的一把万能钥匙,直到深更半夜才归来。只有他一个人享受这种优待。不过,他和这个寡妇相处得最好,搂着她叫她"妈妈",这种奉承也真让人费解!老妇人以为这并没什么了不起,可是只有伏脱冷长着这么长的胳膊可以搂住这个粗大的腰围。他性格上的另一个特征就是每个月为他在吃甜食时喝的兑酒咖啡慷慨地付出十五个法郎。有些年轻人为纷呈的巴黎生活而忘乎所以,有些老头对与他们无关的事情无动于衷,有人即使不像上述两类人那么浮浅,也不会对伏脱冷给他们造成的捉摸不定的印象深加追究的。他知道或猜得出他周围的人的凡闻琐事,反之,无人能洞悉他在想什么、忙什么。他表面上客客气气的,对人总是那么热情、殷勤、和颜悦色,从而在旁人与他之间隔起了一道墙,但是,他常常又故意使人感觉出他那深不可测的性格,令人生畏。他有时心血来潮,也赌气说几句与朱费纳勒①的诗句相当的俏皮话,仿佛热

① 朱费纳勒(六〇——一四〇):拉丁诗人,《讽刺集》的作者,他在作品里攻击了当时罗马社会的腐败。

衷于嘲讽法律，鞭挞上流社会，指责它自身矛盾百出；这时，他让人看出，他对社会的现状耿耿于怀，并在心灵深处，小心翼翼地隐藏着一件什么秘密。

伏脱冷的力量与拉斯蒂涅克的俊美吸引了塔勒费小姐，也许她是无意识的。她那怯生生的目光和私下的一些心思都让这四十岁的中年人和年轻的大学生占去了。然而，他俩都似乎没有注意到她，虽然说不定哪一天，偶然的机遇会改变她的处境，使她变成一个富有的求爱对象。再说，他们之中如有谁诉说自己的不幸时，谁都不愿费心去研究这些话是真是假。他们之间漠不关心，彼此由于处境的不同而互不相信。他们也知道自身无力减缓他人的痛苦，大家在叙述各自的痛苦时，已经听够了别人的劝慰话了。他们就像一对对老夫妇，彼此之间再也没有什么好说的，只是机械地生活着，像没有上润滑油的齿轮相互摩擦着。他们如在大街上看见一个盲人，绝不会稍有停顿，听着不幸者的讲述毫不动情，把死看成是贫困的一种解脱；他们受够了贫困，对人间最悲惨的结局也冷眼看待。在这些绝望的人当中，最幸运的要算伏盖太太了，她君临着这座自由的“济贫院”。这块小小的园地因寂静、寒冷、干硬、潮湿而显得十分空旷辽阔，像一片大草原，只有伏盖太太一个人才觉得它是一块春意盎然的绿洲；只有对她一个人，这座黄兮兮、阴沉沉、到处都呈现出账台的铜绿的房子才具有无限的乐趣。这幢土里土气的房子毕竟是属于她的。她喂养了这批被判处终身囚禁的苦役犯，对他们发号施令，并受到他们的尊重。这些可怜虫付了这点儿膳宿费，在巴黎哪儿能吃到这分量足而卫生的伙食，住上这样的套间呢？房间虽然谈不上雅致、舒适，但他们可以自己动手把它搞得干净、卫生些。哪怕她做了一件理亏的事情，房客们也只能默默忍受，不会抱怨的。

这群人聚集在一起大概就是大千世界的缩影了。如同在学校、在社会上常见到的,在这十八位房客之中,也有一位可怜而倒霉的人,一个常受众人嘲弄的受气包子。在第二年始,欧也纳·德·拉斯蒂涅克觉得这个人是他周围的人当中最显眼的了,他命中注定还得与这些人生活两年。大家称这个受气包子为高老头,他原来是一个面粉商,如要上画,画家会像历史学家一样,把画面上的光线集中在他一个人身上。究竟出于什么样的原因,这位最老的房客该忍受众人对他带着仇视的轻蔑、带着三分同情的虐待,以及对他的不幸毫不怜悯的态度呢?难道他的某些怪诞可笑之处比之恶行更使人难以原谅么?这些问题与社会上许多不公正现象是紧密关联的。也许人的天性就该让那些因天性能忍屈受辱、软弱或是麻木而受尽痛苦的人尝遍一切滋味吧。我们为向世人显示自身的力量,不是常常不惜牺牲某人某事吗?小孩总是最虚弱的吧,然而在结冰的天气,他也会去敲每一家的门,或是偷偷地把自己的名字写在崭新的纪念物上以显示力量呢。

高老头年近六十九岁,一八一三年不做生意后,就投宿到伏盖太太家来了。起初,他占用了古杜尔太太住的套房,每年付一千二百法郎的膳宿费,那时对他来说,多五个路易或是少五个路易仿佛是不值一提的。据说伏盖太太预收了一笔补偿金,把三个房间又重新修饰了一番,添置了这套蹩脚的家具,有加尔各答的黄色的棉窗帘、用廉价的羊绒做套子的漆木单人沙发、几幅胶画、连乡村小酒店都不用的糊墙纸。那时候,高老头被人尊称为高里奥先生,他花钱大手大脚、漫不经心,使伏盖太太趋之若鹜,也许她把他看成是一个傻瓜,对生意经一窍不通。高里奥来时带着全套殷殷实实的行李,衣履行装都很体面,这是商人做生意歇手后,对什么都满不在乎的表现。伏盖太太特别羡慕他那十八件荷兰衬衫①,衬衫的质地固属优良,襟饰上扣着两枚大钻石襟扣,中间用小链子连着,旧面粉商穿着越发显得有派头。通常,高老头穿着一件海蓝色的上衣,每天换一件白净的皱纹背心,罩着他那个挺挺的大肚子,肚子一起一伏使系在裤腰上镶着饰物的沉甸甸的金链子也震得一抖一抖的。他的鼻烟盒也是金质的,里面有一只装满头发的小圆盒子,仿佛他还曾有过风流韵事似的。当他的女主人数落他是一个"老风流"时,他开心了,嘴角上挂起有产者听人恭维他的心上人时特有的微笑。他的几张柜子里盛满了他日常起居用的银器。老寡妇高高兴兴地帮他取出来,摆上长柄大汤勺、调味勺、杯盘、油瓶、调料瓶、几只盘子、镀金的碟盏和茶杯,还有几件有些分量、多少还中看的、他舍不得扔掉的器皿。这时她的双眼顿时发亮了。这些礼品让他想起了往年他家中几件值得纪念的事情。他托起一只盘子和一只碗盖上有两只互啄的斑鸠的小碗,对伏盖太太说:"这是内人在我们结婚周年纪念日时赠送给我的第一件礼物。可怜的好人哪!她把做姑娘时的私房钱都用上买了这几件东西。您看见了吗,太太?我宁愿用双手刨土也舍不得扔掉这些东西啊。感谢上帝!在我的余生,我每天早上都可以用这只小碗喝咖啡呢。我用不着发愁,在我的切面包板上总归有烤好的面包②。"临了,伏盖太太以她那鹰隼的目光,在一本帐簿上看到了几笔款项,粗粗相加,估计这个了不起的老头每年大约有一笔八千到一万法郎的收入。从这天起,这位在贡芙朗家出生、实际年龄已有四十八岁、佯称只有

① 荷兰以衬衫的质地优良而闻名于世。

② 意即这辈子不愁吃现成的了。

三十九岁的伏盖太太开始有了心事。高老头的双眼的内眦已经外翻，且已经浮肿耷拉了下来，他不得不经常擦拭，但伏盖太太还是觉得他模样可爱，端端正正的。此外，他那肉鼓鼓的、突起的腿肚子像他那长长方方的鼻子一样，暗示了他具有伏盖太太所器重的德性；而这位好好先生圆墩墩的脸盘和一副天真的憨相更使人确信这一点。他也许真是一头结实强壮的野兽，必要时能把他全部精力发泄在感情上呢。每天上午都有一名技术专科学校的理发师来，在他那一头鸽翼状的头发上扑粉，发梢在他那窄窄的额头上冒出五个尖尖，把他的脸盘衬托得很好看。高老头虽说有些粗俗，但他穿戴讲究，阔阔气气地吸鼻烟，嗅鼻烟时神态悠然、自信，仿佛他永远有着吸不完的马提烟丝①似的。因此，从高里奥先生在伏盖太太家下榻的那天起，她晚上就寝时就像在欲火里炙烤的一只抹上油的松鸡那样，心里痒痒的，渴望着改换门庭，把伏盖姓变为高里奥姓。嫁给他，变卖自己的公寓，与这个可爱的小财主缔结良缘，在本地区成为一个体面的太太，为穷人募捐，礼拜天到舒瓦西、苏阿西、让梯里②去逛逛。可以随心所欲地去看戏，坐包厢，也不必等着七月份她的房客给她送几张作者的赠券，总之，她在幻想着过起巴黎小康之家那幸福而美满的生活来了。她没有向任何人透露她这四万法郎是一分一分积攒起来的。当然啦，她自以为，以财产而论，她还是一个说得出口的对象。“至于其他嘛，我完全配得上那家伙！”她边想边在床上翻了个身，仿佛是为了向自己证实一下体态美似的，难怪胖子西勒维每天早晨发现褥子

① 从法属小安梯列斯群岛上来的一种上等烟叶。

② 以上三处均为巴黎附近的小城镇。

总是凹陷下去的。

打这一天起，将近有三年月的光景，伏盖寡妇借用了高里奥先生的理发师，在化妆上还破费几分，托口说她的房客都是有身份的体面人，她得把自己打扮得与整幢房子的气氛相称。她想出种种办法调整房客，声称从此以后，她只接待从各方面来看都是最得体的人。如有生客登门，她便向他吹嘘说，巴黎最有名望、最受人尊敬的一位商人高里奥先生也对他的住处情有独钟。她分发广告说明书，开头便写上"伏盖公寓"。下面写着："这里是拉丁区历史最悠久、最具名望的膳食公寓，风景优美，可以远眺高布林山谷（其实只有在四楼才看得见），还有一个精致的小花园，菩提树下，曲径通幽。"她在上面还写了空气新鲜、环境清静之类的话。这份说明书为她招来了德·朗贝尔梅斯尼伯爵夫人，一个三十六岁的女人，丈夫是个将军，死于战场，她以寡妇身份等待政府向她结账，并领取抚恤金。伏盖太太认真准备饭菜，将近半年的时间里，她在客厅里生火，尽心尽力，信守说明书上的诺言，难怪伯爵夫人称伏盖太太为"亲爱的朋友"，并对她说，她要把德·伏梅朗男爵夫人和上校毕格瓦索伯爵的寡妇介绍给她，这两位都是她的朋友，她们在马雷区租了一套公寓，比伏盖公寓贵得多，租约即将期满了。一旦行政部门把手续办完后，这两位夫人是相当宽绰的。"不过，"她说道，"政府部门办事拖拉个没完。"两位寡妇在晚饭后一齐上楼，在伏盖太太的房间里闲聊，喝着果子酒，吃着女主人为自己准备的糖果。德·朗贝尔梅斯尼夫人对女房东对高老头的看法大为赞赏，认为是真知灼见，说她下榻后的第一天就看出来了，她觉得老头确是十全十美的男人。

"啊！我亲爱的太太，"伏盖太太对她说道，"这个人身体很棒，保养得非常之好，会给一个女人带来许多快乐呢。”

伯爵夫人对伏盖太太的衣着毫无保留地评议一番，说她在高攀，而她的打扮没跟上去。“应该好好武装一下。”她对伏盖太太说道。两位寡妇经过一番筹划，同去王宫广场，在木廊[①]买了一顶饰有羽毛的帽子和一顶便帽。伯爵夫人又把她的朋友带到一家名叫小雅纳特的商店，她俩挑选了一条裙子和一件披肩。当寡妇穿戴上这些胄甲、全副武装之后，活像个时下牛排饭店招牌上的女人。不管怎么说，她确实大为改观了，虽说她不是个慷慨大度的人，还是觉得该为欠伯爵夫人的情，请求她接受价值二十法郎的一顶帽子。事实上，她是打算请她去探探高老头的口气，并在他面前替她美言几句。德·朗贝尔梅斯尼夫人非常友好地接受了这桩差事，成功地与老面粉商会谈了一次，把他绕得团团转；可是，她发觉他对她纯粹出于自身考虑而施展的种种诱惑手段，反应不说唐突无礼，也过于腼腆了，于是她觉得他太粗俗，自尊心受到打击，愤然离去。

“我的宝贝，”她对她的好朋友说，“您从这个男人身上是什么也得不到的！他疑神疑鬼，简直莫名其妙；他是个吝啬鬼、笨蛋、蠢货，只能使您扫兴。”

高里奥先生和德·朗贝尔梅斯尼夫人之间打了这一个回合之后，伯爵夫人甚至不愿与他住在一起了。次日，她就搬走，忘了交半年的膳宿费，却留下了价值五法郎的一件旧衣服。伏盖太太心急火燎地到处寻找德·朗贝尔梅斯尼伯爵夫人，在整个巴黎也打听不到她的踪影。她常说起这件伤心

① 以前王宫广场上有一条走廊，开着一溜边木质小铺，因而得名。

事儿,虽说她比雌猫的疑心都重,但还是埋怨自己过于轻信;许多人不相信身边的人,却老上陌生人的当,她就是这种人。这些心理现象,虽说怪异,但也真实,很容易在某些人身上找到其根源。也许一些人觉得从生活在他们周围的人身上再也得不到什么了,无意中在向他们暴露了自己空虚的灵魂之后,就暗暗感到在受这些人严厉然而又是公正的冷遇,于是更加渴望得到他人的恭维与奉承,或是急欲显示自己具备某些品质,转而希望从陌生人那里得到尊敬和好感,哪怕某天希望落空也顾不上了。还有一些唯利是图的人,对亲朋好友决不施恩,因为这些人仅仅把施恩当成义务了;而当他们为陌生人做一点好事时,他们的自尊心至少得到某种满足。所以在感情圈内与他们离得愈近的人,他们愈是不喜欢;而离他们距离愈远的人,他们反倒愈显得殷勤。这两种人都是营营苟苟、假仁假义、令人厌恶的人,伏盖太太无疑属于那两类人。

“倘若我早住在这里,您就不会吃这个亏!”伏脱冷对她说道。“我会毫不客气地揭穿这帮女骗子的行径,我对她们的嘴脸一目了然。”

如同所有心胸狭窄的人一样,伏盖太太不习惯跳出事情本身,从客观上分析其因果;她喜欢把自己的过错嫁祸于他人。她尝到这次苦头之后,认为正直的面粉商是罪魁祸首,据她自己说,从此之后,她对他才真的看透了。当她承认她的一切挑逗和打扮都徒劳无功之后,她很快便猜到了其中的原因:她发现她那位宿客“有其他来路”。最终,她确定无疑了,原来她那个想入非非的美梦到头来只是镜花水月,她从那个男人身上是什么也得不到的了;还是伯爵夫人的那句话有道理,看来这个女人倒是个情场老手呢。

她对他的憎恨自然压过对他的友谊。她憎恨他的原由不是因为得不到爱，而是希望落空引起的。通常，人的感情在向爱情的高峰攀登时，随时可以休憩，然而，却很少有人能在仇恨的陡坡上作短暂的停留。可是，高里奥先生是她的房客，寡妇不得不克制着，不让受伤的自尊心发作，把失望引起的叹息掩埋在自己的心底，自个儿吞下复仇的苦果，就如一个被隐修院院长激怒了的修士一样无可奈何。对小人来说，不断地做些小动作也能满足他们或好或坏的感情需要。寡妇以女人的坏心眼，专门暗中使坏，整治她的对头。一开始，她取消了对高里奥先生的几项特殊优待。早上，当西勒维按他原来的食谱备菜时，寡妇就对她说："醋汁黄瓜、鳀鱼不再供应了，我们上当够了。"高里奥先生是个俭朴之人，他像白手起家的人必须精打细算一样，对他来说，习惯早已成自然了。一道汤，一道肉羹加一道蔬菜以前曾是、以后也将是他最喜爱的晚餐。因此，伏盖太太要折磨她的这位房客也殊非易事，他无所嗜好，她也就无处可下手。伏盖太太碰上了这么一个无懈可击的人，感到非常沮丧，于是便开始贬低他，并且让她的其他房客也跟着嫌弃他；这些人出于好玩，甘为她的报复效力。第一年岁末，这位寡妇已经对他疑虑重重，心中不免嘀咕，这个富商每年有七八千法郎的收入，拥有精美的银器和与一个被供养女人用的同样华丽的首饰，可是，他何以栖身在她家里，只付给她一笔与他的财产十分不相称的膳宿费呢。在这第一年的大部分时间里，高老头常是每周外出吃一两次晚饭；后来，他渐渐地改为每月在城里吃两次了。高里奥老爹悄悄地外出活动，对伏盖太太极为有利，现在这位房客在她家用饭愈来愈准时，自然引起了她的不满。大家认为这些变化虽说与他坐吃山空有关，但多少也因为他存心想与这位女主人作对。小人的可憎的恶习之一就是认为别人也像自己一样小气。不幸，在第二年岁末，高里奥先生证实了旁人对他的闲言碎语并非胡说八道，他请求伏盖太太让他搬到三楼去，并把他的膳宿费降至九百法郎。他必须更加省吃俭用，甚至冬天连屋内的火都不生了。寡妇伏盖太太要他预付租金，高里奥先生同意了；此后，她就把他称为高老头。大家纷纷猜测他落魄的原因。这可是一项相当困难的研究！正如那位假伯爵夫人说过的，高老头是一个老谋深算、沉默寡言的人。那些头脑空空、由于说不出什么正经话而信口开河的人，都有一套可以自圆其说的理论。照他们的想法，绝口不谈自己的事的人都是在干坏事。于是，这个了不起的商人变成了骗子，而这个老风流只是一个老浑蛋而已。期间，伏脱冷也到伏盖太太的公寓来投宿了。他时而以行家的口气说高老头是搞投机买卖的，破产之后，就搞证券交易一天天混日子了；时而，他又说高老头只是个小赌棍，每天晚上运气好也就赢十来个法郎而已；时而，又说他是一个受警察当局雇佣的密探，不过，伏脱冷声称，要干那差事，他还不够狡猾。又有人说，高老头是一个放债的小气鬼，一个专门在同号奖券上增加赌注押宝的人。总之，大家把他形容成一个神秘莫测的人，集秽行、耻辱和无能之大全。虽说他的行为和恶习卑劣不堪，引起了公愤，但毕竟没到把他驱逐出门的程度，因为他照付膳宿费。再说，他也有些用处，每个人都可以逗他或是刺他一下，以渲泄自己的快乐或恶劣的情绪。似乎最真实可信、且一般可接受的说法还是出自伏盖太太之口。照她说，这个人保养得这么棒，身体就像他的眼睛一样完好无损，还能讨人喜欢，肯定是一个放荡不羁的人，且脾气古怪。接着，寡妇伏盖就说了一些事情以证实她那诬蔑确是有根有据的。她说，那个白吃了她半年饭的晦气的伯爵夫人溜走几个月后的一天清晨，在她起身之前，她听见从楼梯上传来长绸裙的窸窣声和一个年轻而轻盈的女人的细微脚步声，并听见她溜进高老头的房里，老头大概与她事先串通好了，门随声就开了。胖子西勒维立即就来向她的女主人报告，说是有一个姑娘像街上的一条泥鳅那样钻进厨房，问她高老头住在哪里。这个姑娘打扮得像仙女下凡似的，穿着一双毛织高级半统靴，一尘不染，长得过于漂亮了，不像是普通的正经人。于是，伏盖太太和她的厨娘就开始偷听，姑娘在那里呆了一会儿，她俩窃听到了几句体己的话语。在高里奥先生送他的女客人出门时，胖子西勒维就急匆匆地提着篮子，跟在这对情人后面佯装去买菜了。

“太太，”她回来时对她的女主人说，“大概高里奥先生钱用不完了，居然能撑出这样的排场。您想想，在莱斯脱拉巴特街的拐角处，有一辆华丽的四轮马车在等着她，我看她登上去了。”

晚餐时，伏盖太太看见日光射着高老头的眼睛，便把窗帘拉上了，以免引起他的不适。

“美人儿都喜欢您，高里奥先生，连阳光都在追求您呢，”她说道，暗喻那个女人来访的事情。“哟！您的眼力不错，她可漂亮啦。”

“她是我的女儿。”他不无自豪地说道。房客们看他自命不凡的样子，以为是老头要面子。

这次来访后的一个月，高里奥先生又接待了一位女客。他的女儿第一次上门来穿着晨衣，这次是晚饭后来的，穿戴讲究，就像去上流社交场合应酬似的。当时房客们正在客厅里闲聊，看见她长着一头金黄色头发，面庞俏丽，身材苗条，仪态万方，都不敢相信她就是高老头的女儿。

“两个！”胖子西勒维说。她已认不出是同一个人了。

过了几天，又来了一个女子，高挑个儿，体态匀称，肤色稍深，长着一头黑发，两眼炯炯有神，她也来问高里奥先生住处。

“第三个！”西勒维说。

这第二个女子，第一次也是早上来的，在几天后一个傍晚，又穿着舞会盛装，坐着马车来了。

“第四个！”伏盖太太和胖子西勒维异口同声地嚷起来了，她们完全认不出这位贵妇人就是那天清晨第一次上门时穿着朴素的那个女子。

那时，高老头每年仍付一千两百法郎的膳宿费。伏盖太太认为一个富翁拥有四五个情妇本不足为奇，并且觉得他把她们说成是自己的女儿也挺机灵的。高老头把她们一一叫到伏盖公寓来，她一点也不反感。这些女子来看他只是说明这位房客为何对她冷淡罢了，因此，在第二年起始，她就私下称他为老雄猫了。后来当她这位房客把开销降到九百法郎之后，有一回，她看见其中一个贵妇人从马车上走下来时，她就不客气地问他，他想把她的公寓看成什么场所。高老头回答说，这位太太是他的大女儿。

“难道您有三打女儿吗？”伏盖太太尖刻地问他道。

“我只有两个。”这个房客像一个对不幸逆来顺受的、遭到厄运的人那样，以温和的口吻答道。

第三年年终时，高老头再次紧缩开支，搬到四楼去住了，每月仅付四十五法郎的膳食费。他不吸烟了，辞退了理发师，头上也不再扑粉。女主人第一次看见高老头头上没扑粉就走出来时，发现了他的头发的原色，惊呼了一声。他的头发原来是暗灰中带点绿色。他的内心有难言之苦，不知不觉地，脸色一天比一天阴沉，在那些围着餐桌而坐的房客之中，他似乎是最沮丧的一个了。这时，不容有任何怀疑了：高老头是一个老风流，他有病，服了一些药，那药有副作用，只是靠了医生高明的医术才使他的那双眼睛保住了。他那头发是因为淫欲过度，并且吃了壮阳春药才变成这种恶相的。这个老头儿的身体和精神状态都证实了这些话言之有理。他那箱行装用旧了，他就买十四个苏一尺的白布替代他那漂亮的衬衫。他的首饰、纯金的鼻烟盒、金链条，一件件都不见了。他脱下了淡蓝色的衣服、所有华丽的套装，不论寒暑，都穿着一件栗色粗呢外套、山羊毛背心和一条灰毛长裤。他日见消瘦，腿肚子下垂了；他的脸庞，昔日因满足于资产阶级的优裕生活而堆满了肉，如今凹陷得不成样子；他的额头上堆满了皱纹，下巴颏干瘪瘪的。到了他在新圣热纳维也芙街定居的第四年，他已判若两人了。当时，这个六十二岁[①]的好样的面粉商看上去不到四十岁，俨然是个腰大肩宽、脑满肠肥的有产者，风流倜傥，眉开眼笑的，笑容里洋溢着青春的活力，连路人见了心情都为之一爽。眼下，他似乎变成了一个七十岁的痴呆老人，走路跌跌撞撞的，面色苍白。往昔那双灵活的眼睛已经黯然无神，毫无生气，再也流不出眼泪来了；他的眼圈泛红，似乎在淌血。一些人觉得他讨厌，另一些人则对他动了恻隐之心。学医的年轻大学生发现他的下嘴唇下垂，又目测了他脸上突起的颧骨，捉摸了他半天，毫无结果，就说他得了痴呆病。一天傍晚，用餐后，伏盖太太带着嘲讽的口吻对他说："怎么啦，您的几个女儿都不来看您啦？"听这口气，她是怀疑他的父亲身份。高老头战栗了一下，仿佛他的女主人用烙铁烫了他似的。

① 与前所述年龄不符，原文如此。

“她们有时来的。”他激动地答道。

“啊！啊！您有时还看见她们！”大学生们大声说道，“要得，高老头！”

他的回话引出了一串串玩笑话，然而老头都没听进去，他又陷入了沉思；那些人只是观其外表，以为他头脑愚钝，老态龙钟。倘若他们真的了解他，也许他们对他所面临的物质和精神上的处境会感兴趣的；但要达到这一步，真是比登天还难。虽说要打听高老头以前是否真是面粉商、了解他究竟有多少财产并不十分困难，但那班对他发生兴趣的年岁稍长的人从不走出本区的范围，成天在膳食公寓打发日子，就如牡蛎粘附着岩石那样。至于其他人，他们已受到在巴黎求生的特殊训练，一旦走出新圣热纳维也芙街，就会把这个受他们嘲讽的可怜的老头置于脑后。心胸狭窄的人也罢，无所用心的年轻人也罢，他们都认为高老头的寒酸和他的痴呆劲儿根本就跟财产和本领无缘。至于他称之为女儿的那些女人，大家都同意伏盖太太的看法，她说：“要是高老头的女儿真像来看他的几个夫人那么阔气的话，他也不会住在我家四楼，每月付四十五法郎，穿得像叫花子一样了。”她说话带有严密的逻辑性，那些晚间穷嘴嚼舌、对什么都胡乱猜测的老太婆大多如此。这些推理是难以被推翻的。因此，在一八一九年十一月底，即这个悲剧发生的时刻，伏盖公寓里的每个人对这个可怜的老头儿都已经有个固定的看法了。照一个在这家公寓包伙的博物馆职员说，他从来就没有什么老婆、女儿；他淫乐过度，最后成了一个蜗牛，一个像人似的软体动物，属于加斯盖第番尔类。与高老头相比，布瓦雷是一个才智出众的谦谦君子，他高谈阔论，细分缕析，有问必答，其实，他在说话、分析、回答时什么也没说，因为他惯于用另外一些字眼重复别人说过的话；不过，他毕竟有助谈兴，因为他生气勃勃，还显得感觉灵敏。博物馆的那个职员还说,然而高老头呢?他永远指在雷奥密[①]发明的温度计上的零度。

欧也纳·德·拉斯蒂涅克回来时,其精神面貌是上流社会的年轻人常有的,或是在逆境中拼搏时培养出优秀品格的那些人所具备的。他第一年旅居巴黎时,法律系的初级课程不重,他有时间尝到巴黎物质生活的种种乐趣。一个大学生如想了解每个剧院演出的剧目,研究迷宫似的巴黎的种种门径,学会为人处世之道,熟悉首都种种特有的乐趣,走遍形形色色、好好坏坏的场所,选听那些有趣的课程,历数博物馆丰富的珍藏的话,他是不会嫌时间多的。这时,一个大学生只是对一些他自以为了不起的无聊事情感兴趣而已。他心目中的大人物,就是法兰西学院的教授,而教授拿薪水只是为了应付课堂罢了。拉斯蒂涅克把领带系得高高的,会对巴黎喜剧院游廊上的女人卖弄风情了。在这一门门的启蒙教育中,他由嫩变老,拓开了生活面,终于意识到人是以阶层划分的,这些阶层重重叠叠,从而组成了社会。倘若说,他一开始只是对丽日下香榭丽舍大街上川流不息的马车抱观赏态度的话,那么很快他就转而嫉羡了。欧也纳在得到文学和法律两个学士学位之后去度假时,他已经不知不觉地初步学到了处世的学问。他童年时的幻想、外省人的种种观念都烟消云散了。他见多识广,雄心勃勃,对老家的庄园、家庭的境遇看得更真切了。他的双亲、两个兄弟、两个妹妹,还有一个仅靠养老金过活的姨母,都在拉斯蒂涅克家的这块小小的田地上生活。这

① 雷奥密(一六八三——七五七):法国物理学家,他发现了炼铁成钢的原理,并发明了酒精温度计。

块田地的收入将近三千法郎，并且是不能保证的，因为收益多少决定于葡萄酒的需求；然而，不管怎样，每年总得凑出一千二百法郎给他。家道中落，不可逆转，以前一直瞒着他，现在他看清了。在他童年的记忆中，他的两个妹妹都是如此美丽，眼下他不得不把她俩与他梦想中的美的化身——巴黎女人进行比较。家里人口众多，前景可虑，这副担子都落在他一个人肩上；他亲眼看见人们是如何颗粒归家地处处精打细算的；他也知道家人是如何用压榨后的水果渣屑冲成饮料的。总之，这些困难这里也无须一一罗列出来，但无一不大大加强了年轻人向上爬的愿望，使他渴望出人头地。他只希望凭他的本领闯天下，有出息的人常常是这样想的。年轻人航行在海上迷失了方向，不知往哪儿使劲，也不知把风帆撑在什么角度上，这时，他们犹疑不决的心情，拉斯蒂涅克也常有，加之，他是典型南方型的性格，在行动时，他的决心往往就会动摇。一开始，他还想以全部身心用功读书，过了没多久，他对拉关系发生了兴趣，发现女人对于社会生活有着巨大的影响，因此决心挤入上流社会，想在其中征服几个女人，作他的庇护人。他是个热情而有才华的年轻人，加之举止高雅、风度翩翩、洋溢着青春的活力，女人都会自愿上钩的，难道他还愁找不到女人么？他在田野上，在散步时，这些想法不断涌上他的脑海。以往他与两个妹妹散步时总是兴高采烈的，如今她们都觉得他变了。他的姨母马尔西拉克夫人，往日也是出入宫廷的，熟悉宫中贵族阶层的一些风云人物。蓦地，他回忆起姨母常在他耳边絮叨的话里有好几个可以攀援的人，至少这与他在法律学院的成功同等重要。于是，他向她询问可以结交得上的几个亲戚的情况。老夫人在家谱的支脉上经过一番筛选，她认为，在所有富有的、可以为他所用的亲戚之中，鲍赛昂子爵夫人大概是最易争取的。于是她用旧文体给这位少妇写了一封信交给欧也纳，并且对他说，倘若他能打动子爵夫人，她会再把他介绍给其他亲戚的。拉斯蒂涅克回到巴黎后几天，便把他姨母写给鲍赛昂夫人的信寄出了。子爵夫人寄来了一张邀请他参加次日舞会的请帖作为回复。

在一八一九年十一月底，这座市民式的膳宿公寓的大致情形就是如此。几天之后，欧也纳参加了鲍赛昂夫人家举办的舞会，在半夜两点钟左右回来了。好样的大学生为了把失去的时间补回来，在跳舞时就许愿要通宵达旦地读书。他生平第一次将要置身在这个安静的地区度过不眠之夜，他自以为精力充沛，实际上是他看见上流社会的奢华的气派，神摇意夺，一时冲动所致。他没在伏盖太太家用晚餐。于是，房客们都以为他要在次日拂晓时才会从舞会上回来，因为以前有几次他从普拉多舞厅①或是奥得翁剧院②的舞会上穿着他那双薄底凉鞋、丝袜上溅着泥浆回来时也是这个时候。克里斯朵夫在上门闩前，先把门打开探头向街上望了一望。正在这时，拉斯蒂涅克走了进来，悄无声息地上楼回到寝室，克里斯朵夫随后跟着，故意弄出许多声音。欧也纳脱了外套，套上拖鞋，披上一件蹩脚的上装，点燃了煤泥块，轻轻松松地准备读书，这时，克里斯朵夫仍然哗啦哗啦地拖着他那双肥大的鞋子，响声盖过了的年轻人悄悄的走动声。欧也纳埋首在他的几本法律书之前，默想了一会儿。他觉得鲍赛昂子爵夫人是巴黎最时髦的贵妇人之一，而她的府邸则是圣日耳曼贵族区中最舒适的去处。此外，从她的姓氏和财

① 旧日的舞厅，坐落在巴黎旧城的司法宫对面。

② 一八一八年焚毁，一八一九年重建开放。

产来看,她也是贵族圈里的一个出类拔萃的人物。多亏马尔西拉克姨母的引荐,可怜的大学生在她的家里受到了礼遇,虽然他还不知道这个宠幸会给他带来多大的影响。在这些金碧辉煌的沙龙里受到接待,就等于得到上等贵族圈的认可了。这个圈子有别于其他一切社交场合,他能在这里露面,就等于取得了到处都畅通无阻的权利。欧也纳在这个绚丽炫目的社交场合里有些昏昏然,他与子爵夫人没说上几句话,就在匆匆忙忙汇拢在一起的大群天仙般的巴黎贵妇人之中,发现了一位女子,年轻人看一眼就会爱上她的。此人便是阿纳斯塔西·德·雷斯托伯爵夫人,她个子高挑,身段优美,被公认是巴黎身材最美的夫人之一。她长着一双乌黑的大眼睛,双手白皙细嫩,两腿秀美动人,举止里充满着活力,是一个被隆克鲁尔侯爵称之为"纯种马"的女人。她的灵敏与激情并未使她的美稍有减损:她身体丰满、浑圆,但不能算是肥胖。"纯种马"、"名门闺秀",这些称呼开始取代了"天使"、"奥西昂诗①中的美人",取代了花花公子所摒弃的所有古老的爱情神话。对拉斯蒂涅克来说,阿纳斯塔西·德·雷斯托夫人是理想的女人。他设法在她记求舞者姓名的扇子上登记了两次,并在第一次对舞时能与她说上几句话。"以后,我能在哪儿见到您呢,夫人?"他突然向她问道,口气中充满了激情,使女人感到十分满足。"啊,在树林②、在意大利剧场、在我家里,哪儿都行呀。"

于是,大胆的南方人就如一个年轻人在对舞和华尔兹舞中对女人所能

---

① 十八世纪一个苏格兰诗人叫马克费尔松,发表了一首诗,说是从三世纪的诗人奥西昂的作品翻译过来的。这首诗获得巨大成功,对浪漫主义文学产生了巨大影响。

② 指巴黎近郊布洛涅树林,是巴黎上流社会人士游乐之地。

做的那样，殷勤地与这位楚楚动人的伯爵夫人结识了。他自我介绍是鲍赛昂夫人的表弟，接受他心目中这个贵妇人的邀请，并在她家自由进出了。拉斯蒂涅克看见她最后向自己微笑了一下，认为有必要去她家拜访。当时，上流社会有一批声名显赫、狂妄傲慢的公子哥儿，如莫兰古尔家族、隆克鲁尔家族、马克西姆·德·脱拉意家族、德马尔塞家族、阿絮达-潘多家族、旺德耐斯家族的后裔，那时他们个个都自命不凡，声势煊赫，与最高雅的女人过从甚密，如格朗东小姐、朗热公爵夫人、凯尔加鲁埃伯爵夫人、赛里西夫人、加里格里阿诺公爵夫人、费罗伯爵夫人、朗第夫人、爱格勒蒙侯爵夫人、费尔米阿尼夫人、利斯托迈尔侯爵夫人、爱斯巴尔侯爵夫人、莫夫里纽兹公爵夫人和格郎里厄家的人①。在这些人眼里，茫然无知是致命的缺陷，但拉斯蒂涅克却有幸遇见了其中的一个，后者并不小看这个初出茅庐的年轻人。就这样，天真的大学生就结识了蒙脱里伏侯爵，他是朗热公爵夫人的情人，亦是一个单纯得像孩子似的将军；他告诉拉斯蒂涅克，雷斯托伯爵夫人住在爱尔德街。他年纪轻轻，渴望出入上流社会，如饥似渴地盼望得到一个女人，终于看见两个贵族的家门向他敞开了！他一脚踏进了在圣日耳曼贵族区的鲍赛昂子爵夫人的府邸，同时又能在昂丹区的雷斯托伯爵夫人家里进出了！他能光顾巴黎一家又一家沙龙，自以为是个漂亮的小伙子，足以打动女人的心，并能求得她的帮助和保护了！他感到自己有雄心壮志，可以像熟练的杂技演员那样，满有把握地走钢丝，在一个可爱的女人身上找到了最好的精神平衡！他想着这些，仿佛看见眼前的炉火里正袅袅升起这个女人的身影。

① 所有这些人物都在《人间喜剧》里出现过，并在不同的作品里建立了相互间的联系。

站在法典和贫穷之间，谁又能不像欧也纳那样展望未来、想入非非呢？谁又能不对前程充满着成功的期望呢？他那游移不定的思想憧憬着未来，心里充满着无限的喜悦，恍然置身在雷斯托夫人身边了。突然，传来一下如同圣约瑟在锯木[①]时的轻微叹息声，打破了夜的寂静，在年轻人的心里震响，他以为是垂死的人在喘气。他悄悄打开门，走到过道上，看见高老头卧室的门缝里透出一束光线。欧也纳担心他的邻居身体不适，把眼睛贴在锁孔上，朝房内看。他看见老头在干的一件事，在他看来无疑是犯罪行为，因此，他认为对那个所谓的面粉商夜间偷偷干的事进行监察，是对社会尽责。高老头把桌子翻倒，在一条横档上缚上一只镀金银盘子和一只像碗之类的镀金银器，在这两件雕刻精细的银器上绕上粗绳，拼命拉紧，把银器扭扁，变成条状。“哼！这是什么人！”拉斯蒂涅克自忖道。他看见老头靠一根绳索，用强有力的胳膊无声无息地把他心爱的器皿像搓面团那样搓细。“他也许是一个小偷或是窝赃犯，为了干得更隐蔽些，他装得痴痴呆呆的，像叫花子那样过日子吧？”欧也纳挺直一会儿身子，心里这样想道。大学生又把眼睛贴在锁孔上。高老头把他的绳索解开，拿起一个银块，先在桌上铺了一块呢子，再把银块放在桌面上滚动，使之变成浑圆的条状。他做这件事干净利落，得心应手。“难道他与波兰国王奥古斯坦[②]一样强壮么？”当那根条子快搓成功时，欧也纳又暗忖道。高老头悲伤地望着他的杰作，流下了眼泪，他吹灭了制作金银条子才点燃的蜡烛，欧也纳听到他叹了一口气上了床，他

---

① 《圣经》上说，圣约瑟是木匠。

② 在《查理十二传》里，伏尔泰说到腓德烈-奥古斯坦一世是一个力大无穷的人。

想:“他大概疯了。”

“可怜的孩子!”高老头大声说道。

拉斯蒂涅克听见这句话,觉得为谨慎起见,该对此事保密,不能冒冒失失断定他的邻居做坏事。他正要抽身返回,突然听见一种难以言状的声响,仿佛是有人穿着布便鞋上楼来了。欧也纳支起耳朵,果然听出有两个人交替的呼吸声。他既没听见开门声,也没听见有人在走动,只是陡地又看见三楼伏脱冷的房间里透出微弱的灯光。他心想:“老百姓的膳食公寓的怪事真多!”他往下走了几个梯级,侧耳细听,他的耳边响起了掷金洋的声音。不一会儿,灯光熄灭了,两个人的呼吸声再次传来,仍无开门声。等到这两个人下楼后,声音才渐趋减弱。

“谁在那儿?”伏盖太太打开卧室的门大声问道。

“是我回来了,伏盖妈妈。”伏脱冷粗声粗气地答道。

“真怪!我明明看见克里斯朵夫把门闩插上的,”欧也纳回到自己的卧室时嘀咕道,“在巴黎这块地方,真要晚上不睡觉才能把周围的事情弄个明白。”他刚才正在大展情场上的抱负,却被这些小插曲打了岔,现在他开始用功了。可他心不在焉,对高老头仍有疑虑,而雷斯托夫人的面容更是不时地显现在他的眼前,他把她看成预示锦绣前程的使者。后来,他上了床,并立即熟睡了。年轻人发誓通宵用功,总是三天打鱼两天晒网的,二十岁以后,他们才能熬夜呢。

次日清晨,天上浓雾弥漫,把整个巴黎包围并笼罩起来了,连平常最准时的人们也弄错了时间。大家都失约了。到了正午,人们还以为是上午八点呢。九点半钟时,伏盖太太还没起床。克里斯朵夫和胖子西勒维也迟起了,他俩安安稳稳地在喝咖啡,并掺进了房客们的牛奶上的奶衣,西勒维故意把牛奶煮得滚沸,不让伏盖太太发觉奶衣已经被偷偷揭掉过了。

“西勒维,”克里斯朵夫边说边把他的第一片烤面包浸下去,“伏脱冷先生总是好人吧,昨天夜里他又接见了两个人。太太如起疑心,您什么也别对她说。”

“他给了您什么吗?”

“他给了我一百个苏的月规钱,意思是让我别多嘴。”

“他和古杜尔太太两个花钱不斤斤计较,其他人都想把他们在元旦那天右手给我们的东西,用左手收回去。”西勒维说。

“再说,他们给了什么啦!”克里斯朵夫说道,“一个一百苏的破角子。高老头自己擦皮鞋快两年了。布瓦雷这个小气鬼连鞋油都不上了,他宁可把鞋油喝了也不愿擦在他那双破鞋上。至于那长得又瘦又小的大学生,他给了我四十个苏,这点钱都不够我买鞋刷的。他还到市场上把自己的旧衣服卖掉呢。这栋破房子真够瞧的!”

“哈!”西勒维小口啜饮着咖啡,感叹地说道,“我们这两个差使还算是本区最好的呢,日子过得还凑合。对了,克里斯朵夫,那个大个儿伏脱冷老爹,有人提到过他吗?”

“是的,几天前,我在街上碰到一位先生,他对我说:‘有一个染过鬓脚的胖胖的先生住在您那里吗?’我说:‘不,先生,他没染鬓脚。像他那样爱寻开心的人,可没那个时间。’后来,我把这件事对伏脱冷先生说了。他答道:‘你说得好,孩子!以后就这么回答。再也没有让别人知道我们的短处更为恼火的了,这样连老婆都娶不到。’”

“啊哈！我嘛，在市场上，他们还探我口气，让我说出来，我是否看见他穿衬衣。笑话！听，”她岔开了话说道，“恩赐谷钟楼上已经敲响九点三刻了，楼内还没动静呢。”

“哼！还不是都出门了。古杜尔太太和她的小姑娘八点钟就出门到圣艾迪安教堂领圣体去了。高老头夹着一只小包出门了。大学生在十点钟左右上完课才回来。我在擦楼梯时看见他们出去的，高老头手上提的东西还撞了我一下，那家伙硬得像铁块一样。老头儿到底是想干什么去？别人让他像陀螺一样奔来跑去的，不过，他倒是一个好人，比所有的人都好。他给的小费不多，可是，他有时让我去送信的那几位夫人，她们给起小费来大手大脚的。她们打扮得可时髦呢。”

“就是那些他称为女儿的夫人么？有一打之多呢。”

“我总只去两家，就是到这里来过的那两位。”

“哦，太太起身了，她马上要大叫大嚷，我得走了。您照看牛奶吧，克里斯朵夫，当心猫。”

“什么，西勒维，已经十点差一刻啦，你们让我像鼹鼠一样死睡吗！从来没有过的事。”

“起雾了，雾浓得伸手不见五指。”

“中饭呢？”

“啊！您的房客一个个都见鬼了，他们一大老早都溜掉了。”

“说得准确些，西勒维，”伏盖太太接着说道，“应该说大老早①。”

---

① 这里，伏盖太太用词同样不当，应该说“大清早”才对。

"啊！太太，您要我怎么说我就怎么说。您要我十点开饭也行呀[①]。米肖诺和布瓦雷还没起床。整幢楼只有他俩，他们像木桩似的睡死了。"

"嗨，西勒维，你把他俩说到一块儿去，好像……"

"好像什么？"西勒维接着问道，大大咧咧地笑了出来，"两个就是一双嘛。"

"有点怪，西勒维，昨天夜里，克里斯朵夫插上门闩之后，伏脱冷先生怎么还能进门呢？"

"恰恰相反，太太。他听见伏脱冷先生回来了，就下楼为他开门。您还以为他关门……"

"把上衣给我，赶快去做饭吧。把剩下的羊肉和土豆烧烧，把煮烂的梨端出来，就是两个里亚尔[②]一只的那种梨。"

不多会儿，伏盖太太下楼了，这时，猫用爪子一把将盛牛奶的碗盖打翻，便迫不及待地舔着牛奶。

"米斯蒂格里！"她大吼一声。猫溜掉了，接着，又返身回去蹭伏盖太太的腿肚子。"是啊，是啊，你又来讨好了，老滑头！"她说完又叫道："西勒维！西勒维！"

"嗳！什么，太太？"

"看看猫吃了多少。"

"都是克里斯朵夫这个畜生不好，我对他说过要摆上桌子的。他到哪里

---

① 那时，人们一般十一点钟吃午饭。

② 一个苏合四个里亚尔。

去啦？别担心，太太，待会儿就放在高老头的咖啡里就是了。我在里面加些水，他发现不了。他什么都不在乎，甚至对吃什么都不关心。”

“这个老家伙，他上哪儿去啦？”伏盖太太边放盘子边问道。

“谁晓得？他在同鬼做买卖吧。”

“我睡得太多了。”伏盖太太说道。

“可太太鲜艳得像一朵玫瑰……”

这时，门铃响了，伏脱冷走进客厅，用他那粗嗓门唱道：

我周游世界已有多年，
人们处处都能看见我……

“哦！哦！您好，伏盖太太。”他看见女主人后，边说边轻佻地搂着她。

“行啦，够啦。”

“不如说放肆吧，”他接着说道，“行啦，说吧。您不是想说这句话吗？哦，我帮您摆餐具，怎么样，我好吗？

去追那棕发、金发的姑娘，
去爱吧，叹息吧……

“我刚才看见一件怪事：

……纯属偶然①”

“什么事?”寡妇问道。

“高老头早上八点半在太子妃街的一个金银匠的铺子里,此人专收旧餐具和嵌金线的肩章。老头把一套镀金银餐具卖出了大价钱,像他这样的外行,绞得也够漂亮的。”

“哦,真的吗?”

“是的。我的一个朋友乘海船出国,我送走他之后回到这里。我等高老头来着。啊,有趣的事来了,他走到本区的格雷街,走进一家大名鼎鼎的放高利贷的高布赛克家里,此人是一个自命不凡的可笑的家伙,小气得可以用他父亲的骨头做骨牌。他真是个犹太人、阿拉伯人、希腊人、波希米亚人,他把钱都存进了银行,抢他家的钱才不大容易呢。”

“那么这个高老头去干什么呢?”

“他什么也不干,”伏脱冷说,“坐吃山空。这个呆瓜傻透了,居然为了几个女人不惜破产……”

“他来了!”西勒维说。

“克里斯朵夫,”高老头大声喊道,“跟我上楼。”

克里斯朵夫跟在高老头后面上去了,不一会儿又走下楼来。

“你上哪儿?”伏盖太太问她的仆人。

“替高里奥先生办一件事情。”

---

① 这是一出喜剧中的回旋曲。

“这是什么?”伏脱冷说着从克里斯朵夫手里抽出一封信,他读着信封上的字:“阿纳斯塔西·德·雷斯托伯爵夫人亲启。”他把信交还给克里斯朵夫,边问道:“你去哪儿?”

“爱尔德街。他吩咐我把这封信亲手交给伯爵夫人。”

“里面是什么?”伏脱冷说着把信朝日光照照,“一张银行支票? 不是。”他把信封拆开一点儿,又说:“是一张债务付清的凭据。妈的!”他大声叫道,“他可真风流,老家伙。去吧,老伙计,”他说着把那只大手罩在克里斯朵夫的头上,使劲让他像骰子那样在原地转了几圈,“你会得到不少小费的。”

餐具放好了。西勒维煮开了牛奶。伏盖太太点燃了火炉,伏脱冷一边帮着她,一边始终在哼着:

我周游世界已有多年,
人们处处都能看见我……

当一切准备停当后,古杜尔太太和塔勒费小姐回来了。

“您这么一大早从哪儿来,漂亮的太太?”伏盖太太向古杜尔太太问道。

“我们刚才在圣艾迪安教堂祈祷,今天不是该到塔勒费先生家去吗? 可怜的孩子直打哆嗦,像一片树叶。”古杜尔夫人在火炉前坐下,她把鞋子伸到炉膛口,鞋子开始冒烟了。

“您烤烤火吧,维克多莉娜。”伏盖太太说。

“小姐,祈求上帝让您的父亲发发善心才好啊,”伏脱冷说着向孤女挪移近了一张椅子，“但这还不够。您还需要一个朋友，让他向这个丑八怪提提你的事情。传说这个野蛮人有三百万，却一个子儿也不给您做陪嫁。这个年头，一个美人儿是需要一份嫁妆的哪。”

“可怜的孩子，”伏盖太太说，“去吧，我的小宝贝，您那鬼爸爸是会得到报应的。”

维克多莉娜听到这几句话，双眼涌满了泪水；寡妇看见古杜尔太太向她做了个手势，也就默不作声了。

“如果我能够看见他，同他讲话，把他的妻子的最后一封信交给他就好啦，”军需官的寡妇接着说道，“我一直没敢把信寄出，他认识我的笔迹……”

“哦！天真、不幸而受虐待的女人啊，”伏脱冷插进来大声嚷道，“您到这个地步了？不出几天，我来插手这件事，一切都会迎刃而解的。”

“啊！先生，”维克多莉娜说道，她闪着泪光向伏脱冷感激地看了一眼，而后者却毫无表情，“如果您有办法与家父说上话，请转告他，他的爱和我的母亲的荣誉对我来说，比世上的所有财富都宝贵。如果您能使他多少动点心的话，我会祈祷上帝保佑您的。请相信我会报答您的……”

“我周游世界已有多年。”伏脱冷用嘲讽的腔调唱道。

这时，高里奥、米肖诺小姐和布瓦雷走下楼来，他们也许闻到了西勒维浇在吃剩的羊肉上的芡粉汁的香味了。正当七名房客就座并互道早安之际，十点钟敲响了，大家听见大学生的脚步声从街上传来。

“啊！好啊，欧也纳先生，”西勒维说，“今天，您可以和大家一起用饭了。”

大学生向房客们点头致意，然后在高老头身边坐下。

“我刚才目睹了一件怪事。”他说，并为自己拿了一大块羊肉，切了一块面包，伏盖太太目不转睛地在估计面包的分量。

“一件怪事！”布瓦雷说。

“啊哈！您有什么可奇怪的，老家伙？”伏脱冷对布瓦雷说，“这位先生命中注定就是遭遇不凡。”

塔勒费小姐向年轻大学生怯生生地溜了一眼。

“把您的所见所闻跟我们说说吧！”伏盖太太以恳求的口吻说道。

“昨天，我在我的表姐鲍赛昂子爵夫人家跳舞，她有一栋华丽的邸宅，有缀着绸绫锦缎的套间，总之，我们在她家像过节似的大大乐了一番，我玩得真痛快，像一个国王……”

“小鸟。”伏脱冷突然插嘴道。

“先生，”欧也纳接着就问，“您说什么？”

“我说小鸟，因为小鸟玩得比大国王痛快得多。”

“千真万确。要我当国王，我宁愿做一只无忧无虑的小鸟，因为……”喜欢人云亦云的布瓦雷说道。

“后来，”大学生打断他的话继续说下去，“我与舞会上最漂亮的一位夫人跳舞，她是一位如花似玉的伯爵夫人，我从未见过这么一个佳人。她的头上插着桃花，胸前挂有一团最美的花，芬芳馥郁的鲜花。啊唷！你们得亲眼看见才成，我简直无法形容她在跳舞时的美妙。话说回来！今天早上九点钟光景，我看见这位天仙般的伯爵夫人来着，她步行来到格雷街。哦！我的心狂跳起来，我想……”

“她到这里来了，”伏脱冷向大学生寓意深长地看了一眼说，“她大概是到放高利贷的高布赛克老爹那里去了吧。如果您能打开巴黎女人的心扉看看的话，您一定会发现她们把放高利贷的看得比情人还重要。您看见的那位伯爵夫人叫阿纳斯塔西·德·雷斯托，住在爱尔德街。”

大学生听见这个名字，便直愣愣地看着伏脱冷。高老头猛地抬起头来，目光炯炯地望着这两个对话者，神情慌张不安，餐桌上的人都吓了一跳。

“这么说，克里斯朵夫去得太迟，她先走了一步。”高老头痛苦地呻吟道。

“我猜中了。”伏脱冷凑着伏盖太太的耳朵说道。

高老头木然地吃着，也不知自己在吃什么。他似乎从未像现在那么痴呆呆地走神过。

“真见鬼，伏脱冷先生，谁能对您提起她的名字？”欧也纳问道。

“哦！哦！”伏脱冷说道，“这种事嘛，高老头知道得很清楚！我为什么又不能知道呢？”

“高里奥先生！”大学生惊呼道。

“什么！”可怜的老人说道，“昨天她真的美吗？”

“谁？”

“雷斯托夫人。”

“您看看这个老色鬼，”伏盖太太对伏脱冷说，“他的那双眼睛发亮了。”

“他养着她啰？”米肖诺小姐轻声问大学生。

“呵！是的，她美得出奇，”欧也纳接着说道。高老头在一旁贪婪地望着他。“昨天，如果鲍赛昂夫人不在场的话，我那天仙般的伯爵夫人就是舞会之后了，年轻人一个劲儿地盯着她看，我是第十二位挂上号的，每场对舞她都被邀请跳一曲。其他女人嫉妒得要命。倘若说昨晚有谁是真正幸福的话，那就是她了。世上没有比扬帆的战舰、奔驰的骏马和起舞的女人更美的了，这话说得有道理啊。”

“昨天在某位公爵夫人府上走红运，”伏脱冷说，“今晨，又在某个债主家里低三下四，这就是巴黎女人的本色。倘若她们的丈夫无力维持她们毫无节制的奢侈，她们就出卖肉体。倘若她们还不懂得如何出卖，就能把生身之母的肚子剖开，凡能炫耀的，都要翻找出来的。总之，她们什么都做得出来。尽人皆知！尽人皆知呵！”

刚才，高老头在听大学生说话时，犹如丽日的阳光，精神焕发；现在又听到伏脱冷那不动声色的议论，脸色顿时变得灰黯了。

“嗨！”伏盖太太说，“您遇上的怪事究竟是什么？您与她说话了吗？您问过她是否想学法律吗？”

“她没看见我，”欧也纳说，“不过，巴黎最美的一个女人可能半夜两点才从舞会上回家，九点钟却又出现在格雷街，这难道还不离奇吗？这些稀奇古怪的事情只有在巴黎才有。”

“啊哈！比这更怪的事有的是。”伏脱冷大声说道。

塔勒费小姐漫不经心地听着，她脑子里尽想着自己待会儿要做的那件棘手的事情。古杜尔太太示意她起身换装。等这两个女人出门后，高老头也随后跟出去了。

“唉！您看见他了吗？”伏盖太太对伏脱冷和其他房客说，“他为这些女人倾家荡产，这一清二楚啦。”

“谁也无法让我相信,美丽的雷斯托伯爵夫人为高老头所占有。”大学生大声说道。

“我们可不一定非得让您相信,”伏脱冷插口说,“您太年轻了,还不了解巴黎。往后,您就会知道,确实有我们称之为感情至上的那样的人……(米肖诺小姐听到这句话,会心地看了看伏脱冷,好像一匹战马听到了号角声。)啊!啊!”伏脱冷停顿不语,向她深深地看了一眼,“我们自己心里就没有个把心上人了吗?(老姑娘像看到裸雕的修女那样低下了头。)哈哈,”他继续说道,“这些人产生一个念头后,就再也摆脱不了啦。他们只是认定一口井里打出来的水,往往还是腐臭的呢,为了喝这一口水,他们可以出卖自己的妻子、孩子,可以把自己的灵魂出卖给魔鬼。对有些人来说,这口井是赌博、交易所、搜集油画或是昆虫标本、音乐;对另外一些人而言,就是一个会给他们做甜食的女人。对于这些人,您把世上所有的女人都奉献给他们,他们也满不在乎,他们只需要那个能满足他们情欲的女人。这些女人往往一点也不爱他们,对他们粗暴无礼,让他们为一点点感情上的满足付出很高的代价。啊哈!我们那些唱滑稽的却乐此不疲,他们宁愿把最后一床棉被抵押在‘虔诚山’当铺,换得最后一个埃居孝敬她。高老头就属于这一类人。伯爵夫人榨取他,因为他不会乱说,这就是上层社会!可怜的老头儿的心思全在她身上。您也看出来了,他除了痴情之外,粗俗不堪。每当我们当他的面谈到这个女人,他的脸就如钻石似的容光焕发。这件秘密也不难猜出来。今晨,我看见他带着搓成条子的银器,走进格雷街上高布赛克老爹的家里。请再听下去!老头回来后,就叫克里斯朵夫到雷斯托伯爵夫人家里送信,就是这个傻瓜刚才把这封信的地址亮给我们看的,信里就夹着一张债务付清的凭据。事实再清楚不过啦,假如伯爵夫人到放债老头家里去过,一定有什么要事!高老头讨好她,为她还了债。一眼就能看穿其中秘密了。年轻的大学生啊,您这就明白了,正当您那位伯爵夫人在嬉笑、在跳舞、在弄姿作态、在抖动她那朵桃花、在轻提她的长裙的时候,她正想着她自己、或是她的情人的到期付不出的借票①。如俗话说的,她急得像热锅上的蚂蚁呢。"

"听了您的这番话,我无论如何也要把事实弄清楚,明天,我就去雷斯托夫人家。"欧也纳大声说道。

"对,"布瓦雷说道,"明天该去雷斯托夫人家。"

"也许您在那里会碰见高老头,他正在领取献媚邀宠的酬劳呢。"

"哼,"欧也纳带着厌恶的神态说道,"您心目中的巴黎竟是一个泥潭了。"

"一个古怪的泥潭,"伏脱冷接着说,"坐在马车里溅上污泥的人是高尚的人,步行溅上污泥的人都是骗子。您如偶尔偷了些什么,就会被当成怪物似的在司法官广场上示众。但如果您偷上一百万,您在贵人的客厅里却可以被人歌功颂德。您如付三千万给警署和司法部门,就可以维持这种道德了。好哇!"

"什么,"伏盖太太大声说道,"高老头居然把他那套镀金银餐具熔掉重打了?"

---

① 这是债主(或通过第三者)给借债人的一种可转换借据,上面注明还款日期,逾期不还,则借债人便丧失了信誉。

“盖子上不是有两只斑鸠吗?”欧也纳问道。

“一点也不错。”

“他可舍不得呢,在他搓揉盆子和盘子时,他哭了。我是偶尔看见的。”欧也纳说。

“他把这些东西看得与命一样重。”寡妇回答道。

“这个老头哪,他真是着迷啦,”伏脱冷大声说道,“那个女人懂得如何勾走他的灵魂呢。”

大学生上楼回到自己的屋里。伏脱冷出门了。过了不久,古杜尔太太和维克多莉娜乘上了一辆出租马车,是西勒维为她俩雇来的。布瓦雷把胳膊让米肖诺小姐挽着,双双去植物园散步,消磨掉白天最佳的两个小时。

“哎哟!他俩几乎像一对夫妻了,”胖子西勒维说,“今天,他俩同出同进还是第一次呢。这两个都那么干瘪瘪的,如果他俩相撞,真会像火石那样爆出火花来呢。”

“当心米肖诺小姐的披肩,”伏盖太太笑着说,“它会像一团火绒烧起来的。”

午后四点钟,高老头回来时,就着两盏冒烟的油灯的光,看见维克多莉娜的双眼红通通的。伏盖太太正在听她讲述早上到塔勒费先生家里是如何碰壁的。塔勒费对他的女儿和这位老太太厌烦透了,默许她俩登门,以便向她俩说说清楚。

“亲爱的太太,”古杜尔太太对伏盖太太说,“您想想看,维克多莉娜一直站着,他甚至没请她坐下。对我嘛,他没动火,只是冷冷地劝我们不必再费心上他家去;他把自己的女儿称小姐,说她不必老缠着他(每年去一次也嫌烦，这个魔鬼！），给他造成不好的印象；并说，维克多莉娜的母亲出嫁时一无所有，她没有什么可嘱咐的；最后，还说了一些狠毒无情的话，使这位可怜的小姑娘流泪不已。于是，小姑娘跪倒在她父亲的跟前，鼓起勇气对他说，她同样想为母亲申辩几句，她会顺从他的意愿，毫无怨言，不过，她恳求他读一下可怜的母亲的临终遗言。她取出信，把信递给塔勒费，又说了一些人间最美好、最感人的语言，我真不知道她从哪儿学来的，真是上帝向她口授心传的呢。这个可怜的孩子说得那么真挚动人，我听了都哭得不成个样子了。您知道这个可怕的男人怎么做来着？他剪着手指甲，拿起可怜的塔勒费夫人洒满泪水的信，扔进壁炉，一边还说：'好嘛！'他想把她扶起来，他的女儿就势捧着他的双手就要吻，但他最后还是把手抽回去了。难道这不是大逆不道吗？他那傻高个儿的儿子走进来时都没对他的妹妹打招呼。"

"这些人都是魔鬼吗？"高老头说。

"后来，"古杜尔太太继续说道，对老头的感叹也没在意，"父子俩对我点点头就走了出去，他们请我原谅，说还有紧迫的事情要做。这就是我们探访的前后经过。他至少看见了女儿。我真不懂，他怎么能不认她，父女酷似，就像两滴水似的。"

房客和仅包一餐的客人先后都来了，他们相互问候，说了一些鸡毛蒜皮的事情。这些废话在巴黎的某些阶层里就算是幽默的表现了。他们百无聊赖，言之无物，其价值仅仅表现在手势或是语调上罢了。他们的话题不断在变化，说的无非都是一些开玩笑的话，出不了个把月就没人提了。一个政治事件、一件正在审理的案子、街上流行的一支小调、某个戏子的闹剧，这一切都成了他们智力游戏的材料，把思想和语言当成了一只只羽毛球，彼此间用球拍打来打去而已。最新杰作《迪奥哈马》①把光的幻觉带到了比全景画更高的高度,成为某些画室里的话题,他们用“哈马”的音结尾说说笑笑的,一个年轻的画家是伏盖公寓的一个常客,也把这个切口带过来了。

“噢! 布瓦雷先生,”博物馆的小职员说,“这个小姑娘的身体‘哈马’吗?”接着,他也不等对方回答,便说:“太太们,你们心事重重呢。”他对古杜尔太太和维克多莉娜说。

“我们可以开饭吗?”贺拉斯·皮安训大声说道,他是医科大学生,拉斯蒂涅克的朋友,“我的小小的胃干瘪得掉下来啦。”

“天气冻得够‘哈马’的!”伏脱冷说,“挪挪身子吧,高老头! 活见鬼! 您的脚把整个炉口全占啦。”

“伟大的伏脱冷先生,”皮安训说,“您为什么说冻得够‘哈马’呢? 有一个小错,应该说冷得够‘哈马’的。”

“不对,”博物馆的小职员说,“按道理应该说冻得够‘哈马’的。我的脚上冻了。”

“哦! 哦!”

“法律分科学②博士,拉斯蒂涅克侯爵殿下到,”皮安训大声嚷道,他搂着欧也纳的颈脖,搂得他几乎喘不过气来了,“哦! 还有诸位,哦!”

米肖诺小姐悄然无声地走了进来,向众人默默致意,挨近那三个女人身边坐下。

---

① 《迪奥哈马》是用透明色描绘风景人物的一幅长幅油画,巴尔扎克称之为“本世纪的杰作”。

② 这是皮安训发明的一个词,有些戏谑的意味。

“她老是使我胆战心惊，这只老蝙蝠，”皮安训指着米肖诺小姐轻声对伏脱冷说，“我是研究加尔①学说的，我觉得她有犹大的反骨。”

“先生认识犹大吗？”伏脱冷问。

“谁没见过他！”皮安训答道，“我发誓，这个苍白的老处女就像一条长长的蛀虫，能把大梁蛀空了。”

“年轻人，该这样说，”已到不惑之年的人梳理着髯须吟诵道：

玫瑰花，它的命运与其他姐妹一样，
只活了一个早上。②

“啊！啊！来了一道著名的‘哈马’浓汤。”布瓦雷看见克里斯朵夫战战兢兢地端着一盆汤走了进来，说道。

“请愿谅，先生，”伏盖太太说道，“这是一道白菜汤。”

在场的年轻人都放声大笑起来。

“吃瘪了，布瓦雷！”

“小布瓦雷吃瘪啰！”

“伏盖太太得了两分。”伏脱冷说道。

“有谁注意到今天清晨的雾气了吗？”小职员问道。

“这场疯雾有些癫狂，从未见过，”皮安训说道，“一场阴森森、凄切切、

① 加尔（一七五八——八二八）：德国医生，骨相学的创始人。

② 这是法国十七世纪诗人马莱伯的一首著名的诗。伏脱冷有些文学方面的知识。

陌生的、中气不足的雾，活像高老头的神态。”

“高老头的‘哈马’雾，”画家说道，“因为眼前一片漆黑[1]。”

“嗨，高老爷，眼前一片漆黑。”有人模仿英国人的发音说道。

高老头坐在餐桌的下首，靠近厨房的那道门，他抬起头，嗅了嗅餐巾下面的一块面包。这是他原来做买卖的习惯，现在不时还流露出来。

“怎么啦，”伏盖太太冲着他叫道，声音之大盖过了刀叉盘碟声和谈话声，“您觉得面包不新鲜吗？”

“相反，太太，”他答道，“面包是用埃唐普的上等面粉做的。”

“您怎么知道的？”欧也纳问他道。

“凭洁白的颜色和口味。”

“既然您闻出来的，那就适合您的鼻子的嗅觉，”伏盖太太说道，“您越来越省俭了，总有一天您能靠嗅厨房里的味道过活呢。”

“那么申请专利吧，”博物馆的小职员大声说道，“您会发大财的。”

“别取笑他了，”画家说道，“高老头这么做是让我们记住他曾经是一个面粉商。”

“您的鼻子上带蒸馏瓶吗？”博物馆小职员又问了一句。

“带什么？”皮安训问道。

“带果子。”

“带风笛。”

“带光玉髓。”

---

① 影射高老头害眼病。

“带檐口。”

“带乌鸦。”

“带向导。”

“带‘哈马’。”①

这八句话从餐室的四面八方传来，速度之快不亚于机关枪开火；这下又引起了哄堂大笑，高老头傻乎乎地望着在场的人，仿佛想听懂一种外语似的。

“带什么?”他向邻座的伏脱冷问道。

“带爪子，老伙计!”伏脱冷说着往高老头的头上一拍，把他的帽子压到眼睛上。

可怜的老头为这突如其来的攻击惊呆了，愣了一会儿。克里斯朵夫以为他吃完汤了，把盘子拿走了。高老头顶起了帽子，拿起勺子想舀汤，却碰到桌面。餐桌上又爆发出笑声。

“先生，”老头说道，“您开了一个恶劣的玩笑，如果您以后再这样捉弄我……”

“又怎么啦，老爹?”伏脱冷打断他的话说道。

“怎么！总有一天您要为此付出代价的……”

“进地狱，是不是?”画家说道，“还是进那个关坏孩子的黑屋子?”

“啊哈！小姐，”伏脱冷对维克多莉娜说，“您怎么没吃东西。令尊不好对付吗?”

① 以上各词均带法文“Cornue(蒸馏瓶)”的前缀“Cor”，与“蒸馏瓶”谐音。

“一个恶魔。”古杜尔太太说。

“应该叫他明白事理。”伏脱冷说。

“不过，小姐可以为得到赡养费去打官司，既然她不吃什么。”靠近皮安训坐着的拉斯蒂涅克说道，“啊！啊！快看高老头端详维克多莉娜的样子吧。”

老头凝望着可怜的少女，忘了吃东西。少女的面容上显露出深深的悲哀——一个深爱着自己的父亲，又被他遗弃的孩子的悲哀。

“亲爱的，”欧也纳轻声说道，“我们都错怪高老头了。他既不是一个傻瓜，也不是一个没有性子的人。把你的加尔学说用在他身上吧，再告诉我你是怎么想的。昨天夜里，我看见他绞着一个镀金银盘子，就像绞一块蜡似的，那时，他的脸上露出非同寻常的神色。在我看来，他的一生太神秘了，值得研究。是啊，皮安训，你别笑了，我可不是寻开心。”

“这个人代表一个医学上的现象，”皮安训说道，“行啊，只要他愿意，我可以解剖他。”

“不，摸摸他的脑袋就成了。”

“哦！行啊，就怕他的傻气也许会传染呢。”

Ⅱ

两处拜访

次日，拉斯蒂涅克穿戴得十分高雅，在午后三点左右，到德·雷斯托夫人府邸去了。一路上，他异想天开，满怀着希望，也就是这些希望使年轻人的生活充满了激情。这时，他们从不计较险阻，认为一切必然成功，仅凭幻想把生活诗化，一旦计划落空，便顾影自怜，自怨自艾，其实这些计划只是他们一时冲动的产物而已；要不是他们无知胆小，社会秩序也就无法维持了。欧也纳走路备加小心，生怕泥浆溅着他，他边走边盘算着该向雷斯托夫人说些什么。他养精蓄锐，设想着在可能的对话中该如何作答，他准备着一些巧妙的词汇，一些泰勒朗①式的语言，并且虚拟了一些便于爱情表白的种种小场合，他把自己的前途押在这千金一刻上了。大学生还是溅了一脚泥浆，他不得不在王家广场上让人给他的鞋子上光，刷净他的裤子。他给了一枚银币，找回了三十个苏，心里想："倘若我有钱，我就以车代步，这样就能静下心思考了。"他终于走到海尔德街，求见雷斯托伯爵夫人。下人看见他徒步穿过院子，也没听见马车停在大门口的声响，轻蔑地瞪了他一眼。他强忍住怒

① 泰勒朗（一七五四——一八三八）：法国著名外交家。

火，相信有朝一日会扬眉吐气。他进入院子时，看见一匹披金挂银的骏马在用前蹄踢蹬，挂在后面的一辆马车也是金镂银雕，显示出奢华的气派，折射出巴黎上流社会生活的阔绰，他已经自惭形秽了，眼下那鄙夷的一瞥更加刺痛了他的心。他自顾怄气，情绪大落。他的思想刚刚才开窍，自以为才情滚滚而来，这会儿又闭塞起来，他变得傻头傻脑的了。一个贴身侍仆向伯爵夫人通报来访者的姓名去了，欧也纳正等着回音。他站在前厅的一扇窗下，把身体的重心放在一只脚上，臂肘搁在窗户的长插销上，痴呆呆地向院子张望。他觉得等得过久了，要不是他天生具有南方人特有的执着，认为坚持到底就会产生奇迹的话，他早就掉转身子走了。

“先生，”贴身侍仆返回时说道，“夫人在小客厅里，她非常忙，没有接我的话。敬请先生到大客厅去，那里已经有人在等了。”

拉斯蒂涅克一面赞赏这些仆役可畏的本领，他们能用一句话给他们的主子下定论或非难他们，一面无拘无束地推开刚才那个侍仆走出的门，目的是为了让那些趾高气扬的仆人明白，他与这幢府邸的人是熟悉的；不料他鲁莽地走进一间置放油灯、橱柜、烘干浴巾器具的房间，而且这间屋子还通向一条晦暗的过道和一条暗梯。他听见前厅里有人在窃窃地笑，显得更加惊慌失措了。

“先生，大客厅从这里走。”侍仆向他说道，恭敬中掺着虚假，更增加了嘲讽的意味。

欧也纳急匆匆地往回路上走，不小心又撞到了浴缸，幸而他扶住了帽子，没让它掉进缸中。这时，在由一盏小灯照明的长长的过道尽头上的一道门开启了，拉斯蒂涅克同时听到了雷斯托夫人和高老头的声音，还听到了一声亲吻。他随着侍仆走进餐厅,穿过餐厅,进入第一客厅,发现有一扇窗户面临镜子,便走去站在那里。他想看明白,这个高老头是否真的是他所认识的高老头。他的心脏跳得厉害;他想起了伏脱冷那一番可怕的议论。侍仆在通向第二个客厅的门口等他,突然,从里面走出一位倜傥风流的年轻人,不耐烦地说:"我走了,莫里斯。请您转告伯爵夫人,我已经等她半个多小时了。"这个狂妄之徒大概是有权如此放肆的,只见他哼着几句意大利花腔小调,向欧也纳站着的窗口走去,仿佛想瞧瞧这位大学生的模样,也为了朝院子里张望。

"不过伯爵先生最好还是再等一会儿工夫,夫人已经办完事了。"莫里斯边说边转身向前厅走去。

这时,高老头刚从小楼梯出来,走近大门。这个老好人抽出雨伞,刚准备打开,却没注意到大门开启,驶进一辆双人轻便马车,驾车者是一个戴勋章的青年人。高老头幸而往后一缩才免于成为车下鬼。那匹马被雨伞的塔夫绸惊吓住了,往旁边一闪,冲向台阶。年轻人愤怒地转过头来,瞪了高老头一眼,并在后者迈出大门之际,向他点头示意,这表示既像是人们对需要时才用上的债主的勉强尊敬,也像是对一个骨子里瞧不起的穷困潦倒者面上的敬意。高老头和颜悦色地向他友好地打了个招呼。所有这一切像雷劈般地一闪而过。欧也纳过于专注了,没发现身边还有旁人,突地,他听见伯爵夫人的说话声。

"啊! 马克西姆,您走啦。"她含嗔带怨地说道。

伯爵夫人方才没注意到双轮马车驶进来。拉斯蒂涅克猛地回过头,看见伯爵夫人千娇百媚地穿着一件带粉红色花结的白色开司米晨裙,头发蓬松，随意如同巴黎妇女的晨妆；她的身上散发出阵阵芳香，显然，她方才洗了一个晨浴，她的美貌加上她漫不经心的修饰，似乎显得更加性感了，她的双眼也是水灵灵的。年轻人的眼睛对什么也不会放过，他们的灵魂与女人的艳丽融汇成一片，如同一棵植物尽情地汲取空气中对它有益的养料一样。欧也纳无须触摸这个女人的手便可感觉到它的娇嫩。他从半遮半掩的开司米晨裙上方，看见伯爵夫人裸露出一片玫瑰色的酥胸，于是把目光停滞在上面了。伯爵夫人无须借助金属胸衣撑，用一根腰带便可托出她柔软的腰肢；她的颈脖诱惑你去吻它；套在拖鞋里的一双脚，娇美异常。正当马克西姆捧着伯爵夫人的手欲吻上去时，欧也纳看见了他，而伯爵夫人亦看见了欧也纳。

“啊！是您，拉斯蒂涅克先生，看见您很高兴。”她说道，识趣的人看到她那神情定会对她变得驯良服贴的。

马克西姆先看看欧也纳，又看看伯爵夫人，眼神里的意思很清楚，是让不速之客走路。“啊，我亲爱的，我希望你替我把这浑小子撵到门口去！”在被伯爵夫人阿纳斯塔西称之为马克西姆的那个傲慢无礼的小伙子的眼神里，明白无误地表现出这一句话的含意来了。她望着马克西姆的脸孔时的顺从的神态，无意之中道出了一个女人的全部心事。拉斯蒂涅克对这个年轻人恨之入骨。首先，马克西姆那一头漂亮卷曲的金发就暗示他，他自己的头发有多丑陋。再说，马克西姆有一双精美洁净的靴子，而他穿的那双呢，虽说在走路时他小心翼翼，但还是蒙上了一层泥灰。最后，马克西姆穿着一套紧身合适的礼服，把他的身材衬托得像一位美妇，而欧也纳却在下午两点半钟已经穿上一套黑礼服了。从夏朗特来的聪明孩子感到了这个瘦削、颀长、浅色眼睛、苍白皮肤的花花公子靠了衣着占了上风，使他有能力让失去双亲的子弟倾家荡产。雷斯托夫人也不等待欧也纳的回话，便一阵风似的飘进另一个客厅，晨裙翻上翻下，裙裾翩翩起舞，看上去，她就像一只蝴蝶，马克西姆紧随其后，而气鼓鼓的欧也纳又跟在马克西姆后面。现在，这三个人在客厅中央的壁炉旁聚首了。大学生心里明白，他将会妨碍这个讨厌的马克西姆；不过，即便引起雷斯托夫人的不悦，他也想整一下这个纨绔子弟。蓦地，他回想起鲍赛昂夫人府邸的舞会上，他曾看见过这位年轻人，他猜出马克西姆是雷斯托夫人的什么人了。他凭着不成功便成仁的少年人的豪迈之气，心里想："他就是我的情敌，我要战胜他。"啊！这冒失鬼！他并不知道马克西姆·德·脱拉意伯爵惯于引诱对方侮辱他，然后首先开枪，把对方杀死。他欧也纳虽是个机灵的猎手，但在一次射击中，在二十二个木人靶子上，还没能打下二十个呢。

年轻的伯爵在火炉旁的一张安乐椅上一屁股坐下，拿起铁钳，在炉心乱捣一阵。他动作粗野，心烦意乱，使得阿纳斯塔西那个美丽的额头顿时布满了愁云。少妇转向欧也纳，向他投去冷峻的一瞥，似乎在问："您为什么还不滚蛋？"有教养的人会立即把这表示当成逐客令的。

欧也纳表现得怡然自得，说道："夫人，我急于求见，是为了……"

他猛地收口了。客厅门开启后，刚才驾驭双轮马车的那位先生突然出现。他没戴帽子，也没向伯爵夫人致意，却一面不安地瞧着欧也纳，一面把手伸向马克西姆，向他道了声"您好"，口气异常亲切，使欧也纳大感意外。外省的年轻人完全不知道三角式的恋爱生活是多么的有趣。

"雷斯托先生。"伯爵夫人指着自己的丈夫对大学生说道。

欧也纳深深地躬身致意。

“这位先生，”她说道，继续把欧也纳介绍给雷斯托伯爵，“这位先生便是拉斯蒂涅克先生，因马尔西拉克家的关系，与鲍赛昂子爵夫人是亲戚，我有幸在她家上次举办的舞会上认识他。”

“因马尔西拉克家的关系，与鲍赛昂子爵夫人是亲戚，”伯爵夫人说出这句话时，口气夸张，完全出自一位主妇的虚荣心。她想以此证明，往来于她府上的都不是凡夫俗子。果然这话产生了神奇的效果，只见伯爵收敛了冷冰冰的矜持神气，向大学生颔首致意了。

“很高兴认识您，先生。”他说道。

马克西姆·德·脱拉意伯爵本人也惊慌地看了欧也纳一眼，放下了气焰嚣张的架势。一个姓氏的力量竟像魔杖一样，使南方来的年轻人大大开窍，并使他早先蕴积的才思又恢复了。他脑子里闪过一道亮光，让他看清了巴黎上流社会的氛围，在这之前，他对此还是两眼漆黑呢。他已经把伏盖公寓、高老头什么的忘得干干净净了。

“我原以为马尔西拉克家族已经绝嗣了呢！”雷斯托伯爵对欧也纳说道。

“是的，先生，”他答道，“我的伯祖，拉斯蒂涅克骑士娶了马尔西拉克家族的女继承人为妻。他只生下一个女儿，嫁给了克拉兰博尔元帅，后者便是鲍赛昂夫人的外祖父。我们一支是小房，由于我的当海军中将的伯祖尽忠王事，把一切都丢了，所以我们这一支就家道中落了。革命政府在清算印度公司账务的时候，竟不承认我们的债券享有权。”

“您的伯祖在一七八九年之前该是指挥‘复仇号’的吧？”

“没错。”

“那么,他一定认识我的祖父了,我的祖父曾指挥‘伏雅克号’。”

马克西姆轻轻地耸耸肩,向雷斯托夫人看了看,仿佛在向她说:“如果他与这家伙谈海军没个完,我们就没戏唱啦。”阿纳斯塔西明白脱拉意先生眼神中的含意,她使出女人特有的本领,面带微笑说道:“来啊,马克西姆,我有要事要问您呢。两位先生,我们让你俩驾着‘复仇号’和‘伏雅克号’一齐出海吧。”

她站起身,向马克西姆做了一个嘲讽似的手势,后者与她一起向小客厅走去。这古怪的一对刚刚走到门口,伯爵就中断了与欧也纳的谈话,激动地大声说道:

“阿纳斯塔西! 请等等,亲爱的,您明明知道……”

“我马上回来,马上回来,”她打断他的话说道,“我要委托马克西姆替我办一件事情,只需一刻工夫。”

她果真急匆匆地回来了。女人如要自由行动,就不得不摸准她们丈夫的脾气,必须知道她们能走到哪一步才不至失去丈夫至关重要的信任,因此日常鸡毛蒜皮的小事从不与他们计较。伯爵夫人依据伯爵的语气判断,眼下待在小客厅绝无安全感,她觉得之所以节外生枝,该归咎于欧也纳,于是便忿忿然地向马克西姆指着大学生,马克西姆以不无嘲讽的口吻对伯爵、他的妻子和欧也纳说:

“是啊,你们都在忙着,我就不妨碍你们啦,再见吧。”说着,他就走了。

“请留下,马克西姆!”伯爵大声叫喊道。

“请来吃晚饭。”伯爵夫人说道,她又撇下了欧也纳和伯爵,随着马克西姆来到第一客厅，在那里，两人待了好长一段时间，以为这期间，雷斯托先生会打发欧也纳走的。

拉斯蒂涅克听见他俩时而大笑，时而聊天，时而沉寂无声；不过这位机灵的大学生却开动大脑对付雷斯托先生，不是恭维他便是引诱他谈论一些事情，以便能再见伯爵夫人一眼，并且弄清楚她与高老头究竟是什么关系。这个女人显然爱上马克西姆了；她既控制丈夫，又与退休面粉商私下有联系，这一切对他都是个谜。他想解开这个谜，并且希望借此主宰这个道地的巴黎女人。

“阿纳斯塔西。”伯爵又在呼唤他的妻子。

“走吧，我可怜的马克西姆，”她向年轻人说道，“应该有所克制，今晚见……”

“纳西，”他凑着她的耳朵说道，“我希望您把这小家伙打发走，刚才，您的晨衣露得多了一些，他那对眼睛变得贼亮贼亮的，就像炭火似的。他会对您表露爱情，并且会拖累您，而这样，您就要迫使我把他杀了。”

“您疯了吗，马克西姆？”她说道，“这些初出茅庐的大学生不是绝妙的避雷针吗！我当然会让雷斯托嫌弃他的。”

马克西姆放声大笑，走了出去；伯爵夫人随后跟上，她走到窗前看着他登上了马车，先让马的前蹄蹬地，然后挥动鞭子。当大门关上后，她才返回。

“啊，亲爱的，”当她转回时，伯爵冲着她大声说道，“这位先生家族的宅地也在夏朗特河上，离凡尔特伊不远。他的伯祖与我的祖父相识。”

“老乡相见，不胜荣幸。”伯爵夫人漫不经心地说道。

“比您想象的更亲呢。”欧也纳放低声音说道。

“什么?”她关切地反问道。

“嗯,”大学生接着说道,“我方才看见一位先生从您的府上走出来,我与他住在同一家公寓里,门对门,他叫高老头。”

伯爵听见“老头”这滑稽的称谓,把拨火钳扔进炉膛,仿佛这几个字烫着他的手似的,然后直起身来。

“先生,您应该说高里奥先生!”他大声说道。

伯爵夫人看见她丈夫沉不住气,脸色由白变红,心慌意乱,但她装出无所谓的样子,放松声调,答道:

“您不可能认识这位我们十分敬爱的人……”她没往下说,瞧了瞧钢琴,仿佛想起了什么好玩的东西似的,说道:

“您喜欢音乐吗,先生?”

“非常喜欢。”欧也纳答道,脸涨得通红,隐隐约约觉得自己闯下了大祸,变得傻头傻脑的了。

“您唱歌吗?”她边走向钢琴边大声问道,手指迅速地把所有的琴键都按一遍,从低音 **Do** 到高音 **Fa**。

“不会,夫人。”

雷斯托伯爵在屋里踱来踱去。

“真可惜呀,您少了一样获得成功的手段啦。——**Ca—a—ro,Ca—a—ra,Ca—a—a—a—ra,non du—bita—re**。[①]”伯爵夫人唱着。

欧也纳在说出“高老头”三个字时,也就是又一次挥动了魔杖,但其效

① 意大利作曲家契玛洛沙(一七四九——一八〇一)的歌剧《秘密结婚》中的唱词。

果与“鲍赛昂夫人的亲戚”这句话所起的效果相反。他仿佛像一个有幸被引进一家古玩店里的人,不小心撞上了摆满人头雕像的柜子,把三四个没粘牢的人头弄掉下来。他宁愿自投深渊也别说出那句傻话。雷斯托夫人的脸上冷漠无情,她那双变得毫无表情的眼睛老是避开不走运的大学生的眼睛。

“夫人,”他说道,“您与雷斯托先生有话要说,请接受我的敬意,并请允许我……”

“往后您每次来,”伯爵夫人做了一个手势打断欧也纳的话,紧接着说道,“您可以相信,您会使雷斯托先生和我本人不胜荣幸。”

欧也纳向这对夫妻深深鞠躬致意,再三辞谢不成,德·雷斯托先生还是把他送至前厅。

“以后这位先生来,不必再通报。”伯爵吩咐莫里斯道。

当欧也纳走下台阶时,他发觉天下雨了。

“行啦,”他心里想道,“我专程来一次,却闯下大祸,到现在我还不明白究竟为什么,后果又如何呢。我下次再去,走过市场时还会糟蹋衣服和帽子。我真该呆在我的角落里啃我的法律,一心一意地想着当一名公正的法官啦。进入上流社会,要在里面如鱼得水,先得买起双轮马车、上光靴子、必不可少的行头、金链,早上戴上价值六法郎的麂皮白手套,晚上又换上黄手套,不是吗?混账的高老头,去你的吧!”

走到临街的大门口,一个马车夫,大概他刚赶着出租马车送走一对新婚夫妇,现在一心想再骗取车主人几文外快钱,看见欧也纳没带雨伞,穿着黑礼服、白背心、黄手套、锃亮的靴子,便向他打招呼。欧也纳也正一头恼火,有气没处发。年轻人在这种心情下常会破罐子破摔,仿佛想以此求得一条生路似的。他点了点头,示意要车。他兜里揣着不足二十二个苏,登上马车,车厢里还残留着几瓣橘花和扎花的金线,说明新郎新娘刚下车。

“先生去哪儿?”车夫问道,他已把送新人时必戴的白手套脱下来。

“天哪!”欧也纳暗忖道,“既然我豁出去了,至少不能白跑一趟!”“去鲍赛昂府邸!”他高声吆喝道。

“哪个鲍赛昂?”车夫问道。

这句妙语让欧也纳怔住了,这个刚见世面的漂亮小伙子还不知道有两个鲍赛昂府。他真的闹不清他究竟有多少门对他不闻不问的亲戚。

“鲍赛昂子爵,街么……”

“扬诺奈勒街,”车夫摇晃着脑袋,打断他的话说道,“您知道么,还有鲍赛昂伯爵和侯爵的府邸,在圣多米尼格街上。”他边说边提起踏脚板。

“我知道,”欧也纳没好气地答道,“今天所有人都笑话我!”他把帽子甩在前座的座垫上说,“出门一天把我的积蓄全花光了,不过,我至少可以带着道地的贵族派头去拜望一下我那所谓的表姐了。高老头已经刮掉我六法郎,这个老东西!哦,我要把这次遭遇向鲍赛昂夫人说说,说不定还会引得她发笑呢。她大概知道这个没尾巴的老耗子与这个漂亮女人不正当的关系。宁愿去讨我表姐的好,也不要把头往这个不干不净的女人身上撞,否则代价太大了。倘若说美丽的子爵夫人的名字有如此之大的影响,那么她本人的分量究竟有多重呢?人还得往高处走。一个人想打天堂的主意,还得瞄准上帝下手。”

他千头万绪,思潮起伏,上述的几句话便是简短的总结。他望着纷纷落下的雨丝，又稍许恢复了平静和自信。他盘算着，虽然浪掷了两张一百苏一张的珍贵的纸币，但他那身衣服、靴子和帽子却保住了。他听到他的车夫喊"请开门"的声音，不禁洋洋自得。

一个穿着镶金边大红制服的门卫转动了大门，发出嘎嘎的声响，拉斯蒂涅克看见他的马车穿过拱形大门，在院子里打个弯，在台阶的玻璃棚下停住，不由得窃窃自喜。马夫穿着大红滚边的蓝色宽袖长外套，上前取下蹬脚板。欧也纳走下马车时，听见列柱廊下有人在偷笑。三四个仆人早就冲着这辆粗俗的喜车打趣逗乐了。他们的笑声提醒了大学生，因为他眼皮下就有一辆巴黎最时髦的马车可与自己乘的那辆车作一比较。那辆马车套着两匹矫健的马，马耳上插着玫瑰花，正在咬着嚼子；车夫头上扑着粉，打着领带，拉着缰绳，好像马就要脱缰跑掉似的。刚才在昂旦路，雷斯托夫人的院子里停放着一辆由一位二十六岁美男子驾驭的轻便双轮马车；现在在圣日耳曼区，又出现一位大爵爷的排场，眼下这辆马车花三万法郎也买不下来的。

"又有谁在这里？"欧也纳心里想。虽说有点晚了，但他终于明白在巴黎没有主顾的妇人恐怕难找，欲要征服这一类贵人，舍命怕也难以办到。"妈的！表姐总也少不了她的马克西姆。"

他跨上台阶，心早已凉了一半。一扇玻璃门迎着他开启。他发现仆人们一个个拉长了脸，如同被抽打的驴。上次他参加的舞会是在鲍赛昂府上底层的几个大接待厅举行的。在他收到请柬和舞会之间间歇太短，他没找到机会去拜访他的表姐，因而也没能进入鲍赛昂夫人的内室。这回，他将大开眼界，瞻仰这位佳人精美绝伦的环境布置，这一切都能反映出一位声誉显赫的贵妇的精神和习惯。这个思路之所以更加有趣，是因为雷斯托夫人的客厅给了他一个可资比较的样品。下午四点半钟，子爵夫人方可接见宾客。提早五分钟，她决不会接待她的表弟。欧也纳对巴黎上流社会的繁文缛节一窍不通，他被领上一个金色扶手的大楼梯，白玉阶梯上铺着猩红色地毯，两边摆满了鲜花，接着便进入鲍赛昂夫人的闺房。在巴黎的沙龙里，人们每天交头接耳，传说着这位夫人变换不定的种种逸事，欧也纳对当前流行的传说却一无所知。

三年来，子爵夫人结交了一位葡萄牙最有名望、最富有的阔佬德·阿絮达-潘多侯爵。他俩之间的来往真挚而深情，乐在其中，不容第三者插手。于是，鲍赛昂子爵本人也当众作出榜样，好歹尊重这种不伦不类的关系。在他们交往最初的日子里，每当午后两点去拜见子爵夫人，必然看见阿絮达-潘多侯爵恭候一旁。在这样的时候，鲍赛昂夫人关上大门自然有所不便，于是对客人爱理不理，目不转睛地望着天花板，以便让每个人都明白，他们使她多为难。巴黎传开了鲍赛昂夫人在午后两点到四点之间不便打搅之后，她便彻底享受清静了。她去意大利剧场或是歌剧院时必由鲍赛昂先生和阿絮达-潘多陪同，不过作为一个识时务的人，鲍赛昂先生在安顿好他俩之后，总是离开他们。葡萄牙人阿絮达先生即将结婚了。他将娶罗什费特家族的一位小姐为妻。在整个上流社会，唯有一个人对这门婚事尚蒙在鼓里，此人便是鲍赛昂夫人。她的几位朋友曾向她影射过这件事，她听了只是笑，以为是她的朋友妒心大发，想从中作梗罢了。然而，结婚启事即将公布于世。英俊的葡萄牙人虽说是专程来想向子爵夫人宣告这门亲事的，可是临阵一句实质性的话也说不出来了。何故？毫无疑问，天下没有比向一个女人宣告类似一份最后通牒更为难堪的事情了。有些男人面对另一个用剑指着他们心脏、要他们性命的男人比之面对哭诉了两小时之后昏过去要嗅盐的女人还要应付裕如。现在,阿絮达-潘多先生正坐立不安,欲一走了之。他自忖,鲍赛昂夫人迟早会知道这个消息,他不如写信给她;应付这类绝情的判决,书面总比口头更合适些。所以,当子爵夫人的贴身侍仆高唱“欧也纳·德·拉斯蒂涅克先生到”时,阿絮达-潘多侯爵高兴得蹦跳起来。要知道,一个女人动了真情,就会顿起疑心,其敏感程度超过了变换花样寻欢作乐。而当这个女人将被人抛弃时,她对一个手势的意义能一猜中的,其速度比骏马嗅到远处传来求爱的气息更快。因此,可以设想,鲍赛昂夫人是敏感地感受到他这一无意、轻微、但又是天真得可怕的反应的。欧也纳不懂得,在巴黎,不管去拜访哪家府邸,先得从这家的朋友处打听到主人、主妇及其孩子们的底细,以免闹出笑话,要像波兰人形容的那样,把“五头牛套在您的马车上”,这样才能把您从陷入的泥淖中拉上来。在交谈中闯祸,在法语中尚无名称概括,大约人们认为这是不可能的,因为飞短流长已蔚然成风,见怪不怪了。

欧也纳在雷斯托夫人府上陷入泥潭之后,尚没来得及在他的马车上“套上五头牛”,又在鲍赛昂府上重蹈覆辙,这只有他才干得出来。不过,倘若说方才他在雷斯托夫人和脱拉意先生身边大大碍事的话,他倒为阿絮达先生解了围。

“再见吧。”葡萄牙人说着,心急火燎般地走向小门,这时,欧也纳刚进入一间格调高雅、无浮华气、以灰色和粉红色为基调的精致的小客厅。

“那么晚上见,”鲍赛昂夫人扭过头,向侯爵瞥了一眼,“我们不去意大利剧院了吗?”

“我不能去了。”他抓着门钮说道。

鲍赛昂夫人站起来，把他叫到跟前，对欧也纳在场毫不介意。后者站着，周围闪闪烁烁的陈设使他心醉神迷，他以为走进了阿拉伯神话世界，面对这位不在意他在场的贵妇，羞得无地自容。

子爵夫人抬起右手的食指，优美地勾了一下手指，示意侯爵在她面前的一个座位坐下。这个动作具有相当大的感情威力，侯爵放下门钮，退了回去。欧也纳不无嫉羡地看着他。

“他就是马车里的人！”他嘀咕着，“难道非得骏马成群、仆从如云、挥金如土，才能得到巴黎女子的青睐吗？荣华富贵像魔鬼似的噬咬他的心，名枷利锁箍得他透不过气，渴望金钱使他的喉咙发干。他每个季度有一百三十法郎的进账。他的父亲、母亲、兄弟、姐妹，还有一个姑母，全部加起来每月也不到两百法郎的开销。刹时间，他把眼下处境与他欲想达到的目标作了一个比较，不由得倒抽了一口气。

“为什么您不能去意大利剧院呢？”子爵夫人笑着问道。

“正事！我要去英国大使馆吃晚饭。”

“您可以提前先走一步啊。”

当一个男人在欺骗时，他会千篇一律被迫一个接一个说谎的。于是，阿絮达先生笑着问道：

“您一定要我去吗？”

“是的，当然。”

“我就是想听见您的这句话啊。”他回答说，讨好地抛了一个媚眼，换了别的女人，都会被他骗过的。

他抓起子爵夫人的手，在上面吻了一下，出去了。

欧也纳用手掠掠头发，欠着身子准备行礼，以为鲍赛昂夫人会来招呼他了。想不到她突然冲出去，跑到走廊上，奔向窗口，看着阿絮达先生登上马车。她侧耳细听侯爵是如何吩咐的，终于听见跟班对马夫重复道："去罗什费特府。"

这个女人听见这几句话，又看见阿絮达钻进车厢时的神色，一时如五雷轰顶，返身时，已吓得魂不附体。在上流社会，最不幸的灾难就是这码事。子爵夫人回到闺房，坐在桌前，撕下一页精美的信笺，在上面写着：

> 既然您在罗什费特府上用饭，而不是在英国大使馆，那么您得向我作出解释，我等着。

由于她的手在发抖，有几个字母扭曲得不成样子，一改再改，她才签上个 **C**，意思是勃艮第的克莱尔，然后她按了铃。

"雅克，"她对闻声而来的贴身侍仆说道，"到七点半钟，您去一趟罗什费特府，求见阿絮达侯爵。倘若侯爵先生在，您把这张字条交给他，无须回条；倘若他不在，您径直回来，再把字条交还给我。"

"子爵夫人，客厅里有人在等您。"

"哦！不错。"她边说边推门。

欧也纳已经开始不耐烦了，他终于看见子爵夫人走进来，对他说话时语气急切，心里又不是滋味。"请愿谅，先生，我方才写了几行字，现在我悉听遵命。"

她并不清楚自己在说什么,因为她想的是另一码事:“啊!他要娶罗什费特小姐为妻。难道他是自由身吗?今晚,这门婚事就得吹掉,要不,我……不过,这事明天就得解决。”

“表姐……”欧也纳说道。

“嗯?”子爵夫人边说边向他扫了一眼,如此无礼,大学生见了打了一个寒战。

欧也纳明白这“嗯”的含意。三个钟头以来,他一下子明白了那么多事情,开始警觉起来。

“夫人。”他红着脸改口说道。他犹疑片刻,又接着说:“请您原谅,我太需要扶持了,沾上一点亲也不可放过。”

鲍赛昂夫人嘴角很悲伤地牵动了一下,她已预感到大难临头。

“倘若您知道我家目前的处境,”他继续说道,“您就会乐意扮演一个神话中仙女的角色,替他家的儿女们排难解忧。”

“好!表弟,”她笑着说道,“我能为您帮什么忙呢?”

“从何说起呢?通过一层业已疏远的亲属关系攀上了您,已是我莫大的荣幸。您使我头晕目眩,我都不知道我方才说些什么了。您是我在巴黎唯一认识的人。啊!我想听从您的教诲,请求您接受我这个可怜的孩子。他企求做您的跟班,为您百死不辞。”

“您能为我去杀某个人?”

“我能杀一双。”欧也纳说道。

“孩子!是啊,您真是一个孩子,”她忍住了几滴眼泪,说道,“您,只有您才爱得真诚。”

“啊!”他晃动了一下脑袋。

子爵夫人听见大学生答了一句妄自尊大的话,对他兴趣陡增。这是南方小伙子首次用了心计。在雷斯托夫人的蓝色客厅和鲍赛昂夫人的粉红色客厅之间,他已经学完了三年巴黎法律。虽然它是一部最高权威的法典,但只要掌握,善于运用,便能无所不能,不过至今未有人明确付诸条文而已。

“哦,我要说的话想起来了,”欧也纳说道,“我在您府上举办的舞会上认识了雷斯托夫人,今天早上我去她家了。”

“您大概大大碍她的事了。”鲍赛昂夫人说道,浅浅一笑。

“呵,是的;倘若您拒绝帮助我,我会不识时务,让所有人嫌弃我的。我想,在巴黎,要找到一个年轻貌美、格调高尚而又没主顾的女子是相当困难的。我很需要这样一位,让她教我学会生活,而你们这些贵妇人,你们当然明白生活意味着什么啦。我到处都会碰到脱拉意这样的先生。所以我来请教您一个谜底,并请求您告诉我,我在那里做的一件傻事,究竟傻在哪儿。我提到了一个老头……”

“朗热公爵夫人。”雅克打断了大学生的话通报说。大学生做了一个极为恼怒的手势。

“倘若您要成功,”子爵夫人放低声音说道,“首先,您别把什么都挂在脸上。”

“啊！您好,亲爱的,”她起身迎着公爵夫人接着说道,并且亲热地压住了她的双手,如同接待一个亲姐妹,公爵夫人以最温存的方式回报了她。

“这是一对好朋友,”拉斯蒂涅克心里想,“从此我有两个保护人了;这两个女人想必气味相投,那么新来的这位也会关心我的。”

“是什么风把您吹来,使我有幸见到您呢,亲爱的安图瓦奈特?”鲍赛昂夫人问道。

“我到罗什费特先生府上时,看见了阿絮达-潘多先生,于是我想到您此时只有一个人在家了。”

当公爵夫人说出这几句致命的话时,鲍赛昂夫人连嘴唇都没牵动一下,脸也不红,她的眼神依然,额头似乎更开朗了。

“倘若我早知道您府上有客……”公爵夫人转向欧也纳接着说道。

“这位先生名叫欧也纳·德·拉斯蒂涅克,我的一个表弟,”子爵夫人说道。“哦!您有蒙脱里伏将军的消息吗?昨天,赛里西对我说,大家都没看见他,今天他在您的府上吗?”

据传,公爵夫人狂热地爱上了蒙脱里伏先生,后又被他抛弃,因此当她听到这个问题,内心如针扎般疼痛;她涨红了脸,讷讷地说:

“昨天他去爱丽舍宫了。”

“是值班吧。”鲍赛昂夫人问道。

“克拉拉,您大概知道吧,”公爵夫人的眼神里闪现着狡黠的光,接着说道,“明天,阿絮达-潘多先生和罗什费特小姐的婚事就要张榜了?”

这一下打击太厉害,子爵夫人的脸刷地变白了,但她笑吟吟地答道:

“这不过是蠢人的流言蜚语罢了。阿絮达先生又有什么理由把葡萄牙最显贵的一个姓氏送给罗什费特家的人呢?罗什费特家的封爵不过是最近的事。”

“可是听人说,贝尔特准备了二十万利弗尔的年金陪嫁呢。”

“阿絮达先生太富有了,不会计较这些的。”

“不过，我亲爱的，罗什费特小姐很可爱哪。”

“哦！”

“总之，今天他在她家吃晚饭，条件都说妥了。您居然知道得那么少，真使我出乎意料。”

“您做了什么蠢事了，先生？”鲍赛昂夫人问道，“这可怜的孩子刚刚踏入社会，对我俩说的话，一句也听不懂，亲爱的安图瓦奈特，请对他关心一点，刚才的事，我们明天再叙。明天，您说的一切，都会见分晓的，您肯定暗中能帮助我。”

公爵夫人放肆地向欧也纳扫了一眼，从头到脚把这个人都看透了，把他压扁，再化为乌有。

“夫人，我无意中用一把匕首刺进了雷斯托夫人的心。‘无意’便是我的过错。”大学生说道，他的聪明才智全用上了。他发现，这两个女人亲亲热热的话语绵里藏针，都带着刺。他接着说道：“对那些阴损您的人，您还会接见他，也许还惧怕他；而对那些伤害您却不知伤得有多厉害的人，您会把他当成傻瓜，一个什么也不会利用的笨蛋，所有人都鄙视他。”

鲍赛昂夫人温情地向大学生看了一眼，高尚的人善于用这样的眼神表示他们的感激和尊严。这道目光如同一帖膏药，治愈了方才公爵夫人用拍卖行估价人的眼光打量大学生时在他心上刺痛的伤口。

“你们想不到吧，”欧也纳接着说，“我刚才得到了雷斯托伯爵的宠幸，因为，”他转身面向公爵夫人，带着谦卑和调皮的神情又说道，“应该告诉您，夫人，我还只是一个不起眼的大学生，孤单一人，又穷……”

“别诉苦啦，拉斯蒂涅克先生。我们这些女人，我们也不愿意听到其他人不愿听到的话。”

“嗯!”欧也纳停顿了一下,“我只有二十二岁,在这个年龄上,应该懂得吃点苦头。再说,我正在忏悔,我不可能跪在一间比这里更为合适的忏悔室啦,因为我们在教堂里自责的罪孽就是在这里犯下的。”

公爵夫人听见这番反宗教的言论把脸一沉,她很想对这粗俗的谈吐斥责一番,于是对子爵夫人说:

“先生谈到了……”

鲍赛昂夫人爽朗地笑了起来,既笑她的表弟,也笑公爵夫人。

“他说了,亲爱的,并且正在找一位女教师教他学会高雅的谈吐呢。”

“公爵夫人,”欧也纳接着说道,“想方设法把我们喜欢的人的底细摸清楚不是挺自然的吗?(呸,他心里想道,我敢肯定我对她们用上了理发师的语言了。)”

“我想,雷斯托夫人也只是脱拉意先生的女弟子吧。”公爵夫人说道。

“我刚才一无所知,夫人,”大学生答道,“因此我冒冒失失地参与他们谈话了。后来,我与她丈夫谈得尚投机,但当我对他们说,我刚才看见一个人从暗梯上走下来,在过道尽头抱吻了伯爵夫人,并且我认识那人时,我看见做妻子的不高兴了。”

“他是谁?”两个女人同时问道。

“一个老头,住在圣马尔索区边上,像我这个穷学生一样,靠每月两个路易维持生活;他实在是一个交噩运的人,所有人都嘲笑他,我们叫他高老头。”

“嗨,您真是个孩子,”子爵夫人大声说道,“雷斯托夫人就是高里奥小姐啊。”

“一个面粉商的女儿，”公爵夫人又说，“这个小女人曾与糕饼店的女儿在同一天到宫里觐见王上。您不记得了吗，克拉拉？国王笑了，用拉丁语说了一句关于面粉的话。说那些女人，怎么说的？那些女人……”

“**Ejusdem farince**。[①]”欧也纳说道。

“对了。”公爵夫人说道。

“啊！原来是她的父亲。”大学生接口说，做了一个吃惊的手势。

“是啊！这个老头儿有两个女儿，把她们当心肝宝贝，可是她们几乎都不认他了。”

“次女嫁给了一个银行家，好像有个德文名字，叫纽沁根男爵，是吗？”子爵夫人边说边瞧着朗热夫人，“她不叫苔尔费纳吗？她长着一头金发，在歌剧院的侧面有一个包厢，也常去意大利剧院，常常放声大笑招人注意，是她吗？”

公爵夫人笑着说道：“哦，我亲爱的，我真佩服您。您为什么留神那些人呢？得像雷斯托那样爱得发疯才会与阿纳斯塔西小姐在面粉里打滚呢。哦！他成不了能干的商人！这女人落在脱拉意先生手里，他会把她毁了。”

“她俩不认父亲了。”欧也纳重复道。

“是啊！不错，她们的父亲，做父亲的，一个父亲，”子爵夫人重复道，“听人说，这个好爸爸给了她俩每人五十万到六十万的陪嫁让她们结婚，让她们生活幸福美满，自己仅留下八万到十万利弗尔的年金过日子。他以为

---

① 拉丁语：本身就像面粉。

女儿总是女儿，在她俩各自的家中自己会有下榻之处，随时去住住，他在那里也会备受宠爱、照顾的。哪知不到两年，两个女婿就把他赶出他们的圈子，把他当成最下流不过的东西……”

欧也纳的眼睛里滚动着几颗眼泪。就在前不久，他还再次享受到纯洁的骨肉之情，沉醉在青年人的信仰之中，他踏上巴黎文明社会的战场才第一天哪。真正的情感是相通的，因此一时之间这三个人都面面相觑，说不出话来。

“嗨！我的天哪，”朗热夫人说道，“是啊，这看来似乎太不可思议了，可是我们每天都能见到。这里面总有个原因吧？告诉我，亲爱的，您曾想过没有，什么是女婿？女婿就是我们替他白养女儿的男人。我们把她当成掌上明珠，与她建立了千丝万缕的亲情关系，在十七岁之前，她是全家快乐的源泉，如诗人拉马丁所说，是‘家庭的白色灵魂’，然后又变成了家庭的瘟神。当此人从我们手中把她夺走之后，他先夺取了她的爱情，然后以此作为一把利斧，斩断这位天使的内心与她家建立的绵绵不绝的感情联系。昨天，我们的女儿是我们的一切，我们亦是她的一切；明天，她就成了我们的对头。难道我们不是每天都能看到这类悲剧正在酿成？这里，媳妇对公公最肆无忌惮，可他为自己的儿子牺牲了一切；那里，女婿又把丈母娘撵出家门。我常听见人们在问，当今社会有哪些惨剧？我想女婿制造的悲剧是凄惨的，且不说我们的婚姻本身也是蠢事一桩。”

“我十分清楚这位老面粉商出了什么事情。我想，我记起来了，这个福里奥……”

“高里奥，夫人。”

“对,大革命时,这个莫里奥曾经是分区的头头[①],他是那个可怕的荒年的知情人[②],他就在那时以十倍价格卖出面粉发了财。他囤积居奇,要多少有多少。我祖母的管账就卖给他一大批面粉。这个高里奥肯定会像他们那帮人一样,与公安委员会平分秋色的。我记得,我祖母的管账对她说过,她在格朗维里埃保管没事,因为她的小麦就是一张绝妙的公民身份证。嗯!这个把小麦卖给刽子手的洛里奥有一个情欲,据说,他疯狂地爱着他的女儿。他把老大高攀到雷斯托府上,又让老二与纽沁根男爵结亲,后者是一个富有的银行家,他争取加入了保皇党。你们很清楚,在第一帝国时代,这两个女婿把一个在九三年走红的老头接纳在家里总是怏怏不乐的,但既然这个波拿巴[③]当权,也只得凑合了。然而,自波旁王朝复辟后,这个好老头儿对雷斯托先生、更对银行家成了累赘。两个女儿也许一直爱着自己的父亲,想两面不得罪,在父亲与丈夫之间搞平衡,她们在家中无客时,便接待高里奥。她俩想了种种托词安慰他,如:‘爸爸,来吧,我们单独在一起,会更舒服些!’之类的话。我嘛,亲爱的,我想,真挚的感情是默契的,会自然流露出来的,所以九三年走红的可怜的老头肝肠寸断了。他看出,他的女儿以他为耻;倘若她们爱着各自的丈夫,他就妨碍他的两个女婿。因此他得作出牺牲,既然身为人父,那就得牺牲自己了。他否定了自己。他看见两个女儿那高兴劲儿,他明白了,他没做错。父女双方是这件小小的罪过的同谋。我们

① 一七九〇年,制宪会议把巴黎的旧区分成四十八个分区。这些分区的议会在大革命期间起了重大作用。朗热夫人几次三番故意说错“高里奥”的名字,表达了对他的轻蔑。

② 指一七九三年。

③ 正统派人士称拿破仑为波拿巴,是带着蔑视口吻的。

到处可以看到这样的事例。这个多里奥老头在女儿的客厅里不成了油污斑点了吗？他在那里会感到难堪、厌烦的。当绝世的美人与她心爱的男子相处时，也可出现类似这个父亲的境遇。譬如说，倘若这个男子对她的爱厌倦了，他就一走了之，他会编造种种谎言躲避她。人间所有的感情无不相似。我们的心就是一个宝库，您如一下子罄其所有，您就破产了。一个身无分文的人，与把感情全部倾泻出来的人一样，我们都是不能原谅的。这个父亲把一切都奉献出来了。二十年间，他把五脏六腑以及他的爱情都奉献出来了。他在一夜之间便交出了他的全部家财。柠檬榨干了，他的两个女儿就把柠檬皮扔在街角上。"

"人间无道可言。"子爵夫人披上披肩，头也不抬地说，因为朗热公爵夫人在讲述这件事时的一些话刺痛了她的心。

"人间无道！不！"公爵夫人接着说道，"社会本来就是这么一回事。倘若我对您这样说，这是为了表明，我可不会受社会的骗。我想的和您一样，"她边说着，边握紧子爵夫人的手，"世界就如一个泥坑，尽量待在高处吧。"她站起来，在鲍赛昂夫人的额头上吻了一下，对她说，"此刻，您真美，亲爱的。您的脸色这么好，我以前从未见过。"说完，她看着鲍赛昂夫人的表弟，向他微微点头示意后，便走了出去。

"高老头真是高尚！"欧也纳说，他想起了那夜看见他绞银盘的情景。

鲍赛昂夫人没听见，她在沉思。沉寂了片刻之后，可怜的大学生惶恐而羞惭，既不敢贸然离去，又不敢逗留下来再说些什么。

"人间无道，坏透了，"子爵夫人终于开口说道，"只要我们面临不幸，就会有一个朋友马上跑来对我们通报，用匕首掏我们的心，让我们欣赏刀柄。

讽刺挖苦的话都会随之而来。啊！我要保护自己。”她像一个合乎身份的贵妇人那样抬起头，目光炯炯，充满着自信。“哦！”她看见欧也纳，轻轻惊呼一声，“您在这儿！”

“我没走。”他恭恭敬敬地说。

“那好！拉斯蒂涅克先生，对这个社会丝毫不需要客气。您想出人头地，我会帮助您的。您将会探测出女人堕落到什么地步；您将会掂量出男人可悲的虚荣心有多厉害。虽说我读通了这本社会的大书，但有些章节我仍然漏掉了。现在，我全明白了。您的算计愈冷酷无情，您的前程就愈远大。毫不留情地打击别人，您便是一个可畏的人。您只需把男男女女看成是驿站的马，把他们骑得疲惫不堪，每到一站您就可弃置不用，这样，您便能如愿以偿，到达欲望的顶端。您看出来了么，倘若这里没有一个女人对您感兴趣，您将一文不值。您需要这样一个年轻、富有、高雅的女人，不过，倘若您是真心实意的，那就把她像珍宝那样深藏不露，千万别让人看出来，否则您就完蛋了。这样，您就做不成屠夫，反而变成别人的俎上肉了。倘若您爱上了谁，请守住秘密！在您明白您在向谁打开心扉之前，千万别交出心来。在爱情萌发之前，您先得学会提防这个社会。请听我说，米盖尔[①]……（她说得过于真切，把名字弄错了，自己还没觉察到。）天下还有比两个女儿抛弃了生身之父、一心只想他死的事情更可怕的呢，这就是两姐妹之间的仇恨情绪。雷斯托出身名门，他的夫人被贵族圈子认可，并且也得到社会公认了；可是她的妹妹，她那富有的妹妹——美丽的苔尔费纳·德·纽沁根夫人，一

① 米盖尔是阿絮达-潘多侯爵的名字。

个有钱人的太太却伤心透了，她妒火中烧，感到与自己的姐姐差距太大，已经不把她认作姐姐了。这一对姐妹彼此不认，就如她俩不认自己的父亲一样。纽沁根夫人为了进入我的客厅，能把圣拉扎尔街和格赫耐勒街之间的尘土全都舔光。她以为德马尔赛可以使她达到目的，她甘愿做他的女奴，与他纠缠不清。德马尔赛不把她放在心上。倘若您能把她介绍给我，您就将成为她的心上人了，她会爱上您的。以后倘若有可能，您就爱她吧，要不，您就利用她好了。在盛大的晚会上，只要人多，我可以接见她一两次，不过上午我决不单独见她。我只要向她打个招呼就够了。您说出了高老头的名字，等于把自己堵在伯爵夫人的大门之外。是的，亲爱的，倘若您去雷斯托夫人府邸二十次，您也就会发现她二十次不在家。您成了她家不受欢迎的人。好啊！就让高老头把您引荐给苔尔费纳·德·纽沁根夫人吧。这时，美丽的纽沁根夫人对您就成了一块招牌。争取成为一个她另眼相看的人吧，那时，女人都会迷上您的。她的情敌、女朋友、最知心的女朋友都想把您从她身边夺走。有些女人专爱被另一个女人选中的男人，就如有些小市民阶层的女人戴了我们的帽子，就以为学到了我们的举止风度了。您会获得成功的。在巴黎，成功等于一切，这是通往权力的必经之路。倘若女人觉得您有头脑、有才华，男人跟着也会相信，只要您自己不说穿就行。那时，您想干什么就能干什么，您到处都受欢迎。那时，您就懂得社会是怎么回事，不过是一个傻瓜和骗子的麇集之地罢了。别介入这两类人之中。我把我的姓氏给您,好比一条阿里阿德涅之线[①],把您牵入这个迷宫。别玷污了这个姓氏,"她弯了一下脖子,对大学生庄严地瞥了一眼,接着说道,"然后再把线干干净净地送还给我。去吧,我不留您了。我们女人,也有我们的仗要打。"

"您是否需要一个忠心耿耿的男人去点燃炸药呢?"欧也纳插嘴说。

"那会怎么样?"她问道。

他在自己的前胸拍了一下,看见他的表姐微笑,自己也笑了,随后,便走了出去。时正五点。欧也纳饿了,他担心不能在晚餐时及时赶到。担心的同时,他又感到了自己飞快地卷入巴黎上流社会的快感。这本能的快感又使他全部身心陷入到骚扰着他的种种思想之中。像他这样年纪的年轻人,一旦受人轻蔑,就会生气、发疯、用拳头威胁整个社会。他想报复,对自己也产生怀疑。此时,"把自己堵在伯爵夫人的大门之外"这句话沉重地压在拉斯蒂涅克的心头。"我要去试试!"他心里想,"倘若鲍赛昂夫人说得对,倘若我被拒之门外……我……雷斯托夫人将会在所有她露面的沙龙里看见我。我要学会用武器、放枪,我要把她的马克西姆[②]杀死!——可是钱呢?"他下意识地想道,"到哪儿去弄钱?"倏然间,雷斯托府上豪华的陈设在他的眼前闪耀。他在那里看到了足以引起一个高里奥小姐动心的奢华的气派,看到了金碧辉煌的屋宇、引人注目的昂贵的器物、暴发户的俗气的排场、一个受人包养的女人的浪费。蓦然,这个令人眼花缭乱的景象为鲍赛昂豪华的府邸压垮了。他的想象又把他带到了巴黎的贵族区,心里萌发出种种邪

① 希腊神话中,克里特公主阿里阿德涅在协助忒修斯斩杀怪物米诺陶洛斯之后,用线把忒修斯引出迷宫。

② 马克西姆·德·脱拉意是雷斯托夫人的情人。

思恶念，他的意识和思想都大大膨胀开来了。他看清了社会本来的面目：法律和道德对富人是苍白无力的；他看清了金钱才是 **l' ultima ratio mundi**①。他自言自语道："伏脱冷说得对，有财便是德。"

他来到新圣热纳维也芙街，飞快地上楼，再下来塞给马车夫十个法郎，走进这个气味恶心的餐室，只见十八位房客像埋头在喂草架上的牲口那样，狼吞虎咽。他感到这些可怜虫的吃相和餐室的景象极为可憎。突如其来的变化和极为强烈的对比使他想出人头地的感情过度地膨胀起来。一方面，他眼前展现出高雅社会里那些鲜艳而魅人的形象，在艺术和奢华的氛围中的年轻而活泼的人物，充满浪漫色彩的、感情激越的脸庞；另一方面，是一幅幅沾着污泥、陈列着一张张脸谱的邪恶的画面，这些人在纵欲过后，只留下呆板的表情和木然的神态了。他又想起了鲍赛昂夫人作为一个被抛弃的女人②，在盛怒之下所给予他的教导以及她那似是而非的计谋，而眼前的贫穷又对她的一番议论作了注释。为了锦绣前程，拉斯蒂涅克决心双管齐下，既依靠学问，也依靠爱情，既成为一个有学问的博士，也做一个时髦的年轻人。他可真是一个孩子！因为这两条线是两条平行的直线，永远也不会相交。

"您显得郁郁不乐，侯爵先生。"伏脱冷对他说，向他瞥了一眼，目光似乎能洞察他人深藏在内心的秘密。

"开我玩笑，叫我侯爵先生，我可受不了，"他答道，"在这里，真正要成为侯爵，应该有十万利弗尔的岁入，住在伏盖公寓的人，显然不是命运的

① 拉丁语：最后的制裁手段。

② 《被抛弃的女人》是巴尔扎克一部中篇小说的书名，主人公是鲍赛昂夫人。

宠儿。”

伏脱带着怜爱和轻蔑的眼神注视着拉斯蒂涅克，仿佛在说：“小家伙！我对付你还不是一口酥！”接着，他回答道：“您的心情不好，可能在漂亮的雷斯托伯爵夫人面前没有成功吧。”

“我只是对她说，她的父亲与我们同桌吃饭，她就把我拒之门外了。”拉斯蒂涅克大声说道。

所有用餐的人都面面相觑。高老头垂下眼睛，回过头去擦拭了一下。

“您把烟丝散到我的眼睛里了。”他对邻座说。

“从今以后，谁欺负高老头就是攻击我，”欧也纳盯着昔日面粉商的邻座答道，“他比我们谁都强，太太们除外。”他又转向塔勒费小姐补充道。

这句话是一个转机。欧也纳说这话时的神情严峻，餐桌上的人也就沉默不语了。只有伏脱冷仍以嘲弄的口吻对他说：“要对高老头负责，并成为他的代言人的话，必须懂得击剑和射击。”

“我会学的。”欧也纳说道。

“今天，您准备上场了？”

“也许，”拉斯蒂涅答道，“不过，我的事不用别人操心，既然我不会老是去猜测别人夜里在干什么事情。”

伏脱冷用眼角瞟着拉斯蒂涅克。

“小家伙，若不想受木偶的迷惑，就该走进戏棚去看个究竟，无须凑着壁帐的缝张望。说得够多了吧，”他看见欧也纳欲要动火，补上了一句，“如果您愿意，以后我们找机会再聊聊。”

晚餐的气氛变得沉闷而冷清。高老头刚才被大学生的话刺痛，还在苦苦深思,他不明白为什么这些人对他的态度转变了,也不明白,一个年轻人,能制止这些人对他的侮弄,何以要为他辩护。

“那么高里奥先生真是某一位伯爵夫人的父亲啰?”伏盖太太低声问道。

“还是一位子爵夫人的父亲呢。”拉斯蒂涅克回了她一句。

“他只有当父亲的份儿了,”皮安训对拉斯蒂涅克说,“我把他的头研究过了,他只有一根隆骨,代表父爱,他大概是永恒的父亲啊。”

欧也纳的思想太专一了,皮安训的俏皮话没让他发笑。他想听从鲍赛昂夫人的训导,心里盘算着从哪儿以及如何弄到钱。他仿佛看见熙来攘往又空无一物的社会大草原展现在他的眼前,他心烦意乱起来。晚餐后,房客散开了,留下他一人在餐室里。

“这么说您看见我的女儿了?”高里奥激动地问道。

欧也纳经这个好老头一问,从沉思中惊起,抓起他的手,温情地端详着他,回答他说:“您是一个正直、值得称道的好人,我们待会儿再谈您的女儿。”他起身,也不想再听高老头说什么,回到自己的卧室,给他母亲写了以下一封信:

亲爱的母亲,请想想,能否再给我一次哺育之恩。我处在当前的境遇下,很快就要发家致富了。但我需要一千二百法郎,我不惜一切要搞到这笔钱。别把我的请求对父亲说,他可能会反对,但倘若我得不到这笔钱,我将陷入绝望,可能会自杀。我见到你之后就会把其中原委告诉给你听,因为要让你了解我当前的境遇,我得为你写上厚厚的几本书才行。好妈妈,我没赌,也不欠谁的债,可是,倘若你愿意保留你赋予我的生命的话,我得有这笔款子。我终于到鲍赛昂子爵夫人府上去过了,她答应做我的后台。我应该进入上流社会,可身边甚至没钱买一副合适的手套。我会以面包充饥,以凉水解渴,必要时,我能挨饿,但是,我不能没有在这块地方种植葡萄的工具。这关系到我能否闯出一条路子,还是在污泥里苟活。我知道你们对我寄予的厚望,我希望能尽快实现。好妈妈,把你的旧首饰卖掉几件吧,我很快就会补上新的。家境艰难,我心里有数,因而珍惜你们作出如此巨大的牺牲。你该相信,我不会让你白白地作出牺牲的,否则我便是衣冠禽兽了。我只是在有燃眉之急时才请求你的,请相信这点,我的未来完完全全靠这笔救急款项了,我将用这笔钱杀出一条血路,因为巴黎的生活就是一场无休止的战斗。倘若为了补足这笔钱款,不得不卖掉我的姨妈的花边的话,请转告她,我将会寄给她更漂亮的。等等。

他又给他的两个妹妹每人写了一封信,请求她们把私蓄寄给他,他知道她们会欣然为他作出牺牲的。为了从她们手中取出这笔钱而又不让她们在家里说起这件事,他故意牵动她们纤细的神经,激起她们的自尊心,这对年轻人来说,是最为敏感、最为关切的。他写完这些信后,不由自主地感到一阵颤抖,他的心跳得厉害,浑身战栗不已。这个胸怀大志的年轻人深知,这两位深居简出、孤单寂寞的妹妹都有着纯洁、高尚的心灵,他知道他将使她俩多么为难,又会使她俩多么兴奋;她们将会怀着多么喜悦的心情,在庄园深处悄悄地谈论这个可爱的哥哥。他的思想豁然开朗,仿佛看见她俩在私下计数着各自小小的积蓄,看见她俩运用少女特有的机灵和心计,为了从善而第一次瞒过别人,用匿名把这笔钱寄给他。他暗忖:"妹妹的心如钻石一样纯净,像大海一样情深!"他为写下这些信而感到羞愧。她们的心愿多么强烈,她们向往善良美好的灵魂是多么纯洁啊!她们作出自我牺牲时又是多么欢快啊!倘若他的母亲不能把款项如数寄给他,她将会多么痛苦啊!这些美好的情感,这些惊人的牺牲将成为他高攀苔尔费纳·德·纽沁根的阶梯。几滴眼泪从他的眼睛里夺眶而出,犹如献给他的家庭祭台上的最后几炷香。他既激动又沮丧,在房中来回走着。高老头从半开的门缝中看见他这个样子,走进来问他道:"您怎么啦,先生?"

"哦!我的好邻居,我上有父母,下有两个妹妹呢,就如您是一家之父那样。您为阿纳斯塔西提心吊胆是不无道理的,她委身于马克西姆·德·脱拉意先生,他迟早会把她毁了。"

高老头嗫嚅着走出房门,欧也纳也不解其意。次日,拉斯蒂涅克把几封信投进邮局。他到最后一刻都在犹豫,最后,他毅然决然地把信投入了信箱,嘴里说道:"我一定会成功!"这是一个赌徒、一个伟大的将军的誓言,这句玩命的话毁掉的人比救出的人更多。几天后,欧也纳去拜访雷斯托夫人,被拒之门外。他去了三次,三次受阻,虽说他每次都是等马克西姆·德·脱拉意不在的时候去的。子爵夫人说得对。大学生已无心读书。他去上课只是为了应付点名,而一旦报过到后,他就溜了。他像大多数大学生那样有自己的一套办法,只是在临考前才埋头苦读一阵。他决定把两三年级课程并在一起上完,到最后再专心致志学法律,一次考试成功。这样,他就可以腾出十五个月的余暇，在巴黎这片大海上遨游，在女人身上打主意，或是赚一笔大钱。在一个礼拜之内，他去看了鲍赛昂夫人两次，都是等阿絮达侯爵的马车出门时去的。圣日耳曼区这位最出众、最富有魅力的贵妇人仍然自鸣得意了几天，她延缓了罗什费特小姐与德·阿絮达-潘多侯爵的这门亲事。也就是在最后这几天，由于鲍赛昂夫人担心失去幸福，变得激动异常，从而加速了她的灭顶之灾。阿絮达侯爵与罗什费特家的人串通一气，把这场纠纷和缓解看成是必要的阶段，他们希望鲍赛昂夫人对这门婚事有思想准备，最后为了男人一生的前途牺牲她与他仅仅在白天的幽会。虽然阿絮达每天都变换辞令，作出一些神圣的许诺，但他仍免不了在做戏，子爵夫人也甘愿受骗。“她不愿体面地从窗口跳下去，而是从楼梯上一级级滚下来。”鲍赛昂夫人最知己的朋友，朗热公爵夫人这样说她。不管怎么说，这最后的光芒终究闪烁了一段时间，子爵夫人仍然留在巴黎，为她的年轻的亲戚效力，她对他怀着一种近乎盲目的爱。女人在世人的眼中得不到任何怜悯和真诚的慰藉时，倘若有什么男子对她们说一些体己的话，那只是工于心计，另有所图。但此时欧也纳却对她怀着一片赤诚和感激之情。

在接近纽沁根家之前，他想彻底了解一下这个家庭的背景，于是便着手探听高老头先前的生活，收集了一些资料，概括如下：

让-若阿香·高里奥在大革命前只是一个面粉铺的工人，手巧、省俭、干活勤勉，在一七八九年首次爆发起义时，东家偶尔遭难，他就盘下主人的产业，在小麦市场附近的鲁西埃纳①街成家立业了。他老谋深算，接受了分区

① 这条街介于埃梯安-马勒赛街和蒙马尔特街之间。

头头这个位置，以便在这个非常时期，能在最有影响的一些人物的庇护下做生意。这一明智之举是他发家致富的先决条件，他是在饥馑时期发迹的，不论情况是真是假，总之在那个时期之后，小麦在巴黎的价格疯狂上涨。老百姓在面包铺门口挤得头破血流，而某些人却能舒舒服服地到食品店去买各式糕点。就在这一年，公民高里奥敛聚了资本，日后，他用这笔钱做生意，像一切资本雄厚的人那样处处占了便宜。能力有限的人常会时来运转，他也不例外。他的平庸帮了他的忙。此外，他的财富也只是在有钱人不担风险的时候才为人知，所以他没引起任何人嫉羡。粮食生意似乎耗尽了他全部才智。他做小麦、面粉、秕谷买卖，鉴别质量好坏、货源，研究如何保存，估计其行情，预测丰收还是歉收，低价收进谷子，到西西里岛、乌克兰收购，诸如此类的事情，高里奥所向无敌。只要看他如何做生意，如何把粮食的进出口条例说得头头是道，如研究条例的精神实质、抓住条文的漏洞，有人会认为他真能当国务大臣呢。他有耐心，勤劳干练，办事有恒心，行动迅速，具有鹰隼的目力，干什么都占先，料事如神，无所不晓，对一切又都能深藏不露。他有外交家的战略眼光和军人们一往直前的能耐。闲暇时，他站在他的店铺门口，把背靠在门框上；一旦他脱离了他这一行当，离开了他那简陋阴暗的店铺，他又变成了一个粗俗、愚钝的工人，变成一个不能通情达理、毫无精神上的乐趣可言的人，变成了在剧场上会打瞌睡的人，变成一个巴黎的多利邦[①]，只会干傻事。这些人几乎无不大同小异。您在这些人身上，几乎也无

① 多利邦是法国一七九〇年上演的一出喜剧中的主人公，说的是一个笨得出奇的父亲，尽受自己女婿愚弄。

不发现一颗高尚的心灵。有两种感情充满了这个面粉商的心,汲取了他心灵里的水分,就如粮食生意耗尽了他脑子里的才智似的。他的妻子是拉勃里[1]一个富有的农场主的独生女儿,他以虔诚的心情赞美她,无限地爱着她。高里奥爱她刚柔相济、美丽多情,这与他的性格适成强烈的对比。在男人的心目中,倘若存在着先天的感情的话,这不就是能随时保护弱者的自豪感吗?在这自豪感上再加上爱情——所有真诚的人在得到欢悦时的生动的感激之情,那么您就可以理解一连串精神上的怪异现象了。高里奥过了七年幸福和谐的生活后,不幸失去了妻子,其时,她已在感情范畴之外,开始在高老头身上产生某种影响了。也许是她感化了这个性情迟钝的人,也许是她使他明白了为人处世、对待生活的事理。在这样的背景下,父爱在高里奥身上大大膨胀,达到非理性的程度。他把对死者的爱移植到两个女儿身上。最初她俩尚能满足他的一切感情需求,虽说商人和庄园主争先恐后想把自己的女儿嫁给他,开出种种优惠的条件,但是他仍然甘做鳏夫。他的丈人是他唯一敬重的人,自以为懂得其中原委。他说,高里奥早就发过誓决不背叛自己的妻子,哪怕她死了也不变心。巴黎中央菜市场上的人猜不透这种高尚又失常的感情,以此开玩笑,给高老头起了几个粗野的外号。他们之中的一个做成一笔交易,在街上喝葡萄酒时,大胆地以绰号称呼面粉商,被高老头一拳打在肩上,使其脑袋向前撞在奥伯兰街头的一块界石上。高里奥对他女儿的盲目的忠诚和变态而细腻的爱已广为流传。一天,他的一个同行想把他从市场支走以便控制行情,便对他说,苔尔费纳刚才被一辆马车撞翻

---

① 巴黎平原的东部地区,盛产小麦。

了。面粉商顿时脸色变得煞白，匆匆忙忙离开了菜市场。他虚惊一场，感情受到刺激，接连几天卧床不起。他虽没有在那人的肩上猛击一拳，但在关键时刻迫使那人破产，从而把其赶出了菜市场。不言而喻，两个女儿所接受的教育也是不合理的。高老头拥有六万利弗尔的年金，自己花不了一千二百法郎，他的幸福就是满足两个女儿的任性和荒唐的幻想。他请了最好的家庭教师给她俩上课，让她们接受良好的教育；她俩另有一名伴读小姐，幸而这位小姐是一个聪明而又有教养的女子。她俩会骑马，有一辆马车，生活得像一个老财主供养的情妇。她们只要表示一下愿望，哪怕是最奢侈的，做父亲的就会忙不迭地去满足她们；他只希望女儿对自己表示一下亲热作为回报便行了。高里奥把自己的女儿列入天使之中，必然就在他之上了。可怜的人哪！他爱这两个女儿，以至于她们对他使坏，他也认为是可爱的。两个女儿到了出嫁年龄时，她们可以随心所欲地选择自己的夫婿，每人可以得到父亲的一半财产作为嫁妆。雷斯托伯爵爱慕阿纳斯塔西的花容月貌，追求她，阿纳斯塔西羡慕他的贵族身份，终于离开父宅，投入上流社会的圈子里了。苔尔费纳喜欢金钱，嫁给了纽沁根，他是一个原籍德国的银行家，后来被封为日耳曼神圣帝国的子爵。高里奥仍然做他的面粉生意。他的女儿和女婿看见他继续干这种营生，很快就反感了，尽管这一行是他生命的寄托。他们用了整整五年才把他说服，他这才带着出盘铺子的钱和最近几年的盈利洗手不干，并且投宿到了伏盖公寓。伏盖太太最初估计这笔财富能给他带来八千至　万利弗尔的年金。他看见两个女儿迫于丈夫的压力不仅拒绝接他去住，而且不愿公开在家接待他，绝望之下，他才过起寄宿生活来的。

有一个叫缪雷先生的买下了高老头的产业。他对老头的了解尽在于此了。朗热公爵夫人对拉斯蒂涅克所作出的种种设想于是也得到了证实。巴黎这一出阴暗而可怕的悲剧背景就介绍到这里。

Ⅲ

进入上流社会

十二月的第一个周末，拉斯蒂涅克收到了两封信，一封是母亲写的，另一封是他的大妹写的。他对信里的笔迹非常熟悉，高兴得心怦怦直跳，又恐惧得瑟瑟发抖。这两页薄薄的信纸是他的希望得以实现或幻灭的判决书。倘若说，当他想到了他的亲人的沮丧，心里惴惴不安的话，那么他已过多地尝受到他们的爱，更担心挤干他们最后的几滴血。他母亲的信是这样写的：

我亲爱的孩子，我把你需要的钱寄给你。好好使用这笔钱吧，以后即使关系到救你的命，我也不能瞒着你的父亲再次筹措出这么一笔数目的款项，否则，我们家庭就不能和睦相处了。因为，如果一定要这样做的话，我们就不得不把田地抵押出去。我不知道你有什么打算，因而不可能判断它正确与否；但是，既然你如此担心把你的计划告诉我，那么我倒要问问，这些计划指的究竟是哪一方面的呢？我并不需要你写上几本书原原本本告诉我，作母亲的只需要听一句话就够了，这样，我便可以免得心神不定、疑虑重重了。读到你的信后我很痛苦，我不会向你隐瞒。亲爱的儿子，是什么感情迫使你在我的心里投下恐惧的阴影呢？你在给我写信时心里一定很难受，因为我在读此信时痛苦异常。你想干哪一行呢？难道你的生活，你的幸福取决于你戴上假面具，进入上流社会吗？而你不花费你力所不及的钱，不丧失你宝贵的求学时光，就进入不了，是这样的吗？我的好欧也纳啊，请相信为母亲的心情吧，扭扭曲曲的道路决不能完成伟大的事业。耐心和安于从命应该是处在像你这样处境的年轻人的德行。我不责备你。我不愿意在奉献的同时让你感到辛酸。我是作为一个有信心的、有预见的母亲说出这些话的。如果说你知道自己的责任所在的话，那么我也知道你的心有多么纯洁，你的用意有多么了不起。因此，我可以毫无顾虑地对你说："干吧，亲爱的，去干吧！"我担心，因为我是母亲；不过，你前进中的每一步都紧紧伴随着我们的心愿和祝福。要小心啊，亲爱的孩子。你应该像大人那么理智，你的五个亲人的命运都系于你的明智上了。是的，我们的幸福取决于你，就如你的幸福就是我们的幸福一样。我们大家都祈求上帝帮助你万事如意。你的姨母马尔西拉克在这件事情中表现得太好了，令人难以置信，她甚至体会到了你说的关于手套的话。她对我们的长子更加疼爱，而且是高高兴兴地说的。我的欧也纳，好好爱你的姨母吧，等你获得成功后，我再告诉你她为你做了什么；否则你用她的钱会让你烫手的。你们这些孩子还不知道什么叫牺牲纪念品呢！为了你，我们什么牺牲不能作出来啊！她请我告诉你，她吻你的额，并希望这一吻能使你得到幸福常在的力量。这个好心杰出的女人如不是手指痛风,会亲自给你写信的。你的父亲身体很好。一八一九年的收成超出我们的预料。再见吧,亲爱的孩子。我不介绍你两个妹妹的情况了,萝尔①另有信给你。我也让她高兴一下,由她把家里的琐碎事情同你絮叨絮叨吧。让上天保佑你成功!啊!是的,只许成功,我的欧也纳,你使我过于痛苦了,我可不能再次忍受。我期望得到一笔财产给我的孩子,所以我知道贫穷是什么滋味。行了,再见吧。有消息就告诉我们,请在此接受你母亲的吻。

欧也纳读完这封信时,已是泪流满面了,他想到高老头绞镀金银餐具卖出去为他的女儿还债的情景。他心里想:“你的母亲不也在绞她的首饰么!你的姨母在卖她的纪念品时一定哭了。你有什么权利诅咒阿纳斯塔西?你出于自私,为了自己的前程,不是刚刚仿效了她为她的情人所做的事情吗②?是啊,你是否就比她强些呢?”大学生感到创巨痛深,五内俱焚了。他想放弃上流社会,不再取这笔钱。他的内心表现出高尚而美好的悔疚之情,当人们在审判他人时,很少考虑到这个因素,但这样的感情却经常能使天使宽恕那些被人间法官定罪的罪人。拉斯蒂涅克打开了他妹妹的信,那天真、善良的语句温暖了他的心。

你的信来得正是时候,亲爱的哥哥。阿加脱和我,我们本来做

---

① 萝尔是巴尔扎克妹妹的名。

② 雷斯托伯爵夫人为她的情人——马克西姆·德·脱拉意付清了债款。

了种种设想准备花掉这笔钱,我们简直不知道买什么好。你的做法就像西班牙国王的仆人打碎了主人的表那样,使我们的意见统一了。说真的,我们过去为我们各自的心愿一直争论不休,我的好欧也纳,我们从未想到还有这么一项用途,满足了我们所有的心愿。阿加脱高兴得跳了起来。总之,我们整整一天乐得像一对疯子似的,你瞧,母亲都板起脸说我们了(照姨母的说法)。她说:"你们怎么啦,小姐?"倘若说我们多少被训了一顿,我想,我们因此而更加高兴了。一个女人应该为她所爱的人作出牺牲而引以为乐。只有我一个人在兴冲冲时又心事重重,愁眉不展了。将来我大概不是一个贤慧的妻子,我太会花钱了。我买了两条腰带,一根钩缕空胸衣的漂亮钩针,还有一些无聊的东西,因此,我的钱没有胖子阿加脱多;她可省俭了,她像喜鹊那样把埃居堆积起来。她有两百法郎!我嘛,我可怜的朋友,我只有五十个埃居。这个,我遭到报应了,我真想把腰带扔到井里,我戴着它会不舒服的。我等于偷了你的钱。阿加脱很可爱。她对我说:"把这三百五十法郎以我俩名义寄去吧!"不过,我也不想一五一十地把事情的前后经过告诉给你听了。你知道,我们怎样遵照你的吩咐去做的么?我们取出这笔用得其所的钱,两人装出外出散步的样子,一俟走上大路,我们便奔向鲁费克村,在那里把钱交给格兰伯先生,他是驿站办事处主任!我们回家时动作轻捷得像一对燕子。阿加脱问我:"是幸福让我们变得轻松的吗?"我们彼此谈了无数的话,我也不向你絮叨了,巴黎先生,这些话都与你有关哪。啊!亲爱的哥哥,我们爱你，这句话概括了一切。至于保守秘密嘛，照我们的姨母说，像我们这样的机灵鬼什么都办得到，甚至能不吭一声。我的母亲神秘地和姨母到昂古莱姆去了，她俩对此行的动机避而不谈，行前她们开了好长好长的会，我们及男爵先生都没列席。拉斯蒂涅克王国里，个个都在猜测。两个公主悄悄在为王后殿下绣一条平纹细布散花长裙，再缝两条边就完工了。大家决定在凡尔豆尹那边不砌墙，有一道篱笆就行了。小小老百姓在那里要损失一些水果和一些贴墙的果树，但是外人对园内景观却可以一览无余。倘若王上的推定继承人需要手帕，那么马尔西拉克母后肯定就会搜索她的以蓬贝伊阿和埃赫居拉纳姆命名的宝库和箱子，找到一块荷兰产的布，她自己都认不出来了；阿加脱和萝尔公主在她的吩咐下就穿针引线，两双手总是冻得红通通的。两位年轻的王子唐·亨利和唐·加勃里埃还改不了那争抢浓缩葡萄汁的坏习惯，惹得他们的姐姐生气；他们不喜欢读书，只爱掏鸟窝，吵吵闹闹的，不顾王国的禁令，锯断柳树做棍棒。教皇的教廷大使，俗称本堂神父先生威胁说，如果他们仍不学语法上的条条杠杠，而去使枪舞棒的话，他就要开除他们的教籍了。再见吧，好哥哥，我的信说不完对你的祝福，表达不完因爱你而带来的宽慰。将来你回家时，你会有多少事情对我说啊！你会把什么都讲给我听的，因为我是你的大妹啊。姨母已经让我们猜到，你在社会上已崭露头角了。

人们只提到一位夫人，

而对其他缄口不语。[①]

对我们，一切都好说！说啊，欧也纳，如果你愿意，我们可以省下手帕，为你缝衬衣。关于这一点，请尽快告知我们。倘若你急需漂亮合身的衬衣，我们得立即动手了；如果巴黎有什么新款式，请寄一个样子来，特别是袖口的式样。再见，再见了！我吻你的左额，那只能属于我一个人。我留下另一张信纸让阿加脱写，她答应我决不看我给你说的话。可是，我不放心，在她给你写信时，我就呆在旁边监视。

爱你的妹妹　萝尔·德·拉斯蒂涅克

"哦！是啊！"欧也纳心里想道，"是啊，不惜一切要发财！金银财宝报答不了如此的深情厚意。我要把人间的幸福统统带给她们。一千五百五十法郎！"他停顿片刻又自言自语地说，"每分钱都要用在刀口上！萝尔说得对。见鬼！我只有几件粗布衬衣。一个年轻姑娘为了一个男人的幸福，可以变得与小偷一样狡黠。她对自己是那么纯洁天真，为我却能深谋远虑；她像一个天使，对人间的罪过没有弄清就宽恕了。"

世界是属于他的了！他已经把裁缝请来，探过口气，取得他的信任。拉斯蒂涅克看见脱拉意先生之后，就理解了裁缝在年轻人的生活中所起的作用。唉！有了账单，裁缝要么是不共戴天的敌人，要么是朋友，两者之间无

① 模仿高乃依剧本里的一句诗。

折衷可言。欧也纳觉得自己的裁缝是一个深谙生意经的人,他把自己看成是年轻人通向飞黄腾达的桥梁。因此,当感激不已的拉斯蒂涅克成了巴黎知名人士之后,说了一句话,就使此人财源茂盛了。他说的是:“我知道有人靠了他缝制的两条裤子,结上了一门有两万利弗尔年金作陪嫁的亲事。”

拥有一千五百法郎和几套可以换换的衣服!这时,可怜的南方人再没什么可顾虑的了,他下楼吃饭时,带着手上有几文的年轻人那种令人捉摸不透的神色。从金钱落进大学生口袋的一刻起,他就为自己建起一根可以依靠的虚妄的大柱。他走路也比以往神气了,他感到自己的杠杆有了一个支撑点,目光沉稳而自信,动作敏捷。昨天,他还是一个谦卑的胆怯的人,挨了打也不敢回手;今日,他却可能去教训一个内阁大臣。在他身上出现了令人难以置信的现象:他向往一切、无所不能、什么都想要;他快活、慷慨、感情外露。总之,往昔没有翅膀的小鸟又插翅高飞了。一文不名的大学生获取了一丝快乐,就如一条狗经历了千辛万苦之后偷走了一根骨头,边跑边嚼,吮其骨髓。这个年轻人一边搅动着钱袋里的几枚羞涩的金币,一边感受着其中的乐趣,细细品味,飘飘然再也不知道“贫穷”这两字的含意。巴黎整个儿属于他的了。他到了一切在发光、闪烁、燃烧的年龄了。他到了任何成年人——男人和女人都享受不到的生命力旺盛的年龄了!他到了因负债和强烈的恐惧感而更加去寻欢作乐的年龄了!没有踏上过塞纳河左岸,没有在圣雅克街和圣父街之间混迹过的人,根本就不了解人生的意义。拉斯蒂涅克咬着伏盖太太家的那一里拉一个的熟梨,心里想道:“如果巴黎女子知道了,她们也许会来向我求爱的。”这时,驿站的一个信差按响了栅栏门铃之后,走进餐室。他找欧也纳·德·拉斯蒂涅克先生,交给他两只拎包和签收单据。这时，伏脱冷向拉斯蒂涅克深深地瞥了一眼，使他感到像被鞭子抽了一下似的。

“您有一笔钱可以付击剑和射击的学费了。”伏脱冷对他说。

“‘加里翁’靠港了[①]。”伏盖太太瞟着拎包对他说。

米肖诺小姐不敢朝那钱袋望，她怕别人以为她贪财。

“您有一位好母亲。”古杜尔太太说道。

“先生有一位好母亲。”布瓦雷补充了一句。

“是啊，妈妈的血挤干了，”伏脱冷说道，“现在，您可以去逢场作戏，出入上流社会，在那里钓一份陪嫁，与头上插桃花的伯爵夫人跳舞。不过，请相信我的话，还是多去去射击场吧。”

伏脱冷做了一个瞄准对手的动作。拉斯蒂涅克想给邮差小费，但兜里空空如也，伏脱冷掏了掏自己的口袋，扔给那人二十个苏。

“您的信用很好。”他看着大学生说道。

虽说他从鲍赛昂夫人府上回公寓的那天，此人话中带刺让他无法容忍，但此时他也只得向他表示谢意。在此之前有过个把礼拜，欧也纳和伏脱冷见面时只是互相打量，从不交谈。大学生自己也弄不清原因何在。思想大约也是在它的原动力的直接作用下，呈抛物线状射出的，撞击在大脑瞄准的目标上，与炮弹射出时的弹道数学原理相仿，其效果是多种多样的。倘若说世上存在一些温情的人，他人的思想能在他们的大脑里驻扎，并侵蚀其机体

---

① “加里翁”指一条大船，专运西班牙人从美国殖民地掠夺来的金子和贵重物品。这句成语在当时很流行。

的话，那么也存在一些强者，他们长着一个铜墙铁壁似的脑袋，他人的意志碰上去无能为力，就如子弹打在城墙上似的。此外，还有一种疲软、柔弱的人，他人的思想撞上去只能像炮弹打在棱堡上，被撞瘪，无声落下了。拉斯蒂涅克的脑袋里装满了炸药，稍稍碰撞就会爆炸。他太年轻，太冲动，对放射的思想、对感情都易感染，这些感情的种种离奇古怪的表现，我们也会无意识地受其影响的。他的精神上的视觉与他那对鹰隼般的眼睛看得一样远，一样明晰。他那明暗的双重意识都有这个神秘的遥测能力，有往复伸缩的柔性，在高尚的人身上、在善于抓住对手弱点的斗士身上表现出来，使我们赞叹不已。一个月以来，欧也纳身上的优缺点同时发展。上流社会以及为满足他日益增长的欲望逼使他需要具有这些缺点。优点之中，就有这个南方人的执拗的性格，为解决困难可以迎难而上，并且作为卢瓦河流域的人，他不会犹豫不定、裹足不前的。这些优点在北方人看来是缺点，但对他们而言，倘若这是缪拉①走运的基本条件的话，那么也是他的死因。因此，可以下这样的结论，当一个南方人懂得把北方人的诡计和卢瓦河对岸的人的勇敢结合起来的话，他就是一个通才，可以成为瑞典的国王②。所以，拉斯蒂涅克不可能长时间地处在伏脱冷的火力之下而弄不清此人究竟是友是敌。他时时感觉到这个古怪的人物看透了他的情欲，看透了他的心思，但这个人却把一切都包得那么严密，似乎具有埃及狮身人面像那样静态的深度，

---

① 缪拉：法国元帅，以勇敢闻名，一八〇八年成为那不勒斯国王，一八一五年被赶下王座，数日后，当他企图再夺王位时，被枪杀。

② 指贝尔纳多脱。他是法国元帅，一八一三年站在同盟军那一边，翌年，指挥一支军队入侵法国，一八一八年为瑞典国王。

这个司芬克斯知道一切,看清一切,但什么也不说。欧也纳觉得自己钱包鼓鼓的,于是对什么也不在乎了。

“请等一下。”他见伏脱冷啜完最后几口咖啡,准备起身出去时,便对他说。

“什么事?”这个四十来岁的人一边戴宽边帽,一边拿起铁手杖问道。他经常把手杖当枪舞动,仿佛四个强盗上来也毫不胆怯似的。

“我把钱还您,”拉斯蒂涅克接着说道。他敏捷地打开袋子,数出一百四十个法郎交给伏盖太太。“好朋友明算账,”他对寡妇说,“我把圣西尔凡斯脱尔节①之前的钱全付清了。请兑一百个苏零钱给我。”

“好朋友明算账。”布瓦雷注视着伏脱冷重复道。

“这里是二十个苏。”拉斯蒂涅克把一枚硬币交给这个戴假发的神秘人物说。

“好像您害怕欠了我什么似的?”伏脱冷大声说道,对年轻人深深地盯了一眼,并带着嘲弄和挖苦的神情笑了笑,为此,欧也纳多次想对他发火。

“不过……好吧。”大学生答道,他拎着两只袋子,起身准备上楼。

伏脱冷向通往客厅的那道门走去,大学生准备从开向楼道口的那扇门出去。

“您知道吗,拉斯蒂涅克‘哈马’侯爵先生,您对我说话并不十分礼貌。”伏脱冷说着把通向客厅的那道门猛地带上,向大学生走去,而后者冷冷地瞧着他。

---

① 圣西尔凡斯脱尔是罗马第三十三代教皇,每年十二月三十一日是纪念他的节日。

拉斯蒂涅克关上了餐室的门，把伏脱冷拉到餐室和厨房之间的过道上。过道上另有一道板门通向花园，门上镶嵌了一块长方玻璃，并围了一道铁栏杆。这时，西勒维从厨房走出来，大学生当着她的面说道："伏脱冷先生，我不是侯爵，我也不叫拉斯蒂涅克'哈马'。"

"他们要打架了。"米肖诺小姐冷漠地说道。

"打架！"布瓦雷接着说道。

"不会。"伏盖太太抚摸着她的一堆钱跟着说。

"您看，他俩走到椴树下面去了，"维克多莉娜小姐边起身向花园里张望边喊道，"可那个可怜的年轻人没错啊。"

"上楼吧，亲爱的小姑娘，"古杜尔太太说道，"这些事与我们无关。"

当古杜尔太太和维克多莉娜起身时，她们看见大胖子西勒维站在门口堵着去路。

"发生什么事了？"她问道，"伏脱冷先生对欧也纳说：'我们去说说清楚！'接着，他就抓住他的胳膊，两人走到我们种的长生花下面啦。"

正说着，伏脱冷走了过来。"伏盖妈妈，"他微笑着说道，"你千万别害怕，我想在椴树下面试试我的手枪。"

"啊！先生，"维克多莉娜合起双手说道，"您为什么要杀欧也纳先生？"

伏脱冷向后退了两步，端详着维克多莉娜。

"又是一件妙事。"他以嘲讽的口气大声说道，可怜的姑娘不觉脸红了。他继续说道："这个年轻人，他很可爱，是吗？您倒让我产生一个想法。让我来使你们俩获得幸福吧，漂亮的孩子。"

古杜尔太太已经抓住了她的被监护人的胳膊，把她拖走，并凑着她的耳根说:“唉,维克多莉娜,您今天真是不可思议。”

“我不愿意别人在我的家里打枪,”伏盖太太说道,“大清早,你们这样不是要吓坏周围邻居,把警察引来么?”

“行啦,放心吧,伏盖妈妈,”伏脱冷答道,“啊,啊,别慌,我们到打靶场去好啦。”他追上了拉斯蒂涅克,亲热地挽着他的胳膊说:“我会让您看到,在三十五步以外,我可以连续五次击中黑桃 **A** 的中心,您不会失去勇气吧。我觉得您有点动肝火了。这样,您可要莫名其妙地被人打死啦。”

“您怕啦?”欧也纳说。

“别让我生气,”伏脱冷说道,“今天早上外面不冷,到那边坐坐吧,”他指着涂上绿漆的长椅说道,“在那里,谁也听不见我们说话。我要和你聊聊。您是一个挺好的小伙子,我不想伤害您。我喜欢您,以脱隆①的名义赌咒……(天杀的!)以伏脱冷的名义赌咒。我为什么喜欢您,请听我说。我先要说,我了解您,好像您是我生的似的,以后您会看出来的。把您的袋子放在那里吧。”他指着那张圆桌子说道。

拉斯蒂涅克把钱袋放在桌上,坐下来。这个人刚才还说要杀他,现在又俨然装成他的保护人样子,他的态度突然变化,使拉斯蒂涅克惊讶到极点。

“您大概很想知道我是谁,我过去干什么,或是我现在干什么吧,”伏脱冷继续说道,“您太好奇了,小家伙。行啦,别着急。您还会听到其他许多事情呢!我曾经遭遇到不幸。请先听我说,而后您再回答我。我的过去用三句话便能概括了。我是谁?伏脱冷。我干什么?干我爱干的事。行啦。您

① 伏脱冷差一点把他做苦役时的外号说出来。

还想了解我的性格吗？我对那些对我好，或与我合得来的人是好的。对这些人，一切都好说，他们踢我的腿肚子，我也不会说：'当心点！'不过，妈的！我对那些找我麻烦，或是与我合不来的人，可以凶得像恶魔一样。告诉您也好，我杀一个人就像这样，"他说着吐了一口唾沫，"不过，我杀人也要名正言顺，万不得已才开杀戒。我是一个您称之为艺术家的人。别小看我，我读过邦弗尼托·赛里尼[1]的《回忆录》，而且读的是意大利文的原作。这个人是一个骄傲自信、胆大妄为的人，我从他那儿学会如何效仿迟早好歹会把我们杀掉的天主，并且学会去爱无所不在的美。再说，孤单一人与所有人作对，并且成了赢家，这不是一场很有趣的赌博吗？我仔细思索过当前你们这个混乱的社会组织。小家伙，决斗是小孩子的玩意儿，是蠢事一桩。两个活生生的人有一个要消失，只有傻瓜才去铤而走险呢。决斗吗？不是生就是死！如此而已。我可以在三十五步之外连发五弹，颗颗击中黑桃 **A** 的中心，而且是打在一个眼上！一个人有小小的这么一手的话，干掉个把人是有把握的。啊哈，有一次我在二十步开外向一个人射击，没射中。那个家伙还一生没有玩弄过枪呢。看！"这个不寻常的人说着就解开背心，亮出他那像老熊背脊一般的毛茸茸的前胸，胸上有一撮黄毛，让人看了既恶心又害怕，"这个毛头小伙子把我的毛烧焦了。"他把拉斯蒂涅克的手指放在他乳部的一个窟窿上接着说道。"可是在那时我还是个孩子，我像您这么大年纪，二十一岁。我还相信什么，相信一个女人的爱情，相信一大堆稀里糊涂的事情，您以后也会缠不清的。刚才，我们还想决斗，不是吗？您也可能把我杀

---

① 邦弗尼托·赛里尼（一五〇〇—一五七一）：佛罗伦萨著名的雕刻家和金银匠。

了。假如我长眠地下,您会在哪儿?您得逃跑到瑞士去,靠手头拮据的爸爸的钱养活自己。我嘛,我这就把您眼下的处境点明吧,不过,我是以一个有真知灼见的人的口吻说的,我已经研究过人间的凡事了,我看出只有两条路可走:不是一味服从就是进行反抗。我什么都不服从,这不是一清二楚吗?您知道,以您现在的处境,您该怎么办?一百万家财,而且刻不容缓,没有这笔钱我们可能带着我们小小的脑袋瓜去投塞纳河,看看是否有一个至高无上的主。这一百万,我这就给您。"他停顿了一下,看着欧也纳,"啊!啊!您对伏脱冷老爹和颜悦色啦。您听到这句话时,就像一个听人说'晚上见'的少女那样。理理毛,舔舔嘴,像一只喝牛奶的猫。算了吧,行啦!我俩一起来谈谈吧!年轻人,先算算您的账。您在老家有爸爸、妈妈、姨母、两个妹妹(一个十八岁,一个十七岁)。这就是家庭的全部成员了。姨母培养您两个妹妹。本堂神父教您两个弟弟拉丁文。全家吃栗子粥比吃面包的时候多;爸爸连衬裤都省着穿,妈妈好不容易做一件冬裙和夏裙;您两个妹妹也为您尽力而为了。我全清楚,我在南方住过。倘若您家的田地收成有三千法郎的话,寄给您就有一千二百法郎,您的家境就是如此。我们还得有一个厨娘和一个男仆吧,爸爸是男爵,总得维持个面子吧。我们自己呢,我们雄心勃勃,我们有鲍赛昂家作为后盾,我们无车代步,却向往财富,但我们身无分文;我们吃着伏盖妈妈准备的粗茶淡饭,却喜爱圣日耳曼区的美味佳肴;我们睡在简陋的床上,却梦想一座府邸!我不责备您的愿望。心怀大志,我的小伙计,并不是所有的人都能的。请问问女人去吧,她们追求什么样的男人哪——有抱负的男人。有抱负的男人比其他男人意志坚强,血液里的铁质更丰富,心也更熟。女人在健壮时,她爱一个强而有力的男人甚于其他男人，哪怕她有被他压坏的危险，她也感到十分幸福，显得十分美丽。我已一一列数了您的欲求，以便向您提出问题。问题是这样的：'我们饿得要命，我们的牙齿锋利无比，我们该怎样办才能吃上好饭呢？'首先，我们有法典可啃，这可不是好玩的，而且什么也学不到；不过理应如此。好吧，我们就去当律师，以便日后成为重罪法庭的庭长，把那些臂膀上刻着 **T. F.**[①]、比我们有本领的好汉送上天，以便向有钱人保证，他们可以安安稳稳地睡大觉了。这倒是个正经的差使，但为期太长。首先，要在巴黎不厌其烦地等上两年，只能看看那些使我们馋涎欲滴的小妞，可不准碰。老是想着但得不到，这也够累人的了。倘若您平平庸庸，天性软弱，您倒不用发愁的，可是我们偏又是像狮子似的血性人，我们的胃口之大每天能干出二十件蠢事来。这样，您就像在上刑，受到我们在地狱时最恐怖的一种刑罚。就算您很乖巧，只是喝喝牛奶，吟吟伤感诗；即使像您这样豁达大度的人，在度过了烦恼以及能把狗逼疯的饥馑时期之后，一开始也得先成为某个坏蛋的替身，蛰居在一个破落的小城里，靠政府扔给您一千法郎的薪水过日子，就如人们给屠夫家的狗一碗残汤似的。追着小偷狂吠，替富人打官司，把善良的人吊死，您非这样做不可！倘若您没有后台，您就会在外省的审判台上发霉腐烂。到了三十岁，倘若您还能保住饭碗，您可以当一个每年收入一千二百法郎的法官。挺到四十岁时，娶一个年金六千利弗尔陪嫁的磨坊主的女儿为妻。谢天谢地。倘若您有后台，您在三十岁就会成为国王的检察官，拿着一千埃居的俸禄，

① T. F. 意为强制劳动（Travaux Forces），往昔法国把这两个大写字母烧红烙在犯人的臂膀上。

娶上市长的千金。倘若您参与政治上的某些肮脏交易，譬如把马汝埃勒①的选票念成维莱勒②的名字（两者谐音，可以心安理得），您在四十岁上就可升任为检察长，当上议员。请注意，我的小伙计，在这之前，我们小小的灵魂可不得安宁，我们已尝够了二十年的苦恼，默默地忍受着痛苦，而我们的妹妹二十五岁仍在守空房呢。我还有幸向您指出，在法国只有二十个总检察长位置，而您有两万个候补者在竞争，在这些人中不乏小丑，他们只要能高升一步，宁可把家庭卖了。倘若您不再有兴趣谋求高位，那么想想其他办法吧。拉斯蒂涅克男爵想成为律师吗？哦！太好了。首先得受十年的罪，每月开销一千法郎，备一个图书室、一间事务所，出入上流社会，对诉讼代理人阿谀奉承以招揽案件来审理，鼓动三寸不烂之舌扬威法庭。倘若您感到这个职业还不错——我也不说不可能，那么请在巴黎替我找上五个律师，看看他们在五十岁时每年是否能挣上五万以上的法郎？算了吧！不如把自己看得渺小些，我宁愿去当一个海盗。再说，去哪儿弄来钱？所有这些并不是轻轻愉快的事。女人的嫁妆不失是一个办法。您想结婚吗？这无疑是作茧自缚。再说倘若您是为金钱而结婚，那我们的荣誉感和高尚的情操又到哪里去！还不如今天就开始与人间的陈规陋习对抗，像一条蛇一样盘曲在女人身边，舔着丈母娘的双脚，做一些连母猪都不屑干的丑事。这倒也没什么，哈哈，只要您感到幸福就行啦。不过，您这样讨来的老婆，会让您像阴沟里的石头那样感到不幸的。宁愿与男人打架也不和自己的老婆斗嘴。这里是

---

① 马汝埃勒：自由派议员，因反对西班牙战争，于一八二三年三月九日被赶出议会。这儿，他象征反对派。

② 维莱勒：复辟时期是极端保皇党首领，一八二一——一八二八年是议会议长。

生活的十字路口,年轻人,请您选择吧。您已经选定了:您去过我们的亲戚鲍赛昂府邸,您感受到了那里的贵族排场。您还去过高老头的女儿雷斯托夫人的府邸,您在那里闻到了巴黎女人的气息。那天,您回住所时额头上都写着几个字,我看得真切:往上爬!不惜代价往上爬!好样的!我说,这才是我理想中的小伙子。您需要钱。到哪儿去搞?您把您的妹妹都榨干了。所有兄弟或多或少都刮他们姐妹的钱。在您的家乡,栗子多,钱币少,您拿走了一千五百法郎,上帝才知道这钱是怎么来的!然后您像打家劫舍的兵痞那样溜掉了。过后,您干什么呢?您再读书吗?所谓读书,就如眼下您所理解的那样,可以让像布瓦雷那样类型的小伙子在伏盖妈妈家的套间里安度晚年。眼下,处在您这样境遇的年轻人有五万人,他们为自己提出的问题就是如何尽快发财致富。您是其中一分子。您自己判断一下您将花费多大的力气,判断一下斗争有多剧烈吧。既然没有五万个好位子,你们得相互吞食,就如一个瓶子里的蜘蛛一样。您知道在这里人们是如何寻找出路的吗?不是凭借天才的光辉,就是进行腐蚀、巧设骗局。不是像炮弹那样轰进这群人之中,就是像瘟疫那样侵蚀进去。正直顶个屁用。人们屈服于天才的力量之下,人们恨他,想法诋毁他,因为他独吞一切;然而,倘若他我行我素,人们也就服了。总之,倘若人们不能把他埋进污泥底下的话,就只好崇拜他。腐蚀是司空见惯的话,天才却是罕有的。因此,腐蚀便是熙熙攘攘的平庸人的武器,您处处可见其锋芒所在。您会看见一些女人,她们的丈夫总共只有六千法郎的进账,但她们却在梳妆打扮上要花销一万法郎以上。您会看见薪金只有一千二百法郎的小职员也在置买田地。您会看见女人为了钻进法国贵族公子哥儿的马车不惜卖淫，他们的马车可以在隆乡①的中央跑道上奔驰。您已经看见窝囊的高老头不得不付清他的女儿到期的债票，而她丈夫的年金高达五万利弗尔。我可以提醒您，在巴黎，您走几步路，就一定会遇上卑劣的算计。我以我的脑袋打赌，您在您喜欢的第一个女人府上就会捅马蜂窝，不论她是年轻、貌美还是富有的。我如赢了，白赚这盘生菜就行了。所有的女人都被法律给拴上了，在一切方面都与她们的丈夫在明争暗斗。我还没说完呢，还该向您解释她们为情人、为衣饰、为孩子、为家庭或是为虚荣心所做的非法交易，但请相信我的话，其中很少是正大光明的。因此，正直的人便成了众矢之的。您以为所谓正直的人是什么样的人呢？在巴黎，正直的人就是沉默寡言，不愿分赃的人。我就不提那些社会底层的可怜虫了。他们到处干活，从来得不到应有的报偿，我把他们称之为信仰上帝的'蠢人同乡会'。当然啦，这就是蠢人的最大杰作，但也是不幸所在。倘若上帝在向我们开一个带恶意的玩笑，不参加对他们最后的审判的话，我现在就能看出这些好人的怪相来了。倘若您期望短期内出人头地，那么必须已经是个有钱人，或者装作有钱。要发财，在这里就得动大手脚，否则就得做债券投机。对不起！在您可以从事的一百个行当中，倘若有十个人能迅速获得成功，公众就叫他们为窃贼。您可以下结论了。这就是生活的原状。这样的生活与厨房同样不漂亮，也同样恶臭难当。倘若人们想捞些什么，就得玷污双手，只要知道如何脱身便行了：这就是我们时代的全部道德。倘若我这样同您谈论社会，是因为这个社会给了我这样的权利，我了解它。您以

① 隆乡是巴黎的布洛涅森林里的跑马场。

为我在谴责谁吗？一点也不。它一贯如此。道德家永远也改变不了它。人是不完善的。他们或多或少总有些虚伪，于是傻瓜便说，世风淳朴或是人心不古了。我不为庶民去指责富者，上、中、下层的人都是一个样。每一百万头上等牲畜之中，就会有十个胆大妄为的人，他们在一切之上，甚至不顾法律，我就是其中一个。您呢，倘若您是一个高尚的人，那就高昂着头，笔直地往前走。不过，应该向嫉妒、诬陷、平庸和所有的人作斗争。拿破仑曾经遇见过一个陆军部长，名叫奥伯里①，他差一点把拿破仑送到殖民地去。您自忖一下吧。看看您每天早晨起来是否比前一天的意志更坚强。果尔如此，我就再对您提出一个任何人也不会拒绝的建议。请好好听着。我嘛，您瞧，我有一个想法。我的想法就是在一片大庄园里过一种恬静的生活，譬如说，在美国南方，有十万公顷的土地，我想在那里成为种植者，有成群奴隶，靠出卖牛、烟草和木材，挣得区区几百万，像一个小皇帝那样以此生活，想怎样就怎样，过一种蛰居在泥灰地窖里的人不可想象的日子。我是一个伟大的诗人。我的诗，不是写出来的，而是体现在行动上，表现在感情中。此刻，我有五万法郎，只能买下将近四十个黑奴。我需要二十万法郎，因为我想要两百个黑奴，以满足我氏族式的田园生活的需要。黑人，您知道吗？这些都是自生自长的孩子，爱拿他们怎样就怎样，没有哪个少见多怪的国王检察官会来找您麻烦。有了黑人这笔资本，用十年时间，我就能积攒到三四百万。倘若我成功了，谁也不会来问我：'你是谁？'我就是四百万先生，美国公民。我那时五十岁，我还没有老朽，我以我的方式享乐。一句话，倘若我给您弄到

① 奥伯里在一七九五年撤销了拿破仑在意军的炮兵司令的职务。

一笔一百万的嫁妆,您能还我二十万吗?百分之二十的回扣,怎么样!太多了吗?您将得到一个可爱的小妞的爱。您结婚之后,您要表示不安、懊恼,整整半个月,您要装得愁眉不展的样子。某一天夜间,在装模作样一番之后,再吻她几下子,您就向您的妻子宣称,您背了二十万法郎的债,并且对她说:'我的爱哟!'最高尚体面的年轻人每天都在上演这一类喜剧。一个少妇对倾心的男子是不会不慷慨解囊的。您以为您会吃亏吗?不。您将会在一笔交易里找到挣回二十万法郎的办法。您凭了金钱和智慧,开始敛财聚富,如愿以偿。因此,您在六个月之间便可获得幸福,使一个可爱的小妞获得幸福,使伏脱冷老爹获得幸福,更不必说您将使您的家得到幸福,他们在冬天缺少木柴,正捧着双手哈热气呢。别对我的建议、我的要求大惊小怪吧!在巴黎,六十对美满的婚姻中,就有四十七对在做类似的交易。公证人的协会曾经强迫某位先生……"

"我该怎么干呢?"拉斯蒂涅克打断他的话焦急地问道。

"几乎不费什么事,"伏脱冷回答道,流露出高兴的神色,就像一个钓鱼者感到鱼儿上钩时暗自得意的样子,"请好好听我说吧!一个可怜的女孩子,在不幸和贫困时,就如一块海绵似的,最需要汲取爱情;就如一块干枯的海绵,加入几滴感情的甘露,立即就会膨胀起来。去追求一个年轻的姑娘吧,她正在受着孤独、绝望和贫穷的煎熬,而自己都不知道她不久便会腰缠万贯的。妈的!这简直是一副同花顺子①在手上,无异于已经知道中彩的号码,或是等于得知市场行情,在定期利息上投机。您在坚实的基础上结一

① 一种牌戏中最大的一副牌。

门不可摧毁的婚姻。日后，当成百万的法郎滚滚流向这个少女时，她会把这笔钱当成小石子似的扔在您的脚下。‘拿着吧，我的心爱的！拿吧，阿道夫！阿芙雷！拿吧，欧也纳！’只要阿道夫、阿芙雷和欧也纳有胆识为她作出牺牲，那就拿吧。所谓牺牲，我理解就是卖掉一件衣服，带她到蓝钟饭店①一块儿吃一顿香菇吐司；晚上，再去昂皮古喜剧院②看一场戏；要不就是当掉一块表，买一条披巾送她。我不是对您说那种朝三暮四的爱情，也不是说那些众多的女人感兴趣的、无聊的爱情，就如在远方给她们写信时在信笺上洒几滴水当作眼泪的那种爱情。我觉得您似乎完全懂得玩感情的游戏。您瞧，巴黎如同一座新大陆的森林，那里活动着二十来个野蛮民族，有伊利诺人、休伦人，他们靠在人间种种狩猎来的猎物生存着。您就是追逐一百万法郎的猎人。为了得到这笔钱，您使用陷阱、涂有粘鸟胶的树枝和诱鸟笛。狩猎的方式有多种。一些人追求嫁资，另一些人专等破产廉价处理物资；这部分人在选举中营私舞弊，那部分人把报纸出卖给另一家报社。某人重返故里时钱包鼓鼓的就会受人尊敬、庆贺，在上流社会里受到接待。对这个殷勤好客之地说几句公道话吧。您是与世界上最令人赏心悦目的城市打过交道的人。倘若欧洲各国首都傲气十足的贵族拒绝把一个无耻的百万富翁接纳到他们的圈子里的话，那么巴黎会向他伸出双臂，为他捧场，参加他的晚宴，为他的卑劣行径干杯。”

“可是到哪儿去找这样一个姑娘呢？”欧也纳问。

---

① 设在巴黎寺庙大街上的一家中等餐馆，上层人士不去光顾。

② 昂皮古喜剧院在圣马丁大街上，那里常上演音乐戏剧。

“近在眼前,她听候您的吩咐!”

“维克多莉娜小姐?”

“一点也不错!”

“哦!是怎么回事?”

“她已经爱上您了,您那个拉斯蒂涅克男爵夫人!”

“她一文不名啊。”欧也纳惊讶地说道。

“啊!说到点子上来啦。再说几句话吧,”伏脱冷说道,“就可真相大白了。塔勒费老爹是一个老恶棍,有人认为他在大革命时期暗杀了他的一个朋友。此人与我们这些我行我素的伙计相仿。他是个银行家,腓德烈·塔勒费有限公司的主要合股者。他有一个独生子,他想不顾维克多莉娜的利益,把财产全都留给这个儿子。我嘛,我不喜欢社会上的不公平。我和堂吉诃德一样,爱扶弱抑强。倘若说上帝的意志要把塔勒费的儿子从他身边收回,他将认领他的女儿;他总得有一个继承人,人的天性如此么,而我知道,他不能再生孩子了。维克多莉娜既温和又善良,她很快便会打动她父亲的心,用感情这根鞭子,把他打得像空心陀螺一样转!她对您的爱情会感激涕零,不会忘掉您,会嫁给您的。我嘛,我扮演天主的角色,我将让好心的上帝同此心愿。我有一个可以信赖的朋友,他是卢瓦军团①的一个上校,刚刚被调进皇家卫队。他听从了我的意见,成了一名极端保皇分子,他可不是一个固执己见的傻瓜。倘若说我对您还有什么忠告的话,我的天使,这就是对自

① 卢瓦军团由忠于拿破仑的军官组成,于一八一五年建立,他们想对盟国作最后的抵抗。

己的观点和言论都不必当真。如有人要收买您的言论时，就卖给他。一个自诩从不改变观点的人，是一个走直线的人，一个只相信万物永世不变的傻瓜。世上没有原则，只有事件；没有法律，只有机遇；优秀的人把事件和机遇结合起来引导事态的发展。倘若真有一成不变的原则和法律，老百姓也不会像我们换衬衣那样任意更换了。个人不必被看成比整个民族更为聪明。为法国效力最少的人倒是一个备受尊敬的偶像，因为他永远在激动，他至多只能放在音乐戏剧学院做摆设，替他贴上拉法耶特①标签。至于亲王②，每个人都向他扔石子，他轻视庶民，应他们需要而轻率许诺，他在维也纳会议上使法国免遭瓜分。他替人们争了一顶顶桂冠，实际上人们却向他扔污泥。啊！我了解事情的来龙去脉，我掌握很多人的秘密！够了。假如有哪一天，我碰上三个人一致同意实践一条原则的话，我就会有一个不可动摇的定见了，还不知等到哪一天呢！在法庭上，您不会找到三个法官对法律的某项条款取得一致意见的。我们回头再说那个人吧。只消我一声吩咐，他就会把耶稣重新送上十字架的。只要我伏脱冷老爹说一句话，他就会向那个可笑的人寻衅，此人居然一个子儿都不给他那可怜的妹子。然后……”说到这里，伏脱冷站起来，摆出姿势，并且做了一个剑术师的劈刺动作，“然后，送他上天！”他补充说道。

“多么可怕啊！”欧也纳说，“您是开玩笑吗，伏脱冷先生？”

“得了，得了，放松点儿，”这个人接着说道，“别孩子气啦，不过，如果您

---

① 巴尔扎克仇视拉法耶特，后者是自由保皇党人。

② 这里指塔莱朗，他是路易十八治下的外交大臣，在维也纳会议上，成功地瓦解了盟国，维护了法国的利益。

高兴的话,那就动火吧!发疯吧!您可以说我是一个下流胚,一个存心不良的人,一个坏蛋,或是一个强盗,可是别叫我骗子、密探!行了,说吧,把您一肚子的话说出来吧!我原谅您,在您这个年纪也是极其自然的事!我以前就是这样的,我!不过,请认真想想吧。日后,您会干得更坏的。您会去向某个漂亮的女人调情,接受她的钱。您早已想过这些了!"伏脱冷说道,"因为,如果您不在爱情上预支,您又如何能成功呢?道德,我亲爱的大学生,是不可分割的,有或是无。人们说到我们可以为自己的过失赎罪。又是一个了不起的理论,按这个说法,我们可以用忏悔来赎罪!引诱一个女人以爬上社会的上层,在一个家庭的兄弟间制造不和,总之,偷偷地私下干的所有的丑事秽行,不论出于作乐的目的,还是为了私利,您以为这合乎信念、希望和慈善三项原则吗?为什么一个花花公子在一个夜里劫走一个孩子的一半财产只坐两个月的班房?为什么一个可怜虫偷了一千法郎的纸币,要重判坐牢呢?这就是他们的法律,没有一条法律条款不是荒谬的。戴手套、说漂亮话的人可以冠冕堂皇杀人不见血;普通杀人犯用撬棍撬门,却是罪上加罪。在我向您提议的与您总有一天将要做的之间,差别在于流血多少而已。您以为在这个世界上有什么一成不变的东西吗!请别再把人放在心上,还是研究一下法典上有什么漏洞,可以钻空子的。不明不白发的大财,都有隐私,都是会被人遗忘的犯罪行为,不过他干得巧妙而已。"

"别说了,先生,我不想再听下去,您让我对自己都产生怀疑了。现在,我只能听凭感情指导我的行动。"

"悉听尊便,漂亮的孩子。我本来以为您会更坚强些,"伏脱冷说,"我不想再跟您说什么了。不过我想最后说一句话,"他的目光直逼大学生,接着说,“您知道我的秘密了。”

“一个拒绝听从您的年轻人会把它忘得一干二净的。”

“此话说得好,我听了很高兴。您瞧,换了另一个人就没那么谨慎了。您还记得我要为您做的事情么。我给您两个礼拜的时间考虑。取舍由您。”

“这个人的脑袋瓜像铁铸出来的!”拉斯蒂涅克看见伏脱冷胁下夹着手杖不动声色地走远了,心里想道,“他对我直截了当说的话就是鲍赛昂夫人说的意思,不过后者说得拐弯抹角些罢了。他用利爪把我心撕碎了。为什么我想到纽沁根夫人府上去呢?我刚刚有了一些念头,他就猜出来了。这个强盗用三言两语对我说的关于道德方面的事情比其他人和书籍对我说的还要透彻。倘若道德无妥协可言的话,那么我就是偷窃我妹妹的钱财了?”他把钱袋往桌上一扔,坐下来,心烦意乱地想着,“遵循道德规范,多么崇高的殉道哪!算了吧!大家都相信道德,可谁又是有德行的?老百姓有崇拜偶像的自由,可是在世界上有哪个民族是自由的?我正当青春年华,像无云的晴空那么纯净,可是如果想出人头地、荣华富贵,不就得准备撒谎、屈从、下跪,再站起来去吹牛拍马、遮遮掩掩吗?不就得同意做那些已经撒谎、屈从、下跪的人的仆人吗?在成为他们的同谋之前,就得先为他们效劳。哼!我不这样干。我要光明正大,老老实实地工作;我要日以继夜地工作,全凭我的劳动发财。虽然这条致富的道路来得慢些,但每天我临睡前都能心安理得,没有邪念。有什么比回顾生活,并觉得生活与百合花一样纯洁来得更美好呢?我与生活,就如一个年轻人与他的未婚妻的关系。伏脱冷让我看清了婚后十年发生的事情。活见鬼!我晕头转向了。我什么也不愿想,让心灵指导我吧。”

这时，西勒维大声嚷着裁缝来了，他才从沉思中惊醒。他手里拿着两个钱袋，走到裁缝面前。裁缝这时来，他不感到恼火。他试穿起夜礼服，再把白天的新行头穿上之后，一下子就判若两人了。

"我与脱拉意先生相比毫不逊色，"他心里想道，"我终于像一个体面人了。"

"先生，"高老头走进欧也纳的房间里说，"您刚才问我是不是知道纽沁根夫人将去哪些府邸，是吗？"

"对！"

"好吧！下礼拜一，她要参加加里格利阿诺元帅家举办的舞会。倘若您能去，您就回来告诉我，我的两个女儿玩得好吗，她俩穿什么衣服，总之什么都说说。"

"您怎么会知道的，我的高里奥老爹？"欧也纳请他坐在火炉边，问他道。

"她的贴身侍女对我说的。我通过泰雷兹和贡斯当斯知道她们做的一切。"他得意地说。老头仿佛像个仍然相当年轻的情人，对自己背着情妇，能有办法偷偷了解她的一举一动而感到高兴。"您会见到她们的，您！"他说着，天真地流露出痛苦与嫉羡的神情。

"我还不知道呢，"欧也纳答道，"我待会儿上鲍赛昂夫人府上去问问她，她是否能把我介绍给元帅夫人。"

欧也纳想到今后能穿着一身新装上子爵夫人府上，而且不会脱下了，心里喜滋滋的。道德家所谓的灵魂的堕落仅仅指人的消沉低落的想法，为一己自私的不自觉的行为。思想的波折，对社会的一再索取，或是思想上突然的反复,都是满足我们快乐的需要。拉斯蒂涅克看见自己穿着得体,戴着漂亮的手套,靴子擦得锃亮,又忘掉了他那有德有行的决心了。当年轻人倒向非正义这边时,他们不敢对着良心这面镜子正视自己,而成熟的人却可以熟视无睹:这就是人生两个阶段的区别所在。几天以来,欧也纳和高老头这两位邻居成为一对好朋友了。他们默契的情谊有其心理上的原因,孕育了大学生和伏脱冷之间相反的感情。大胆的哲学家如愿意证实我们的感情在物质世界里的作用,大概能在我们与动物之间的关系里得到更多的证据。有什么相面术者能以比狗看出陌生人是否喜欢它更快的速度,猜出一个人的性格呢?为人所爱,谁都能感觉到。感情渗透一切,并能穿越空间。一封信就是一个灵魂,就是说话的极为忠实的回声,所以感情细腻的人认为信是爱情的最珍贵的宝贝之一。高老头下意识的感情使他的人格发展到犬类的高度,他体会到了大学生心里对他的怜悯、敬重和年轻人的同情心理。然而,他们刚刚开始的友谊还没到无所不谈的程度。倘若说欧也纳表示愿意去见纽沁根夫人,他并不想在老头身上打算盘,期望由他把自己引荐给夫人,而是希望他会露出什么口风为他所用。高老头公开对他说起他的两个女儿的情况,也只是他公开说起他对两位夫人分别拜访那天之后才开始的。他在次日对欧也纳说:"亲爱的先生,您如何能想象,雷斯托夫人会因为您道出我的名字而生您的气呢?我的两个女儿可孝顺我呢,我是幸福的父亲。只有两个女婿对我不好。我不愿意因自己与女婿不和而让这两个可爱的孩子心里难受,所以,我宁愿偷偷地去见她们。这种神秘感给了我无尽的快乐,别的父亲虽说能随时随地去见自己的女儿,但他们是不能理解这种感情的。我嘛,我办不到,您懂吗?因此,只要天好,我就去问女儿的贴身侍女,得知她们出门后，我就到香榭丽舍大街去。我在大路上等她们，看见她俩的马车到了，我的心就剧烈跳动。我欣赏她俩的衣着打扮，她们经过时对我嫣然一笑，仿佛一束阳光射入我的心间，照亮了我的灵魂。然后，我再等，她们还会返回的。我再次看见她们了。她们呼吸新鲜空气有好处，脸色红艳艳的。我听见周围有人说：'看，一个美人儿！'那时候，我的心就甜津津的。那不是我的亲骨肉吗？我喜爱替她们拉车的马，我愿意变成偎依在她们膝上的小狗。我活着就是为了看她们高兴。每个人都有自己的爱的方式，我爱的方式不影响任何人，为什么世人要干涉我呢？我有我的享福的方式。晚上，当我的两个女儿走出家门去参加舞会时，我去看看她们难道就犯法了吗？每当我去晚了，听仆人说'夫人已经出门'时，我是多么伤心啊。一天晚上，我等到半夜三点钟就为了见一见纳西，我已经有两天没有看见她了。我差一点高兴得晕死过去。我求求您，如要对我说话，一定得谈谈我的女儿好吗。她们想把各式各样的礼品送给我，我劝阻了。我对她们说：'省着点钱吧！我要这些东西干什么？我什么也不缺。'真的，先生，我算什么？一具僵尸而已，我的灵魂只是与我的女儿同在。当您见到纽沁根夫人之后，您就告诉我，这两个人之中您最喜欢哪一个。"好心的老头停顿了一下，一面说，一面看着欧也纳。这时，后者正准备动身去杜伊勒利公园散步，然后等到约定时间去鲍赛昂夫人府上拜访。

这次散步对大学生来说是至关重要的。好几个女人发现了他。他是那么年轻、俊美、气度不凡。他看到自己成为路人赞叹的目标，不再想到被他刮干钱财的姐妹和姨母，也不再想到自己道德观念上的种种规范了。他曾看见头顶上方掠过的魔鬼，人们很容易把它当成天使，这个长着彩色翅膀的撒旦，一路上撒着钻石，把黄金制成了箭射在宫殿前面，把女人们打扮得姹紫嫣红，让原本简陋的王座涂上厚重的金彩。他曾听着虚荣之神那一套华而不实的议论，人们错把浮光掠影当成了权力的象征。伏脱冷的这番话虽说有些玩世不恭，却已深深地扎进他的心坎里，如同处女的记忆中刻印上了兜售脂粉的女商贩的影子，她冲着处女喊道："金钱和爱情滚滚而来。"

欧也纳晃悠到五点钟光景，登上了鲍赛昂夫人府邸，不料当头挨了一棒，年轻人对此是不设防的。在此之前，他觉得子爵夫人由于接受了系统的贵族教育，待人彬彬有礼，和蔼可亲，倘若都是出自内心，那真是无懈可击了。

他进去后，鲍赛昂夫人只是挥了挥手，简单地对他说了一句：

"拉斯蒂涅克先生，至少此刻我不能接见您！我正忙着……"

对于一个善于察言观色的人来说——而拉斯蒂涅克早就很快学会了这一套——这句话、手势、眼神、音调都反映了贵族阶层的脾性和习俗。他看见了戴在丝绒手套里的铁掌，在虚情假意之下的个性和自私，以及彩漆下的原木。总之，他听见了上至戴着羽饰的国王，下至插上鸡冠状盔顶饰的末流贵族发出的声音："我是王。"以往欧也纳过于轻信她的话，相信女人的高尚与博大。如同所有不幸的人那样，他真心实意地认同在施恩人与受恩人之间签订的无懈可击的协议书，其中第一款就是高尚的人们享有绝对平等的权利。其实，把恩人与受恩人融成一体的慈悲是一种存在于天堂里的激情，如同真正的爱情一样不被人理解，且是凤毛麟角。这两者都是纯洁无瑕的人才能挥霍的情感。

拉斯蒂涅克一心想参加加里格利阿诺公爵夫人的舞会，也就咽下了这口气。

“夫人，”他激动地说道，“倘若不是为一件急事，我不会冒冒失失来打搅您的。请发发慈悲准许我待会儿来拜见您吧，我等着。”

“那好！请来与我共进晚餐吧。”她说道，感到自己方才说话时的语气过于僵硬了，因为这个女子毕竟是心地善良、品格高尚的。

虽说欧也纳为她这突如其来的转弯所感动，但在离去时，内心不免还在嘀咕：

“向上爬吧，什么都得忍受。连心地最善良的女人在一时之间也会忘掉信誓旦旦的友谊，把你像一只旧靴子那样扔掉，还用说其他女人吗？人人为自己，一点不错。说真的，她的家也不是一个杂货铺，我总是求她是不对的。正如伏脱冷所说，应该像颗炮弹轰进去才行。”

大学生苦苦的思索很快就被兴奋替代了，因为他想在子爵夫人家晚餐一定会是愉快的。就这样，好似命中注定，他生活中的哪怕最微不足道的细枝末节，都仿佛在合谋着迫使他进入一个新的生活领域，正如伏盖公寓里的那个可怕的司芬克斯①总结的那样，他现在如同在战场，为了免于一死，必须杀人；为了不受欺骗，必须骗人；把良知和感情统统丢开，戴上面具，冷酷无情地去玩弄人，如同在拉赛代莫纳城②神不知鬼不觉地去掳取财富，以保住自己的地位。

当他回到子爵夫人府上之后，他发觉她一如往常对待他的那样，又关心

---

① 这里指代伏脱冷。

② 古希腊奴隶制的城邦，又名斯巴达城。

备至,温文尔雅。两人一齐走进餐厅,子爵已在那儿等候他的妻子,餐桌上摆满了奇珍佳馐,众所周知,在王政复辟时代,讲究美食的风气已被推向极端。鲍赛昂先生如同许多对什么都感觉厌烦的人那样,除了讲究饮食之外,几乎无乐趣可言了。他在美食方面,与路易十八和台斯加尔公爵[①]志同道合。他的餐桌上,容器和内容都很奢侈。欧也纳从未上过如此豪华的筵席,他这是第一回在世代显贵的家族用餐。往昔,在摄政时代举办的舞会上,最后一个节目总是宵夜餐,因为那时的军人需要养精蓄锐,随时准备投入国内外的战斗,而当今的时尚把宵夜餐取消了。因此,欧也纳以前仅仅参加过一些舞会。他当时已学会矜持稳重,后来他凭这一特点而闻名遐迩,所以他倒没有显得目瞪口呆的样子。不过,当他看见这些银雕的器皿,华美的桌面上那说不尽道不完的精品佳作,首次见识仆人上菜时阒无声息,对于一个富于想象力的人来说,很难不爱上这种基调高雅的生活方式而去留恋那从清晨起就必须对付的清贫的日子呢。一时间,他的思想又把他带回到那幢市民公寓;他吓得魂不附体,发誓在正月间搬走,这不仅为了去找一家干净些的住所,也是为了避开伏脱冷,他总是觉得此人在无形中控制着他。倘若人们认真思索巴黎已公开和尚未公开的形形色色的腐败堕落现象之后,有良知的人会扪心自问,国家出于什么样的反常的考虑,竟会把学校放在这个地方,并把年轻人招进去;漂亮的妞儿又怎么会在此地受到尊重;兑换商在木钵里盛放的金子怎么能不像变魔术似的不翼而飞呢?倘若再进一步想到,年轻人在这样的环境下犯罪、甚至违法的案例都极少,难道我们不该对这些

① 台斯加尔公爵是路易十八的掌膳大臣,以烹调著称。

耐心的坦塔罗斯①尊重与同情吗？他们孤立无援，却几乎永远是胜者呢。倘若要描写穷困的大学生在巴黎是如何苦苦挣扎的，这将会成为我们近代文明最悲壮的一页。

鲍赛昂夫人看着欧也纳，想激发他讲话，但没有奏效，他当着子爵的面什么也不想说。

"您今晚带我去意大利剧院吗？"子爵夫人问她的丈夫。

"我能侍候您，当然是非常的高兴，这点您不能怀疑，"他答道，殷勤之中不无嘲讽，但大学生没有发觉，"不过我得到游艺场去会见某位朋友。"

"又是他的情妇。"她心里想道。

"今晚阿絮达不陪您吗？"子爵问道。

"不！"她生气地答道。

"那好！倘若您非得需要挽住一个人的臂膀的话，请拉斯蒂涅克先生去吧。"

子爵夫人笑吟吟看着欧也纳。

"对您可不太方便吧？"她问道。

"'法国人喜欢冒险，因为从中能得到荣誉。'夏多布里盎先生这样说过。"拉斯蒂涅克躬身答道。

不一刻工夫，欧也纳坐在鲍赛昂夫人身旁，乘着一辆飞快的双座轿式马车，到了那家时髦的剧院；当他走进一个正面的包厢，与雍容华贵的子爵夫

① 坦塔罗斯是希腊神话中主神宙斯之子，因泄露天机，被罚永世站在上有果树的水中，水深及下巴，口渴想喝水时水即减退，腹饥想吃果子时树枝即升高。

人成了所有手镜竞相争看的目标时,他仿佛进入了一个神奇的世界。方才的一步一景,使他看得心醉神迷了。

“您不是有话要对我说吗,”鲍赛昂夫人对他说道,“啊,看哪,那是纽沁根夫人,离我们三个包厢。她的姐姐和脱拉意先生在另一边。”

子爵夫人说出这几句话时,向罗什费特小姐通常坐的包厢望去,没发现阿累达先生,她的脸庞顿时显露出异样的光彩。

“她非常之美。”欧也纳看了看纽沁根夫人之后说道。

“她的眼睫毛发白。”

“是的,她的腰身有多苗条啊。”

“她的一双手很大。”

“眼睛很迷人。”

“脸盘稍长。”

“可长脸盘有大家闺秀之气。”

“她可是时来运转啦。您看她提放手镜那副样子!她举手投足无不散发出高里奥家的味道。”子爵夫人说道,令欧也纳惊讶不止。

事实上,鲍赛昂夫人用手镜在看全场,似乎并没注意到纽沁根夫人,但又对她任何一个细节都没疏漏。场上的红男绿女个个都是那么美丽动人。苔尔费纳·德·纽沁根看见鲍赛昂夫人那年轻、俊美、高雅的表弟老是注视她,自尊心得到很大的满足,因为他只是在瞧她一个人。

“倘若您老是盯着她看,您就要出丑了,拉斯蒂涅克先生。倘若您就这样巴结女人,您将一事无成。”

“亲爱的表姐,”欧也纳说道,“我已经屡次承蒙您垂顾了;倘若您愿意把好事做到底的话,我想请您再帮我一次忙,对您不费多少心血,但对我却功德无量。我已经爱上她啦。"

"已经?"

"是的。"

"迷上这个女人了?"

"我的抱负还能在别处表现出来吗?"他说着向他的表姐凌厉地扫了一眼,"加里格利阿诺公爵夫人与贝里公爵夫人过从甚密,"他停顿了一下接着说道,"您会看见她的,请发发善心把我介绍给她吧,并把我带到她下星期一举办的舞会上。我会在那里看见纽沁根夫人,我将首次与女人打交道。"

"非常乐意,"她说道,"倘若您对她有意,您一定能心想事成。瞧,德·马尔塞此刻在加拉蒂奥纳公主的包厢里。纽沁根夫人正在活受罪,气得要命。此时接近一个女人最合适啦,特别是银行家的妻子。昂坦区的这些女人喜欢报复。"

"您处在她这样的情况下,怎么办?"

"我嘛,我就默默地忍着。"

这时,阿絮达侯爵走进鲍赛昂夫人的包厢。

"我没把事情办妥就来找您啦,"他说道,"我告诉您这一点,以免我白白作出牺牲。"

欧也纳看见子爵夫人的脸上泛出动人的光彩,这才明白什么是真正的爱情,他再也不会把它与巴黎社会那种矫揉造作的感情游戏混为一谈了。他佩服他的表姐,轻轻叹了一口气,不声不响地把座位让给了阿絮达先生。

"爱得如此真诚的女人是多么高尚,多么伟大啊!"他心里想道,"而这个男人为了一个布娃娃似的女人，居然要背叛她？"他血气方刚，感到愤愤不平。他真想在鲍赛昂夫人的脚下打滚，他希望拥有魔鬼的力量把她带到他的心间，如同一头老鹰从平原把一只尚在吮吸母乳的白色小山羊劫持到它的领空。眼下，他置身于偌大的美女博物馆却没有自己的一幅画，没有属于自己的一个情妇，他深感屈辱。"一个情妇和一个近似王侯的社会地位，这就是权力的象征！"想到这里，他看了看纽沁根夫人，如同一个受辱的人在瞅着他的对手。子爵夫人向他转过身子，眨着眼睛，为了对他的知趣识体表示她不尽的感激。第一幕结束了。

"您与纽沁根夫人相当熟悉，您可以把拉斯蒂涅克介绍给她吗？"她向阿絮达侯爵问道。

"哦，她认识您会很高兴的。"侯爵说道。

英俊的葡萄牙人站起来，挽住大学生的胳膊，眨眼工夫，他就站在纽沁根夫人身边了。

"男爵夫人，"侯爵说道，"我荣幸地向您介绍欧也纳·德·拉斯蒂涅克骑士，鲍赛昂子爵夫人的一个表弟。他对您的印象如此之深，所以我愿意让他结识他的偶像，以成全他。"

他说出这番话时，语气不无戏谑的味儿，也显得有点唐突，但经过修饰，却永远不会使一个女人扫兴的。纽沁根夫人笑了，把她的丈夫离去后腾出的座位让给欧也纳。

"我不敢请您坐在我的身旁，先生，"她向他说道，"一个坐在鲍赛昂夫人身旁的有福之人，是再也不会走开的。"

"可是夫人，"欧也纳轻声对她说，"即便我想讨好我的表姐，我觉得还是呆在您的身边为好。”他又提高嗓门说：“在侯爵先生到来之前，我们说到了您，以及您非凡的气度。”

阿絮达先生抽身退出了。

“真的吗，先生，”男爵夫人说道，“您真要留下来了？我们这就认识啦，雷斯托夫人已经向我提到您，我早想见见您了。”

“她就弄虚作假了，她把我挡之门外呢。”

“怎么回事？”

“夫人，诚实促使我把其中原因告诉您，不过，我把这样一桩秘密向您和盘托出，希望能得到您的宽宏大量。我是令尊的邻居。我本不知道雷斯托夫人是他的女儿。我非常天真冒昧地说到了他，让您的姐姐和姐夫生气了。您真不能想象朗热公爵夫人和我的表姐认为这种不孝行为有多不文明。我把经过情形对她们说了，她俩大笑不止。这时，鲍赛昂夫人把您和您的姐姐作了一番比较，对您赞不绝口。她对我说，您对我的邻居高里奥先生有多关心。您怎么会不爱他呢？他对您情深似海，连我都嫉妒。今天早上，我们谈论您，用了整整两个小时。我脑子里装满了令尊对您颂扬的话，今晚，我与表姐共进晚餐时，我对她说，我不相信您的美貌能及得上您的爱心。大概鲍赛昂夫人想满足我的好奇心，把我带到这里，以惯常的好意对我说，我在这里能见到您。”

“这么说，先生，”银行家妻子说道，“我已经欠您的情啦？再推进一步，我们定能成为好朋友啰。”

“虽说与您成为朋友绝不会是泛泛之交，”拉斯蒂涅克说道，“可我永远不想仅仅成为您的朋友。”

从刚刚入世的青年嘴上说着这些陈词滥调似乎永远会讨好女人，如果从字母上干巴巴地去理解，当然就缺乏情调了。但当一个年轻人说出这几句话时，配上合适的手势、语气和目光，便使之具有了无可估量的价值。纽沁根夫人觉得拉斯蒂涅克很可爱。然而，如同所有女人一样，她既然不能对大学生如此直截了当的问题作出回答，也就把话扯开了。

“不错，我的姐姐对可怜的父亲的所作所为是太差了，父亲对我们的慈爱如同上帝一般。纽沁根先生严格地命令我只能在上午会见父亲，我不得不在这点上作出让步，尽管我难过了好长一阵子。我哭过好多回。他不仅在夫妻关系上表现出粗暴无礼，在这方面的专制武断也是造成家庭生活不和的重要原因。在世人的眼光里，我无疑是巴黎最幸福的女人了，事实上，我是最不幸的女人。您瞧，我对您说这些简直是发疯啦。不过，既然您认识我的父亲，对我而言，您就不是外人啦。”

“您再也遇见不到第二个像我这样渴望得到您的人了，”欧也纳对她说道，“女人想追求什么呢？幸福吧，”他说话的语气那么温婉，直沁入对方的心脾，“那好！倘若说，对于一个女人而言，幸福意味着被爱、被疼、可以向一个朋友倾诉她的愿望、梦想、悲伤和欢乐，意味着可以向他赤裸裸地暴露自己的灵魂，诉说自己的是与不是而不必担心被出卖的话，那就请相信我吧，真诚的心、满腔的热情只能在一个充满幻想的年轻人身上体现出来，他只须您的一个表示便能为您赴汤蹈火；他对世界一无所知，也不想知道，因为您就是他的全部世界。瞧，您要笑话我的天真了吧。我从外省的穷乡僻壤来，不懂人情世故，只认识一些心地高尚的人，我本打算过着没有爱情的生活。可有一次，我见到了我的表姐，她把我当作她的知心人，她让我想象爱情生活有多么珍贵。眼下，我像谢鲁本[①]一样，是所有女人的情人，但我等待着，希望能献身于她们之中的一个。当我走进来看见您时，我感到有一阵巨风把我的心吹向了您。在此之前，我一直想到您，但我从未想象到现实中的您是如此美丽。鲍赛昂夫人示意我别死死地盯着您看。她不知道，您鲜红的嘴唇、白皙的肌肤、温柔的眼神对我具有多大的吸引力。我也是，我向您说了一大堆疯话了，还得请您让我表白个够。"

对女人来说，没有什么比听到这番甜言蜜语更加兴奋的了。哪怕最一本正经的女教徒，即使默不作声，但也爱听。拉斯蒂涅克开了头之后，又压低声音，滔滔不绝地说了一通软绵绵的话，纽沁根夫人却以微笑鼓励他往下讲，并且不时地看看德·马尔塞，后者始终没离开加拉蒂奥纳公主的包厢。拉斯蒂涅克一直呆在纽沁根夫人身边，直到她丈夫进来找她，把她带走才罢休。

"夫人，"欧也纳对她说道，"在加里格利阿诺公爵夫人的舞会举办之前，我很希望能去拜访您。"

"既然夫人请了您，"男爵说道，他是个粗胖的阿尔萨斯人，滚圆的脸上显示出粗中有细、老奸巨猾的本质，"您可以相信，您会被奉为上宾的。"

"事态进展不错，因为她听见我对她说'您会爱我吗'时，并不反感。缰绳已经套在牲口上了，只要跳上去，驾驭它就行了。"欧也纳边想边走去向鲍赛昂夫人道别，后者正起身，准备与阿絮达一齐退场。可怜的大学生完全不

---

① 谢鲁本是法国剧作家博马舍的剧本《费加罗婚姻》中的一个角色，年少多情，喜欢女性。

知道当时男爵夫人根本心不在焉，她在等着德·马尔塞的一封撕心裂肺的致命信。他为自己所谓的成功沾沾自喜，一直把子爵夫人送至列柱廊，在那里，每个人都在等着自己的马车。

“您的表弟像是脱胎换骨了，”欧也纳离开他们之后，葡萄牙人笑着对子爵夫人说道，“他会把银行都炸掉的。他像泥鳅一样灵活，大有作为啊。只有您才会教他选中一个正需得到安慰的女人。”

“不过，”鲍赛昂夫人说道，“还得知道她是不是还在爱着那个抛弃她的人。”

大学生徒步从意大利剧场走到新圣热纳维也芙街，脑子里做着最圆满的美梦。他早就发现雷斯托夫人一直在注意观察他，或是在子爵夫人的包厢里，或是在纽沁根夫人的包厢里。他琢磨着，从此以后，伯爵夫人的大门不会再对他关闭了。他盘算着还能讨得元帅夫人的欢心，这么说来，他就有四条主要关系，条条都有助他踏进巴黎上流社会的核心圈里。他虽还不清楚自己将采取怎样的手段，但他已预感到，在社会复杂的名利场中，他应该先攀上一个齿轮，然后逐渐爬上整架机器的端部，他感到自己有力量刹住轮子。“倘若纽沁根夫人对我感兴趣，我会教会她如何控制丈夫的。这个丈夫做黄金买卖，他能帮助我发横财。”他还没考虑得十分周详，还不够老练地去分析形势，对它作出估价，继而算计它；这些想法只是犹如轻云在远方飘忽，虽然没有伏脱冷的主意那么狠毒，但如放在良心的熔炉中，也提炼不出多少纯净的东西来。经过这一层的思想蜕变，人们才堕落到如此低下的道德境地之中，然而，当今社会却把此信条奉为圭臬，至于那些刚正不阿、隐忍坚毅、对邪恶不低头、把偏离正道视作大逆不道的人，过去不多，现在就更少了。这些清廉正直的崇高形象,为我们提供了两部杰作的素材:莫里哀笔下的阿尔赛斯特和华尔特·司各特作品中的丁斯父子。也许一部相反意义的作品,把一个上流社会的人,一个野心家,如何抹杀良知、试图与罪恶为伍、在伪装的外表下达到自己目的的曲曲折折的经历描写下来,会同样的动人,同样富有戏剧色彩吧。

拉斯蒂涅克回到公寓门口,就已经爱上纽沁根夫人了。他觉得她身体优美,身轻如燕。他想起了她那令人心醉的温柔的目光;她那光滑如缎的肌肤,皮肤下流动的血液似乎清晰可见;她那迷人的声音、那金黄色的秀发;他想起了这一切,也许是她那款款的莲步,在扭动腰肢时,使他更加魂不守舍了。大学生重重地打着高老头的房门。

"老邻居,"他喊道,"我看见苔尔费纳夫人了。"

"在哪儿?"

"在意大利剧院。"

"她玩得开心吗？请进来。"说着,好心的老人穿着睡衣起身,打开门,又急急忙忙跳上了床。

"快对我说说她吧!"他请求道。

这是欧也纳第一次走进高老头的房间。他的女儿的梳妆打扮刚才使他大开眼界,现在他又看见她的父亲蜗居的陋室,禁不住吃了一惊。窗上没有窗帘,由于房间潮湿,糊墙纸在好几处已经掀开,并且皱缩起来,露出了被烟熏黄了的白石灰墙。老头儿躺在一张破床上,床上只有一条薄薄的被子和一床压脚的棉毯,那还是用伏盖太太的旧长裙改做成的。潮湿的磨石地上积满了灰垢。在百叶窗对面,安放着一张旧柜子,香木做的,中间鼓出来,上面有铜拉手,作嫩枝状,枝梢上饰有树叶和花;一个木板面子的洗脸架,上面搁着一只脸盆,盆里放着一只水壶,以及所有剃须用具。鞋子放在房间的一角;床头前是一张茶几,没有柜门,面上也没有嵌大理石;壁炉没有生火的痕迹,旁边有一张桃心木方桌,高老头就是利用方桌的横档搓揉镀金银餐具的。一张不成样子的写字台上,放着老头的帽子。此外,一张草垫下陷的安乐椅和两张椅子凑足了这套破破烂烂的家具。从床上的帐杆上垂下一条难看的红白相间的方格布帘,帐杆用一条破布吊在天花板上。最可怜的掮客住的窝棚里的摆设,肯定也比高老头在伏盖太太家的这套家具要好些。这间卧室外观冷冰冰的,使人揪心,酷似监狱里的一间凄惨的牢房。欧也纳把烛台放在茶几上时的表情,高老头幸而没看见。老头儿把身子侧向年轻人这一面,被子仍然一直遮到下巴颏。

"喂!雷斯托夫人和纽沁根夫人,您更喜欢哪一位?"

"我更喜欢苔尔费纳夫人,"大学生答道,"因为她更喜欢您。"

老头儿听到这句体己的话,从棉被里抽出臂膀,紧抓欧也纳的手。

"谢谢,谢谢,"老头激动地说道,"她是怎么说我的?"

大学生把男爵夫人的话美化一番,又复述了一遍,老头听着,其神情就如他听见了上帝的声音似的。

"亲爱的孩子!是啊,是啊,她可爱我啦。但她说的关于阿纳斯塔西的话,您可别相信。这姐妹俩彼此嫉妒,您看不出来吗?这不是她俩孝心的表示嘛。雷斯托夫人也是爱我的,我心中有数。父亲对待孩子就如上帝对待我们一样,他对她们彻底了解,知道她们在想什么。她俩都是多情的人。啊!倘若我有两个好女婿的话,我就太幸福啦。人间肯定没有完完全全的幸福。倘若我与她俩一起生活，那有多好啊。不过，只要听见她俩说话，知道她们在哪里，看见她们进进出出，就如当年她俩在我身边那样，我的心就狂跳起来。她俩穿得好看吗？”

“好看，”欧也纳说，“高里奥先生，您的两个女儿生活如此阔绰，您怎么会呆在这么一间破屋里呢？”

“天哪，”他说道，表面上显得毫不介意的样子，“我生活得再好有什么意思呢？这些事，我对您说不大清楚，我讲话颠三倒四的，一切都在这儿，”他拍着自己的心窝补充说道，“我这个人的生活全系在我的两个女儿身上了。只要她俩玩得高兴、开心，穿着高雅体面，只要她俩的房间里铺着地毯，我穿什么破呢衣服，睡在什么地方有什么关系？只要她俩暖和，我就不感到冷；只要她俩在笑，我就绝不会烦闷。只有当她们忧愁了，我才真的忧愁。有朝一日您做父亲了，听到小家伙在牙牙学语，您心里会想：‘是我生出来的呀！’这时，您就会感到这些小家伙与您血肉相连，她们是您心里的稚嫩的花朵，因为事实就是这样嘛！您会以为自己的心悬在她们身上，她们在走动时，您会以为自己也在被牵动。她们的声音处处在应答我。倘若她俩的目光里流露出忧伤时，我的血都凝固了。总有一天，您也会知道，她们的幸福比您自身的幸福更使您高兴。我无法向您解释清楚，这些都是内心的活动，让人处处感到舒畅。总之，我过着三个人的生活。您愿意听我给您说一件有趣的事情吗？好吧！我做了父亲之后，就理解上帝了。他无所不在，既然万灵都是从他而来。先生，我与我的女儿就是这样的关系，只不过我爱女儿胜过上帝爱子民，因为人没有上帝那么美，而我的女儿却都比我漂亮得多。她们日夜萦绕在我的心里，我想过，您今晚会看见她们的。我的上帝啊！假如有一个男人能让我的小苔尔费纳像一个被人爱着的女人那样幸福的话，我宁可擦他的靴子，做他的听差。我从德·马尔塞的贴身女仆嘴里知道，这位小个儿先生是一条恶狗。我真想把他的颈脖拧断。他居然不爱一个像画出来的、说话如夜莺那么动听的美人儿！她真是不长眼，怎么嫁给了这么一个阿尔萨斯矮墩子？她俩各自有一个英俊、可爱的年轻人才对呢。不过，她们当时是心甘情愿的。"

高老头变得崇高了。胸中燃烧着父爱之火，神采奕奕，这是欧也纳从未见过的。有一个现象值得一提，就是感情所具有的感染力量。不论一个人如何粗俗，只要他表现出一种强烈而真诚的情感时，他就会焕发出一种特殊的光彩，使他容貌增色，动作灵活，声调铿锵有力。哪怕再愚蠢的人，在情感的驱使下，即使不在语言中表现出来，往往也在思想上变得雄辩敏锐，他似乎在光明的氛围中活动。此刻，在这个老人的声调和动作里具有一种感染力，显示出伟大演员的天才。说到底，我们美好的情感不就是一首首表现意志的颂诗吗？

"嗨！她大概就要与德·马尔塞分手了，您听了也许不会不高兴吧。"欧也纳对他说道，"这个花花公子离开她，又与加拉蒂奥纳公主勾搭上了。我嘛，今晚，我爱上了苔尔费纳夫人啦。"

"唔！"高老头哼了一声。

"是的，我没使她扫兴。我们谈情说爱，花了一小时。后天是礼拜六，我该去看她。"

"哦！倘若您能让她高兴，我就喜欢您。您是好人，您不会让她苦恼。如果您背叛了她，我就宰了您。女人一生只有一次爱情，您明白吗？我的天哪！我在说傻话了，欧也纳先生。对您来说，这间房间太冷了。我的天哪！这么说，您听见她说的话了，她怎么说我来着？”

“什么也没说，”欧也纳心里想，但他大声说出来的却是，“她对我说，她送您一个做女儿的热吻。”

“再见吧，我的邻居，祝您睡个好觉，做个好梦。我听了您这句话，一定做好梦。让上帝保佑您万事如意！今晚，您对我就像一个善良的天使，您把我女儿的气息带来啦。”

“可怜的人哪，”欧也纳上床时心里想，“就是铁石心肠也会被他感动了。他的女儿根本想不到他，就如不会想到土耳其王一样。”

自从这次交谈以后，高老头把他的这个邻居看成是一个不期而遇的知己，一个朋友。只有当这个老头爱上了谁，才能与此人亲近，他俩之间建立了这么一种关系。真正的感情是不会掺假的。如果欧也纳对男爵夫人亲近的话，高老头就觉得自己与他的女儿苔尔费纳也更亲近了，仿佛自己也更受到她的欢迎了。此外，他也把女儿内心的隐痛告诉给欧也纳听了。他无时无刻不在祈愿纽沁根夫人得到幸福，因为后者从未尝受过爱情的甘美。当然啦，照高老头的说法，欧也纳是他平生所见到过的一个最好的年轻人，他似乎预感到，欧也纳能给他的女儿全部她应该得到的快乐。因此，老头儿对这位邻人的友情与日俱增，没有这份友谊，读者也许就不可能知道这个故事的结局了。

次日上午，在饭桌上，高老头故意瞧着坐在他身边的欧也纳，同他说了几句话，又一改平时像石膏似的脸容，这一切都使其他宿客大为惊讶。伏脱冷自与欧也纳那次私下交谈后才第一次看到他露面，似乎想猜透他的心思。

欧也纳在前一天晚上入睡前已经把眼前已开拓的前景评估了一番，回想起了这个人的算盘，自然而然地想到了塔勒费小姐的陪嫁，不由得瞧了瞧维克多莉娜一眼，就如心地纯正的年轻人看一位富有的女继承人一般。他俩的目光不期而遇了。可怜的女孩子看见欧也纳穿一身新装，免不了觉得他十分可爱。他们相会的目光含义隽永，使拉斯蒂涅克不再怀疑，他已成了女孩朦朦胧胧追逐的目标，所有的少女情窦初开时，遇见第一个美男子都会有这样的欲望。一个声音冲着他叫喊道："八十万法郎！"蓦然，他回想起隔夜发生的事情，心想他对纽沁根夫人压倒一切的情欲便是他无意识的邪念的一帖解毒剂。

"昨天在意大利剧院演出罗西尼的《塞维勒理发师》。我从未听到过如此美妙的音乐，"他说道，"天哪！能在意大利剧院有个包厢多好啊。"

高老头攫获了这句话，如同一条狗领会了它主子的一个手势似的。

"你们被宠坏了，"伏盖太太说道，"你们这些男人，爱干什么就干什么。"

"您是怎么回来的？"伏脱冷问道。

"步行。"欧也纳答道。

"我嘛，"教唆者接着说道，"我可不喜欢玩个半吊子；我要去就用自己的马车，坐在自己的包厢里，回来时也要有身份。要有就全部，要么就一点没有！这就是我的格言。"

"这就对了。"伏盖夫人接口说道。

"您可能要去看望纽沁根夫人吧，"欧也纳低声对高里奥说道，"她当然会对您热忱欢迎的；她想从您口中知道我的详细情况。我知道，她在社交场上不惜一切要到我的表姐鲍赛昂子爵夫人府上去做客。别忘了对她说，我太爱她了，一定会满足她，提供她这个机会的。”

拉斯蒂涅克即刻去法律学院了，他不想在这家令人恶心的公寓里多呆一分钟。他差不多闲逛了一天，头脑发热，忘乎所以；大凡对未来充满希望的年轻人都会有这样的体会。伏脱冷的推理使他对社会生活有了新的探索，陡地，他在卢森堡公园与他的好友皮安训不期而遇了。

“你从哪儿开始板起脸孔的？”医科大学生挽住他的胳膊对他说道，与他一起在卢森堡宫前散步。

“我脑子里尽转些邪念，很烦恼。”

“什么方面的？有些想法嘛，会烟消雾散的。”

“怎么办？”

“只要屈从便行。”

“你还不知道是怎么回事就嘲笑我。你读过卢梭的作品吗？”

“读过。”

“你记得里面有一段叙述，他能够身在巴黎，凭一念之功杀掉中国一个年迈的满大人从而发财，他问读者有什么想法。”

“记得。”

“你的回答呢？”

“呸！我已经要对第三十三个满大人下手了。”

“别开玩笑了。行啦，倘若事实证明此事可行，你只需点一下头便能办到。你干不干？”

“这个满大人真的很老吗？嗯，呸！老也罢少也罢，风瘫也罢健康也罢，妈的！我才不干呢。”

“你是一个正直的小伙子，皮安训。可是，倘若你爱上一个女人，为了她你宁可粉身碎骨，可她需要金钱，许多许多钱，用于穿着、马车、满足她的种种奢求，怎么办？”

“你剥夺了我的理性，还非要我用理性作答。”

“怎么办！皮安训，我疯了，救救我吧。我有两个妹妹，天使般美丽、诚实。我希望她们幸福。从现在起到五年之内，哪儿去搞到二十万法郎做她们的嫁资呢？你瞧，生活中的有些场合是需要我们下大赌注的，别为区区几个法郎去牺牲幸福啊。”

“你提出的问题是刚迈进生活大门的所有的人都会碰上的，而你却想用利剑去劈开这个难题。要这样做，亲爱的，非有亚历山大的胆识不行，否则就要去坐大牢。说到我，我对我即将去外省建立的小康生活已很满足了，我只想老老实实地继承家父一点点产业。人的感情需要在小圈子里和在外界大环境中都能得到满足。拿破仑不可能咽下两餐晚饭，也不可能比在加比山医院实习的内科大学生拥有更多的情妇。亲爱的，我们的幸福不过是从头至脚的感受，幸福价值一百万也罢，一百路易也罢，其感觉在我们自身是一样的。我可不想要那中国人的性命。”

“谢谢，你使我好受多了，皮安训。我们永远是好朋友。”

“哦，”医科大学生接口说道，“我刚才在植物园上完居维叶①的课之后，看见米肖诺和布瓦雷坐在一张凳子上与一位先生聊天。去年在议院附近闹

① 居维叶（一七六九—一八三二），法国动物学家。该植物园亦饲养动物供人观赏。

事时，我见过此人，像是一个暗探，装扮成靠年息生活的老实人罢了。你对米肖诺和布瓦雷分析一下吧，我以后告诉你究竟怎么回事。再见了，我要去作四小时的答辩了。”

当欧也纳回到公寓时，他看见高老头在等他。

“拿着，”老好人说道，“这是她的信。啊，写得多漂亮哪。”

欧也纳拆开信，念了起来。

先生，家父对我说，您喜欢意大利音乐。倘若您不吝垂青，在我们包厢内就坐，我将不胜荣幸。周六，我们将会听到福多和拜勒格里尼的演唱，我相信您不会拒绝的。纽沁根先生和我都请您来敝府吃便饭。倘若您同意，他将非常高兴，可以不必再陪我上戏院，干那做丈夫的苦差事了。别答复我啦，来吧，请接受我的敬意。

D. N

“请把信给我看看，”欧也纳读完后，老好人向他说道，“您会去的，是吗？”他嗅了嗅信笺补了一句，“多好闻哪！她的纤纤手指碰过这张纸的，啊！”

“一个女人不会这样容易就拜倒在男人脚下的，”大学生琢磨道，“她想利用我把德·马尔塞拉回来。内心有所不满才干得出这码子事。”

“喂！您在想什么哪？”高老头问道。

欧也纳并不知道在那个时代某些女人疯狂地慕求虚荣，也不知道，为了在圣日耳曼区打开一道门，一个银行家的妻子可以牺牲一切。在那个年代，世俗之见把能为圣日耳曼区的上流社会所接纳的女人看得高于其他一切女人之上。那个区的贵妇被称作“小王宫的夫人”，其中鲍赛昂夫人、她的朋友朗热公爵夫人和莫夫里纽兹公爵夫人更是头面人物。只有拉斯蒂涅克一个人不晓得昂坦街的女人们欲进入更高一层圈子的狂热劲儿，在那个圈子里，女性中的英才灿若明星。不过他的戒心对他有好处，能使他的头脑保持冷静，并且赋予了他小小的权力，即可以提出条件而不是接受条件了。

“好的，我去。”他答道。

可以说，是好奇心驱使他去纽沁根夫人家的，即便这个女人蔑视他，他也会抱着满腔热情去的。总而言之，他急不可待地等待着次日出发的时间。对一个年轻男人来说，首次要弄心计对他的诱惑力不亚于初恋。对成功的把握，会产生无穷无尽的快乐，男人们不予承认，但却是某些女人全部魅力的源泉。无论获得成功易也罢，难也罢，都能刺激人的欲望，都能激起或维持人的激情，并把爱情王国一分为二。也许这个分水岭是气质迥异的结果，无论如何解释，人的气质支配着人与人的关系。忧郁的人需要女子若即若离卖弄风情来提神，也许神经质或多血质的男人看见女人过分扭扭捏捏会逃之夭夭。换句话说，哀歌主要是淋巴质的表现，正如颂歌是胆质的表现一样。

欧也纳在穿戴打扮时，体味着那美滋滋的乐趣，年轻人不敢说出口，担心遭人嗤笑，但自尊心毕竟得到很大的满足。他在梳理头发时心里想道，一位娇小姐的目光会在他那一圈圈黑发中打转转的。他做了许多天真的媚态，如同一位少女去舞会前着衣时做的那样。他在抚平上衣的褶皱时沾沾自喜地瞧着自己细长的腰身，暗忖道：可以肯定，不如我的人还多着呢。接着，他下楼了，公寓里的宿客都已坐上餐桌，看见他穿戴一新，爆发出一片赞美声。市民公寓里有一个特殊的风气，便是有谁精心打扮一次，必引起众人惊讶不止。只要有人穿了新衣服，其他人一定要说几句闲话。

“嗒，嗒，嗒，嗒。”皮安训用舌头敲着上颚嗒嗒作响，仿佛在催马快走一般。

“好一副王公国戚的派头！”伏盖太太说道。

“先生去幽会吧？”米肖诺小姐说道。

“怪模样！”画家叫喊道。

“请向您的夫人致意。”博物馆的职员说。

“先生结婚了吗？”布瓦雷问道。

“多格柜里的那玩意儿，从水路上来，包不褪色，价格不等，从二十五到四十法朗都有，最新图案，能清洗，质地好，半丝线，半棉线，半羊毛，能医治牙疼及其他皇家医学院命定的疑难杂症。对儿童尤为灵验！对医治头疼、充血、食道病、眼疾和耳疾尤为有效，”伏脱冷用发噱的急口令和江湖郎中的腔调叫喊着，“可这件宝贝要多少钱才能看一看哪？两个苏？不，完全免费。这是大蒙古帝国的产品，就剩下这么一点点，欧洲各国君主，包括巴德公国[1]的大公都想瞧瞧呢！向前走，去买票吧。上吧，音乐！勃鲁，啦，啦，脱冷！啦！啦，布姆，布姆！吹小号先生，你吹走调了，”他用嘶哑的声调接着说，“看我来揍你。”

“我的老天！这个人多有趣哪，”伏盖太太对古杜尔太太说道，“同他在

① 德国古代的一个城市。

一起永远不会感到无聊。”

伏脱冷这番滑稽的议论便是桌面上逗笑打趣的集中表现。在此期间，欧也纳发觉塔勒费小姐怯生生地瞅了他一眼，她俯身面向古杜尔太太，在她耳边说了几句话。

“马车来了。”西勒维说道。

“他上哪儿吃晚饭?”皮安训问道。

“在纽沁根男爵夫人府上。”

“高里奥先生的女儿。”大学生答道。

众人听到这个名字，一齐把目光投向退休面粉商，他正凝视着欧也纳，又嫉又羡。

拉斯蒂涅克来到圣·拉扎尔街上一幢浮华而根基不扎实的房子里，廊柱细细的，门都是薄薄轻轻的，一座典型的银行家住宅。到处都是不计工本的精雕细凿，人造云石的装饰，拼花大理石铺就的楼层面，这就是巴黎所谓的“漂亮”。他看见纽沁根夫人坐在一间挂满意大利油画的小客厅里，房间装饰得像个咖啡馆。男爵夫人愁容满面。她强打精神想掩饰自己的悲伤，使欧也纳见了倍觉伤心，因为这里丝毫没有掺假。他原以为他的到来会使这个女人高高兴兴的，想不到却发现她异常苦闷。他的自尊心受到损伤，大为扫兴。

“夫人，我没有资格得到您的信任，”他见她心事重重，暗自好笑了一番之后说道，“不过倘若我有碍您了，我相信您会直言不讳地对我说的。”

“请留下，”她说道，“倘若您走了，就只剩下我一个人了。纽沁根进城吃饭去了，我不想孤零零地呆着，我想散散心。”

“可您怎么啦?”

“绝对不能告诉您。”她大声说道。

“我很想知道,这样的话,我或许还能在这个内心秘密中发挥些作用。”

“也许吧,”她又接着说道,“哦,不! 纯属夫妻间的争吵,应该深埋在心底才好。前天我不是向您说过了吗? 我一点也不幸福。黄金的枷锁是最沉的。”

当女人向一个年轻男子说出她的不幸,倘若这个男人聪明伶俐的话,倘若他的兜里装着一千五百法郎的零花钱,他的想法会与欧也纳心里想的不谋而合,变得妄自尊大起来。

“您还能企求什么呢?”他说道,“您年轻、貌美、富有,又为人所爱。”

“别提我了,”她说道,悲伤地摇摇头,“一起吃饭吧,就我们两个,过后一起去听美妙的音乐。您欣赏我吗?”她又说道,站起来,显露出她那身白色开司米衣裙,上面绣着最精美的波斯图案。

“我希望您整个儿属于我呢,”欧也纳说道,“您多美啊。”

“那您得到的就太可怜了,”她苦涩地浅浅一笑说道,“在这里您一点也发现不了有什么不顺心处,可是,实在是徒有其表,我失望极了。我太悲伤,睡不着觉,我会很快变丑的。”

“哦! 这是不可能的,”大学生说道,“不过,我很好奇,想知道连最真挚的爱情也消除不了的,究竟是什么样的痛苦呢?”

“啊! 倘若我让您知道,您会对我避之不及的,”她说道,“您爱我,只是出于男人对女人献殷勤的习惯;然而,倘若您对我动了真情,您就会陷入可怕的绝望之中。您瞧,我还是沉默为好。行行好吧,”她接着又说道,“说说其他方面的事情吧。请过来看看我的房间。”

“不,还是呆在这里吧,”欧也纳答道,一面在火炉前的一张椭圆形双人沙发上,紧挨着纽沁根夫人坐下,并且潇洒地提起她的一只手。

她让他提着她的手,甚至还着意地压着年轻人的手,说明她的心情真是异常不安。

“听着,”拉斯蒂涅克对她说道,“倘若您有心事,该告诉我听才好。这样,我才有机会向您证明,我是为您才爱您的。要不,您对我说说您内心的痛苦,以便我能为您排忧解难,哪怕让我杀死几个人我也在所不惜;否则,我就走了,再也不来啦。”

“好吧!”她拍拍额头,突然冒出一个什么绝望的念头大声说道,“我现在就来考验您一下。是呀,”她自言自语道,“也只有这个办法了。”她按了按铃。

“先生的马车套上了吗?”她向贴身侍仆问道。

“是的,夫人。”

“我要用。您把我的那辆马车及我的马给他用。请在七点钟准备用餐。”

“我们走吧,来啊。”她对欧也纳说道。在欧也纳挨着这个女人、坐上纽沁根先生的双座四轮轿式马车时,他恍然如入梦境了。

“去王宫广场,”她对车夫说道,“靠近法兰西剧院。”

一路上,她显得很激动,对欧也纳提出的无数个问题不理不睬,使欧也纳莫名其妙,不明白她为什么三缄其口,拒不作答。

“不一会儿,我就摸到她的底了。”他心里想道。

马车停下后，男爵夫人用眼睛瞪了瞪大学生，命令大学生不要出声，因为后者已激动不已，说话口无遮拦了。

“您真的爱我吗？”她问道。

“当然。”他答道，竭力想掩饰内心的不安。

“我对您作任何要求，您都不会以为我在使坏心眼吧？”

“不会。”

“您打算服从我？”

“无条件服从。”

“您有时也去去赌场吗？”她声音颤颤地问道。

“从未去过。”

“啊！我放心了。您一定会走运的。这是我的钱包，”她说道，“拿着吧！里面有一百法郎，这就是一个十全十美的女人拥有的全部财产。找一家赌场去，我不知赌场设在哪里，但我知道王宫广场有好几家。有一种赌博叫押轮盘，把这一百法郎押上去，要么输光了事，要么给我赢回六千法郎。您回来时，我就把我的心事告诉您听。”

“倘若我对我马上去做的事情知道一点皮毛的话，就让魔鬼把我抓了去，不过，我对您言听计从，”他暗自得意地说道，心里在想，“她既然与我合谋，就再也不会拒绝我的要求啦。”

欧也纳拿起漂亮的小钱包，经一个旧衣商指路，问明最近的一家赌场，向九号门牌跑去。他登上楼，让侍者取走他的帽子；他走进屋里，问轮盘在哪里。在众常客的惊异之中，大厅的侍者把他带到一张长条桌前。欧也纳在众目睽睽之下，毫不害羞地问该把赌注放在何处。

"倘若您把一个路易放在这三十六个号码中的任何一个号码上,如中彩,就得到三十六个路易,"一个满头白发的体面长者对他说道。欧也纳把一百法郎押在二十一的数字上,他今年正是二十一岁。他还没定下心来,只听见一声惊呼,就是说还没弄清怎么回事,他已经赢了。

"把钱拿起来吧,"老先生对他说道,"这玩意儿不会赢两回的。"

欧也纳接过老先生递给他的钱耙,把三千六百法郎拨到自己身边,仍然懵里懵懂地把所有的钱押在红上。观众见他继续往下赌,不无艳羡地看着他。轮盘转着,他又赢了,庄家又扔给他三千六百法郎。

"您已经有七千二百法郎啦,"那位长者咬着他的耳朵说道,"您如信得过我,赶紧走吧,红的已经赢过八次了。倘若您有菩萨心肠,就酬谢我这个忠告吧,我是拿破仑时代的区长,现在穷困潦倒,这对我也是一个安慰啊。"

拉斯蒂涅克昏头昏脑地让那位白发苍苍的长者拿走十个路易,带上七千法郎走下楼;他对赌博这一行仍然一窍不通,只觉得自己福星高照,莫名其妙。

"噫!现在您想把我带到哪里去呀?"他边把七千法郎拿出来给纽沁根夫人看,边问道,车门随即关上了。

苔尔费纳使劲地搂抱了他,很激动,但无激情。"您让我得救了!"

兴奋的眼泪沿着她的腮帮滚落下来。她说道:"我这就把一切都告诉您,我的朋友。您会是我的朋友的,不是吗?您以为我富有,奢侈,什么都不缺,或者说我似乎什么都不缺!是啊,您可要明白,纽沁根先生不让我自由支配一个子儿,他仅仅支付家里的开销、我的车马和包厢费,他支付我的衣履费,但这点钱是不够的,他有意把我逼到山穷水尽的地步,表面上还不露形迹。我很高傲，不愿意央求他。倘若我按照他开出的价格，屈从他的条件，那我不成了最下贱的人了么。我原有七十万法郎的嫁资，现在被盘剥得一无所有，这是怎么回事呢？出于高傲，也出于气愤。我们开始过夫妻生活的时候，我那么年轻，那么天真！那时，让我开口向丈夫要钱，撕裂我的嘴也不干哪，我是绝不干的，我靠我的积蓄和我可怜的父亲给我的钱过日子。后来，我借债了。结婚对我而言是最为痛心疾首的事情了，我简直没法对您说。您只须知道一点就够了，倘若我不是与纽沁根分房住的话，我就从窗口跳下一死了之了。最后，我不得不向他明说，我作为少妇，购买珠宝手饰，用于娱乐享受（我可怜的父亲从不拒绝我们的任何要求，我们随心所欲惯啦）已欠下债款，当时，我真是在受多大的罪啊。不过，我终于鼓起勇气对他说了。我说我不是也有一大笔钱吗？纽沁根动怒了，他对我说，我会把他毁掉的，真是奇谈怪论！我听了真恨不得钻进地洞里。既然他取走了我的全部嫁资，他还是偿付了我的债款；不过，他郑重其事地把我日后的个人消费规定了一个数目，我为息事宁人，也就屈从了。打这以后，我一心只想满足那个男人的虚荣心了，您是认识他的。"她又说道，"即便他欺骗了我，我对他的高尚的一面说三道四也是不公道的。无论怎么说，他还是冷酷地离开我了。男人给过一个落难的女子大把大把的金钱，就永远不该抛弃她。应该对她的爱至死不渝才对！您呀。您是一个二十一岁风华正茂的少年，您年轻纯洁，您会问我，一个女子如何能接受一个男人的金钱呢？天哪！难道与一个有福同享、患难与共的人分担一切不是天经地义的事情吗？倘若说，某人把全部身心都交付出去了，谁还会对其中某个部分念念不忘呢？只有感情不复存在时，金钱才占有分量。我们不是海誓山盟，永不变心吗？当我们自以为真诚相爱时，谁会预见以后还会分手？你们男人发誓说永远爱我们时，又为什么把物质利益分得那么清楚呢？您不知道，今天，当纽沁根明确地拒绝给我六千法郎时，我心里有多么难过。可他却按月给他的情妇，一个剧院的歌女这个数目啊。我当时真想自杀。我脑子里产生过最疯狂的念头。有时，我真羡慕我的仆妇，我的贴身侍女。去找父亲吧，真是发疯了！阿纳斯塔西和我，我们都把他榨干了。倘若可怜的父亲还值六千法郎的话，他会把自己卖了。我如去找他，我会白白地让他伤心绝望的。我正在痛不欲生时，您把我从羞耻和死亡中拯救出来。哦，先生，我还得向您作出解释。刚才，我晕头了，才让您去做这档子事。您离开我，走出我的视线时，我真想下车徒步跑掉……去哪儿？我不知道。这就是半数巴黎女子的现状：金玉在外，其实忧心如焚啊。我认识一些女人，命运比我还要悲惨。有些女人不得不让掮客招揽一些'生意'，更有些女人被迫变相去偷自己丈夫的钱财：一些男人以为价值一百路易的开司米只值五百法郎；另一些男人又把只值五百法郎的开司米看成价值一百路易了。还有些可怜的女人宁愿让孩子挨饿，积攒了每一个子儿为自己做一件衣裙。我嘛，我可没干过这些恶心的欺骗勾当，根本不会做到那个份上。倘若说，一些女人把自己出卖给丈夫是为了控制他们的话，至少我是自由的。我完全可以让纽沁根替我披金挂银，可是我宁可偎依在我所敬重的男人怀里痛哭一场。啊！今天晚上，德·马尔塞先生无权把我看成是一个他供养的女人了。"说着，她把脸埋在她的双手里，不让欧也纳看见她在流泪，后者掰开她的手，端详着她的脸庞，觉得她的脸上焕发出崇高的光彩。"感情中掺杂着铜臭味，不是太可怕了吗？您不会再爱我了。"她说道。

美好的感情使女人变得崇高，眼下社会的结构又逼使她们去犯错误，两者交错，使欧也纳莫衷一是。他一面说着温软的宽慰的话，一面欣赏这位美丽的妇人，她在痛苦的呼号中显得那么天真，不顾影响。

“您不会以此来要挟我吧，”她说道，“请答应我。”

“啊！夫人！那是不可能的！”他说道。

她提起他的手，把它压在心间，充满了感激和友爱之情。“多亏您，我又变得自由自在，快快活活的了。以往，我是在重压下生活，现在，我想过简朴的日子，不再大手大脚啦。您会觉得我这么办很好是吗，我的朋友？这余下的您留着，”她说着，自己取了六张钞票，“从道理上说，我还欠您一千埃居，因为我们该平分才对。”

欧也纳实在不好意思，一再推却，但当男爵夫人说出“倘若您不是我的同谋，便成了我的敌人”的话之后，他才拿了钱。“再有急用，就作为基金投入吧。”他说道。

“我就害怕这句话，”她的脸变得惨白，嚷嚷道，“倘若您希望我在您的心里还有些地位的话，请答应我，别再去赌场了，”她说道，“天哪！我竟然会教唆您去做坏事！我死不瞑目啊。”

他们又回来了。刚才悲惨的一幕与眼前的豪华排场，对比鲜明，使大学生茫然无措，此时，伏脱冷的那些咒言恶语又在他的耳边响起。

“您就坐在那儿，”男爵夫人走进自己的卧室，指着火炉旁的一张安乐椅对他说道，“我这就要写一封措辞很难的信，请帮我出出主意吧。”

“别写了，”欧也纳对她说道，“把钞票装在信封里，写上地址，让您的贴身侍女送去得了。”

“您真是个有心人，”她说道，“啊！先生，这才叫做有教养呢！您不折不扣是鲍赛昂家族的人。”她面带微笑地说道。

“她真迷人。”欧也纳心里想道。他对她越来越痴心了。他环顾着这间闺房，房间里散发出一个富有的交际花浪漫而雅洁的气息。

“您喜欢这样的布置吗？”她边问边按铃让贴身侍女进来。

“泰雷兹，您亲自把这信封交给德·马尔塞先生，一定要交到他手上。倘若您没找到他，就把信封带回来交给我。”

泰雷兹临行时还狡黠地瞅了欧也纳一眼。晚餐准备就绪。拉斯蒂涅克让纽沁根夫人挽着他的胳膊，把他带进一间精致的餐厅，他看见餐桌上的奇珍异馐与他在表姐家大开眼界的饮食别无二致。

“每逢意大利剧院演出的日子，您就来与我共餐，”她说道，“然后再陪我去看戏。”

“如此舒适的生活能继续下去，我肯定会适应的；可是，我是一个可怜的大学生，尚须创业成家呢。”

“会成功的，”她笑着说道，“瞧，天无绝人之路，我早先也没料到会这样顺利呀。”

女人的天性就是以可能来证明不可能，以预感来取消事实。当纽沁根夫人和拉斯蒂涅克走进意大利剧院包厢里的时候，她心满意足，显得更加美艳动人，使每个人都会凭空捏造一些流言蜚语，而且还真能使外人相信这些随心所欲捏造出来的放荡生活确有其事，女人对此是无能为力的。只要你对巴黎有真正的了解，你就绝不会相信社会上的传闻；而确有的事实，人们嘴上是不说的。欧也纳握住男爵夫人的手，这两只手握得时松时紧，以此表达语言，彼此传递听音乐时的感受。这个夜晚，他俩都心醉神迷了。他们一齐走出剧院，纽沁根夫人愿意先送欧也纳回新桥，一路上，她执拗地不愿给他一个吻，如同在王宫广场上热情地抱吻他那样。欧也纳埋怨她前后不一致。

“刚才，”她回答道，“我是对您的意想不到的忠诚表示谢意，现在，如果这样做，等于是许诺了。”

“而您就是不肯许诺一下，没良心的。”他生气了。她做了一个不耐烦、而情人看了却很得意的手势，举起手让他吻，他带着没能满足的表情捧住她的手，这又使她看了十分得意。

“礼拜一舞会见。”她说道。

月华如练，欧也纳边走边认真思考着。他既幸福又不悦：幸福是碰上一次艳遇，最后有可能使他得到巴黎最漂亮、最娴雅的一个女人，满足他的欲望；不悦是发现自己发迹的打算幻灭了，就在这时，他体会到了前天晚上心神不定是不无道理的。人只有到失败时才体会到当初的愿望有多强烈。欧也纳愈是享受到巴黎生活的乐趣，愈是不愿意显得穷困潦倒，低人一头。他搓揉着兜里那一千法郎的纸币，罗列了种种理由要占为己有。他终于来到了新圣热纳维也芙街。当他登上楼梯口时，看见有烛光。高老头已把门敞开着，点了蜡烛，照他的说法，为了让大学生不会忘记“谈谈他的女儿”。欧也纳和盘托出了。

“啊，”高老头妒火中烧，绝望地大声嚷道，“她俩以为我破产了，我还有一千三百利弗尔的利息呢！我的天啊！可怜的孩子，为什么她不到这里来，我会卖掉我的公债，也可抽出本钱，余下来的钱，我可以变成终身年金的。

您为什么不来把她的难处告诉我，好邻居？您怎敢拿着她可怜巴巴的一百法郎去赌场冒险呢？让人伤心欲绝啊。这就叫女婿！啊！如果我抓住他们，我要掐死他们。我的天哪！哭，她哭了吗？"

"她把头枕在我背心上哭的。"欧也纳说道。

"啊！快把背心给我，"高老头说，"什么！上面有我的女儿、有我的亲爱的苔尔费纳的眼泪，她小时候可从来不哭！哦！我再给您另买一件，您现在别穿了，让给我吧。按照婚约上写的，她应该享有她的财产。哦！明天一早，我就去找诉讼代理人台维勒。我要把她的一份财产另外存起来。我了解法律，我是一头老狼，我仍然会吃人的。"

"听着，老爹，这儿有一千法郎，这是她分给我的盈利。您为她留着吧，在背心里。"

高老头望着欧也纳，伸出手抓住他的手，在他的手上落下了一滴眼泪。

"您将来会成功的，"老头对他说，"上帝是公正的，您懂吗？我啊，我对正直的人非常了解，再说，我确信，像您这样的人是很少的。那么您也愿意做我的孩子了？去吧，睡觉去，您可以安心睡大觉，因为您还没有当上父亲。她哭了，我知道了；当她在难受时，我倒安安稳稳的像个饭桶在吃饭呢。我啊，我宁可出卖圣父、圣子和圣灵，只要能让她俩不流出一滴眼泪就成！"

"的确，我想，我这辈子会做正直的人的，"欧也纳上床时暗忖道，"择善而从，其乐无穷嘛。"

也许只有那些信仰上帝的人才会暗暗做好事，而欧也纳是信仰上帝的。

Ⅳ

玩命鬼

次日，在跳舞的当儿，拉斯蒂涅克到了鲍赛昂夫人府上，后者带他去见加里格利阿诺公爵夫人。他受到了元帅夫人最热情的接待，并在那里会见了纽沁根夫人。苔尔费纳精心装扮了一番，意欲取悦所有的人，以便讨得欧也纳的欢心，她不耐烦地等着他垂青，还自以为掩饰住了焦急的心情。有谁善于揣度一个女人的感情的话，那么这个时刻是美妙的。看见别人恭听自己的看法，巧妙地掩饰自己的快乐，寻找别人因自己而引起的种种心慌意乱的迹象，享受着由自己一个微笑便能消除的惧怕心理，谁又不会为此而常常引以为乐呢？在这次盛会中，大学生一眼就看出了自己的有利地位，明白了，就因为鲍赛昂夫人称他为表弟，他在上流社会已占有一席。他已追上了纽沁根男爵夫人，别人也不再插手，这下他也身价百倍，以致所有年轻人都向他投以嫉羡的目光；他攫住了这样一些目光，初次尝受到洋洋自得的滋味。他从一个沙龙走到另一个沙龙，穿过一簇簇人群，到处听见别人吹捧他有福分。所有的女人都预言他前途无量。苔尔费纳生怕失去他，答应他在晚上不拒绝他的吻；前天晚上，她可没有同意。拉斯蒂涅克在这次舞会上又接到一些人的邀请。他的表姐把他介绍给一些自命高雅的妇人，这些人的府第都是舒适可人的;他发现自己已经在巴黎最高贵、最华美的阶层里脱颖而出了。因此,这天晚上对他是一个美好的开端,魅力无穷,他大概直至暮年都不会忘记,就如少女一辈子都不会忘记自己出足风头的那一次舞会一样。第二天,在用早餐时,他当着诸房客的面,把他的成功对高老头讲述了一遍,伏脱冷在一旁怪异地笑了笑。

“您以为一个入时的年轻人能在新圣热纳维也芙街的伏盖公寓长住吗?”无情的逻辑学家说道,“当然啦,从各方面看,这家膳宿公寓是非常值得尊重的,但它也太不像样啦。公寓富有殷实,人丁兴旺,甚为壮观,并因能成为某个拉斯蒂涅克的临时公馆而足以自豪。然而,无论怎么说,它地处新圣热纳也芙街,与奢华气派不沾边,因为它纯粹是古朴‘哈马’嘛。”伏脱冷接着又带着长辈般的嘲讽的神情说着,“我年轻的朋友啊,倘若您想在巴黎抛头露面,您得有三匹马,白天用双座马车,晚上用华丽的四轮马车,车马费总共九千法郎。倘若您不在裁缝那里花销三千法郎、在化妆品上用去六百法郎、在鞋匠那里花一百埃居、在帽子商那里花一百埃居的话,您就不配交上好运。至于为您洗衣服的妇人呢,您得付他一千法郎。时髦的年轻人不能不在衬衣的款式上大翻花样:这不是外人判断他们的依据吗?爱情和宗教都希望在它们的祭台上铺上漂亮的桌布。我们已经花掉一万四千了吧。我还没算上您在赌场上打赌以及馈赠上所花的钱。平时不用两千法郎的零花钱也是不行的。我过过这样的生活,我知道其中的奥妙。除了这些必不可少的开支以外,再加上三百路易的伙食费,一千法郎的房租。行了吧,孩子,这样我们每年得花去两万五千法郎,否则,我们就会让人家笑话,前途、成就、情妇都沾不上边了!我还忘了听差和赶马车的呢。以后还是克里斯朵夫给您送情书吗？您仍将情书写在现在用的这种信纸上吗？这毋宁说是自己找死。请您相信一个阅历丰富的老头吧，”他低沉的嗓门，渐次加强了音量，接着说道，“要不，您就搬迁到清寒的阁楼去住，昏天黑地地读书，要不，您就另觅他途。”

说完，伏脱冷瞟着塔勒费小姐，挤了挤眼睛，他早先为了腐蚀大学生，在他心中播下的种种诱人的道理仿佛都概括在这个眼神里了。

又过去了几天。在这期间，拉斯蒂涅克过着纸醉金迷的生活。他总是陪伴在纽沁根夫人左右出入社交场所，几乎天天与她共进晚餐。他每天凌晨三四点钟回家，中午起身梳洗打扮，天气好时与苔尔费纳到树林里散步。他就这样毫不足惜地浪掷光阴，学习全套装富摆阔的做法，尽情享受，其热情不亚于雌性海枣树上情欲冲动的花萼，急于要吸收丰富的交配花粉。他赌博时下注极大，输赢都很可观，久而久之，适应了巴黎年轻人穷奢极侈的生活。他从第一批赢来的钱中，取出一千五百法郎寄还给他的母亲和他的两个妹妹，并加上了几件漂亮的礼物。虽说他早已声称要离开伏盖公寓，但到一月底仍呆在那里，不知道如何搬出去。年轻人几乎都从属于一条表面看来难以理解的法则，其原因还得从他们年轻的身上去找，从他们疯狂地追求享乐的劲头上去找。他们穷也罢，富也罢，总之没有钱应付生活的必要花费，但却有钱去任意挥霍。他们滥用赊来的东西，但对付现款的东西却百般吝啬；他们浪费可以到手的一切，似乎以此来报复得不到的东西。为了把问题说得明白一些，更可以说，一个大学生对他的帽子关心的程度远胜过爱惜他的衣衫。成衣匠利润可观，成为他们主要的债权人，而帽商的利薄，于是成了他们不得不打交道的最难对付的人。倘若说，坐在剧院包厢里的年轻人在漂亮的少妇的望远镜里可以呈现出各式各样让人眼花缭乱的背心的话，他们是否都穿着短统袜可说不准；针织品商人也是他们钱袋里的一条蛀虫。拉斯蒂涅克就是这个样子。他对伏盖太太永远是一文没有，如要满足虚荣心则有用不完的钱，他的钱包时而走运，时而倒霉，变化无常，但永远不用在该花的地方。他呆在那个霉腐、丑陋的公寓里，虽有远大抱负，但时常受到屈辱。他想搬出去，但这样不就要支付女房东一个月的房租，在公子哥儿住的套间里买上几件家具吗？然而这永远也办不到。倘若说，拉斯蒂涅克为了得到一笔必要的本钱去赌博，他懂得先把赢来的钱在珠宝商那里购买金表的金链，以便日后拿到当铺——这个沉默而严肃的朋友——去典卖的话，那么轮到他必须支付膳宿费、购买维持高雅生活所必需的工具时，他却锐气顿消，一筹莫展了。日常的支出，为满足需要而欠下的债款再也不能给他刺激。他像大多数混日子的人那样，期待着最后的好运，以偿还在市民眼里事关重大的债款，就如米拉波①做的那样，他只有等到不付清账单对他就构成严重威胁时，他才付清面包款。在那个时期，拉斯蒂涅克已经把钱输得精光，背了一身债。大学生开始明白了，他如没有固定收入，就不可能再继续过这样的生活了。不过，他在逆境中受挫，苦苦呻吟的同时，仍舍不得放弃这种极端享乐的生活，于是想不惜一切代价维持下来。他把发迹的希望寄托于偶然的机遇，然而机遇变得虚无缥缈，现实的障碍却在增大。他洞悉了纽沁根夫妇的家庭隐私之后发现，如果把爱情变成发迹的工具，就得忍辱含垢，一切能抵偿年轻人所犯过失的崇高想法，他也都得放弃。这样的生

① 米拉波（一七四九——一七九一）：法国作家，法国大革命时期的著名演说家。

活外表冠冕堂皇，实际上因他时时懊丧而失去了光泽，即使有短暂的乐趣也是以无休止的烦恼换取来的，代价昂贵；他染上了这种生活习气，就如拉勃吕埃尔[①]笔下的《无所用心的人》那样，在深沟泥淖里为自己铺下了一张床；不过，也像那个无所用心的人一样，他还只是刚玷污了自己的衣服。

“我们还要杀掉满大人吗？”一天，皮安训离开餐桌时，问他道。

“没呢，”他答道，“不过喉咙里已经起了痰。”

医科大学生以为这句话是开玩笑，然而这次却不是。欧也纳已经好久没在膳食公寓用餐了，这天他边吃饭边想心思。上甜食时，他没走出去，仍然留在餐厅，坐在塔勒费小姐的身边，并且不时地向她使眼色。有几位房客就坐，正在吃核桃。另有几位在屋里踱来踱去，边走边聊。几乎每个晚上都如此，每个人都去留随意，或是视他们对当时谈话的兴趣而定，或是视消化的情况而定。冬天，在八点钟之前，餐室很少有空无一人的情形，至少那四个女人还呆在那里，由于先前尽是男客在说话，她们作为女性不便多嘴多舌，这时也来补偿一下。伏脱冷先是急不可耐地要出去，看见欧也纳心事重重的样子，吃了一惊，就留在客厅；他担心欧也纳以为他走了，便故意让他一眼就看见自己。最后一批宿客也出去了，他没跟上去，仍然居心不良地呆在餐室里。他看透了大学生的内心深处，预感到关键时刻到了。说实在的，拉斯蒂涅克也到了进退维谷的境地，许多年轻人都深有此体会的。不知是生性多情还是卖弄风骚，总之，纽沁根夫人施展了巴黎女人通行的交际手腕，

① 拉勃吕埃尔（一六四五——一六九六）：法国伦理学家，曾做过孔代公爵的秘书，法兰西学院院士。

让拉斯蒂涅克尝遍了真正爱情所感受到的所有的痛苦。她在众目睽睽之下,把鲍赛昂夫人的这位表弟俘获在身旁,但又迟迟不把他表面上似乎已享受到的权利真正交给他。将近一个月以来,她不停地刺激欧也纳的感官,终于成功地攫取了他的心了。倘若说,他们在初识阶段,大学生自以为成了她的主宰的话,那么纽沁根夫人借用了某些手段,把巴黎年轻人所具有的两三重人格、美与丑的感情都调动起来之后,从此就占了上风。在她来说是预谋吗?不是。女人永远是真实的,即便在她们最虚伪的时候也是如此,因为她们总是受某种先天的感情所支配。也许苔尔费纳觉得受这个年轻人控制得太快了些,而自己对他表现出的热情也过分了些,出于自尊,欲想在感情上退缩几步,或是维持不进不退的局面。对一个巴黎女子而言,正当情窦初开,犹豫着是否堕入情网时,想考验一下她将许托终身的男子的心,这原来也是天经地义的!前不久,她对一个自私自利的年轻人的一片真心没有得到回报,现在,她有理由处处提防着点。欧也纳得手真快,显得有点儿飘飘然,也许她已经在他的举止上看出他满不在乎的样子了,那是他俩各自的环境所形成的独特关系所造成的。她一直对刚刚抛弃她的那个男人委曲求全,现在,她理所当然地想在这个初出茅庐的小伙子面前显得威严些,拿出一点成熟人的架子来。她之所以不愿意欧也纳把她当成一个容易征服的女人,完全是由于他明白,她曾委身于德·马尔塞。总而言之,她经受过一个凶神恶煞、放荡不羁的年轻人糟蹋,眼下,她正迷恋于在鲜花盛开的爱情乐园里漫步,欣赏乐园里的种种景致,长久地谛听园中的絮絮情语,一任清凉的微风爱抚着自己,这当然对她有无穷的吸引力啦。纯真的爱情要为功利型的爱情付出代价,只要人们不懂得一个初恋的少女在受到欺骗之后,心间有多少鲜花惨遭砍伐的事实,那么这个有悖情理的现象便见怪不怪了。不管苔尔费纳出于什么动机,她在耍弄拉斯蒂涅克,并引以为乐,毫无疑问,这是因为她明白他爱她,并且相信只要凭她高兴,她就能使她的情人化忧为喜。欧也纳出于自尊,绝不愿看见自己首战失利,于是穷追不舍,如同猎人在第一次度情人节时决心要杀死一只竹鸡一般的心理。忧心如焚、受损伤的自尊心、真真假假的失望和绝望,凡此种种都使他越来越离不开这个女人了。整个巴黎都默认了纽沁根夫人已归属于他,然而事实上,他和她的关系仍停留在第一天相见时的程度上。他还不懂得,有时一个女人卖弄风情所带来的好处远胜于做爱所给予的欢乐,所以他才会傻乎乎地大动肝火。如果说,一个女人在欲擒故纵的时节,给拉斯蒂涅克献上一枚时鲜果子的话,那么正因为这枚青果尚酸涩,只能尝尝新鲜,所以他要为之付出的代价就更大了。有时,他看见自己一文不名,前途无望,虽然有良知在鞭策自己,但还是想到了与塔勒费小姐结婚,去碰碰运气,伏脱冷早已向他指出有这种可能性了。

其时,他正穷得叮当作响,他几乎不知不觉地屈尊俯就,倾向接受那个可畏的神秘人物的计划了,他平时也常受其目光诱惑。当布瓦雷和米肖诺小姐登楼回到各自的卧室后,拉斯蒂涅克以为除自己外只有伏盖太太和手上编织着毛衣袖口、靠着火炉昏昏欲睡的古杜尔太太在场,于是便温情脉脉地望着塔勒费小姐,她不觉垂下了眼睛。

"您有心事吗,欧也纳先生?"维克多莉娜沉默了片刻问他道。

"天下哪个男人没有不顺心的事!"拉斯蒂涅克答道,"我们这些年轻人,如果我们确信被人忠诚地爱着,并且爱情可以补偿我们随时准备作出的牺牲的话，也许我们永远也不会犯愁了。”

塔勒费小姐对他看了一眼，含意明确，就算作为全部回答了。

“您，小姐，眼下您相信自己感情专一，难道您能保证今后不会变心吗？”

可怜的少女嘴唇上掠过一丝微笑，如同灵魂里喷射出一线光芒，把她的脸照得光彩照人，让欧也纳吃了一惊，他没想到引起她感情上如此剧烈的震动。

“什么！倘若您有朝一日变得富有而幸福，倘若大笔财产从天而降，您还会喜欢那个您在逆境时爱上的穷苦的年轻人吗？”

她优雅地点了点头。

“您还会爱一个十分不幸的年轻人吗？”

她又点了一下头。

“你们在胡说些什么呀？”伏盖太太大声问道。

“让我们谈谈吧，”欧也纳回答道，“我们正说得投机呢。”

“这么说，骑士欧也纳·德·拉斯蒂涅克先生和维克多莉娜·塔勒费小姐缔结婚约了？”伏脱冷突然出现在餐室的门口，粗声粗气问道。

“哦！您吓了我们一跳，”古杜尔太太和伏盖太太异口同声地说。

“我没有更好的选择了。”欧也纳笑着说道，他听见伏脱冷的声音，心情极为难受，这是他从未感受过的。

“别恶作剧了，两位先生，”古杜尔太太说，“姑娘，上楼去吧。”

伏盖太太为了节省蜡烛与火柴，想在她们那里打发掉一个夜晚，也跟在两位房客后面上了楼。

欧也纳一个人留了下来,他与伏脱冷面对面坐着。

“我知道您会走这一步的,”这个人仍然不动声色地说道,“不过,请听着！我嘛,我同旁人一样想得周到。此刻,您别拿定主意,您的心情不平静,您欠着债。我不希望您因爱情和绝望向我靠拢,而应该是理智的决定。也许您需要千把埃居吧。拿着吧。您要吗?”

这个魔鬼从他的口袋里掏出钱包,从里面抽出三张钞票在大学生的眼前晃了一下。欧也纳境况可悲,他口头上输给了阿絮达侯爵和脱拉意伯爵一百个路易;他拿不出这笔钱,不敢去雷斯托夫人的府上消磨夜晚,而她却等着他。那天夜晚没有正式宴请,几个人吃着精美的糕点,喝着茶,不过打威斯脱①时可以输掉六千法郎。

“先生,”欧也纳勉强地掩饰着内心的激动对他说道,“在您对我说了那番内心的话之后,您该知道,我不可能领您的情了。”

“那好吧！我要早知道,就会费些事以另一种方式说话了,”引诱者接着说道,“您是一个漂亮、柔弱的年轻人,像狮子一样傲慢,像少女一样温柔。您会成为魔鬼可口的猎物的。我喜欢这样素质的年轻人。您再站在政治的高度反复思索几次就会看清社会本来的面目。上等人在社会的舞台上装几回清正高尚的样子,便能在台下的傻瓜们的热烈的掌声中,满足他们所有的矫情和任性。要不了多久,您就会投入我们的怀抱。啊！倘若您愿意成为我的徒弟,我就能让您达到一切目的。荣誉、财产、女人,只要您想要,任何愿望马上都能得到满足。人们可以把整个文明变成精美的食物供您享用。

① 英国上层人士玩的一种纸牌。

您将是我们宠惯了的孩子，我们顽皮的孩子，我们大家都会高高兴兴为您拼命干活。您面前的任何障碍都会被铲平。倘若您还瞻前顾后，那么您真的把我当成歹徒了吗？哈哈，有一个人，就是杜雷纳先生，您以为与他同样正直吧，他却与强盗做些小生意，并不认为自己干了什么坏事。您不愿让我帮助您，是吗？别固执了，”伏脱冷的嘴角上露出了微笑，接着说道，“拿着这几张票子，”他说着又抽出一张印花纸，“在这儿写上：兹收到三千五百法郎，一年内归还。注明日期！利息相当高，免得您疑神疑鬼。您可以叫我犹太人，可以认为自己根本不欠我的情分。我相信以后您会喜欢我，所以我今天还能容忍您小看我。您在我身上会发现无底的深渊，深沉而博大的情感，傻瓜把这些称之为缺德，但您永远也不会发现我胆怯、忘恩负义。总之，我既不是小卒，也不是士、象，而是一个车①，我的孩子。”

“那么您是什么样的人呢？”欧也纳大声说道，“您生下来就是来折磨我的吧。”

“啊不，我是一个好人，只是想自己溅上一身泥浆使您在将来的日子里不会沾上污泥。您心里会想，为什么我如此热心呢？好吧！拣哪一天，我凑近您的耳朵轻轻告诉您吧。我先告诉您社会秩序的奥妙和社会这架机器运转的诀窍；不过，您就像战场上的新兵那样，最初的惊吓很快便会过去，您将习惯这样去想，即把普通人看成是为那些自封为国王的人效劳而随时准备牺牲的战士。时代变了。以往，人们会对手下人说：‘这里是一百个埃居，替我去杀某人。’说完，便可让那人随便找个借口去杀人，自己则安安稳稳地回

① 都是国际象棋棋子的名称。

家吃晚饭。如今,我答应给您一大笔财产,只要您点头,并丝毫不牵连您,而您还犹豫再三呢。世道变得真没出息啊。”

欧也纳签署了票据,拿下了钞票。

“行啦!瞧,说说正经事吧,”伏脱冷又说道,“几个月内,我要动身到美洲去种植烟草。我会念旧情,寄些雪茄给您的。倘若我有了钱,我会帮助您。如果我没有孩子的话(有可能没有,我并无多大兴趣在世上传宗接代),那好,我就把财产遗留给您。够朋友了吧?不管怎样,我是很爱您的。我需要把感情倾注在另一个人身上。我已经做过一次了。您瞧,我的孩子,我思想的境界比其他人高。我把行动看成手段,永远只对准目标。对我说来,人算什么东西呢?这个!”他把大拇指的指甲在牙齿上刮了一下,发出“喀”的声响。“人不是圣灵,便是虫豸。人像布瓦雷那样,那就比虫豸都不如,别人可以把他像臭虫那样揿死,因为他是扁平的,只会放臭气。不过,假如人像您那样,那么就变成一个神了:那就不再是皮包的机器,而是孕育着最美好感情的活动舞台。而我只是凭感情生活着。感情不就是人的思想里的一个世界吗?您看看高老头,对他来说,两个女儿就是他的全部世界,她俩就是他的生命线。那好!我对生活进行过深入的研究,对我而言,世间只存在一种真实的情感,那就是男人之间的友情。皮埃尔和雅菲埃,这就是我的感情寄托。我能熟背《被救出的威尼斯》①。当一个伙伴说:‘走吧,去埋葬一具尸体!’他拔腿就走,一声不吭,也不用道德的辞令对他喋喋不休。这样有种的人您见过许多吗?我就做这样的事,我。我并不是对所有人都这

① 十七世纪著名的悲剧,皮埃尔和雅菲埃是剧中的主人公,他俩的友谊是剧的主题。

么说的。可是您，您是一个高尚的人，我什么都可以对您说，您都能领会。我们周围的那些癞蛤蟆①都生活在沼泽地里。您在里面不会逗留过久的。行啦，该说的都说啦，您会结婚的。每个人都拿着各自的长矛冲吧！我的长矛是铁铸的，永远不会变软，嗨，嗨！”

伏脱冷也不听大学生的反驳就走了出去，让他冷静一点儿。他似乎知道这一套，人们总喜欢争辩几下子，为保护自己挣扎一下，以此来为自己的不良行为开脱。

“随他怎么办，我肯定不会娶塔勒费小姐！”欧也纳暗忖道。

这个人的思想玩世不恭，能大胆地剖析社会，在拉斯蒂涅克眼里，他变得很了不起。他对他十分厌恶，想到刚与他签订借约，内心烦躁不安。他难受了一阵过后，就穿衣、要车，上雷斯托夫人府邸去了。几天以来，这个女人对这个年轻人倍加关心了，因为他一步步地打入上流社会的小圈子里，总有一天，他的影响不可低估。他付清了欠脱拉意先生和阿絮达先生的钱，打威斯脱消磨了夜间部分时间，又把输掉的钱赢了回来。大多数前途未卜的人是多少有些相信命运的。他像他们一样迷信，希望自己的幸福是上天对他坚韧不拔走正路的一种褒奖。次日清晨，他急急忙忙去问伏脱冷借据是否带在身边。伏脱冷说带着，于是他就欣然把三千法郎还给他了。

“一切都顺利。”伏脱冷对他说。

“我可不是您的同伙。”欧也纳说。

“我知道，我知道，”伏脱冷打断他的话说，“您还是像孩子似的闹着玩，

① 口头语，指其貌不扬的小人。

只是门外张望,不敢走进去呢。”

两天之后,布瓦雷和米肖诺小姐沐浴在阳光下,坐在植物园一条僻静小径的一张凳子上,与一位先生交谈着,医科大学生对他的猜测是不无道理的。

“小姐,”贡杜罗先生说道,“我看不出您的担心从何而来。王国警察总监大人阁下……”

“哦!王国警察总监大人阁下……”布瓦雷重复道。

“是的,大人阁下负责这个案子。”贡杜罗说道。

布封街的所谓小财主,在说出“警察”两字时,透过他那正人君子假面具,露出了耶路撒冷街上探子的真面目。而布瓦雷,一个退休职员,虽然缺乏头脑,却不该没有一套城市良民的道德规范,现在他居然还在洗耳恭听,难道不让人捉摸不透吗?其实,这是再自然不过的事情。布瓦雷本是愚民大家族中的一员,属于一个特殊的种族,如果有谁读过某些观察家对他们所下的、至今尚未诉诸文字面世的评语的话,便会对这类人有更全面的了解了。有一个民族,是专吃行政饭的,在政府预算表上介于年俸一千二百法郎的第一等级和三千至六千法郎的第三等级之间。前者有点像行政上的格陵兰岛,冰天雪地;后者所在的是温和地带,虽然种植不易,但津贴什么的也能适应增值。这个卑下群体的最狭隘低能的特征表现在对任何部长菩萨的某种不自觉的、机械的、本能的尊敬,职员们只能从模糊不清的签名上认识他们,有"部长大人阁下"这几个字如同巴格达的哈里发①权印,在这个平庸的群体眼中,代表了一种神圣的、绝对的权威;"大人"在职员的眼光里,如同基督教徒眼中的教皇,在行政管理方面是绝对正确的。他身上散发出的圣光使他的言和行,使每一句以他的名义说出的话都蒙上了一层光辉;他的花纹般的签名能统率一切,并使他命令的一切行为具有合法性;"大人"这个名字确认了他的动机的纯洁性和他的愿望的神圣性,为即便是最行不通的思想开了方便之门。这些可怜虫不敢为自身利益去做的事情,只要听见"大人"两个字,就会急匆匆地去完成。办公室如同军队,本身就是一种被动服从的工具,这种体制窒息了良知,扼杀了人的天性,星移斗转,最终人就变成了一部政府机器里的一枚螺丝,或是一个螺母。对人一目了然的贡杜罗先生很快就发觉布瓦雷就是这样一个机器人,所以当他快暴露原形时,他就像驱魔辟邪的咒语那样,脱口说出"大人"两字,让布瓦雷感到如雷轰顶,他觉得布瓦雷就是男性化的米肖诺,而米肖诺就是女性化的布瓦雷。

"既然大人本人,大人阁下!啊!这就完全是两码事了。"布瓦雷说道。

"您听见先生说了吧,似乎您很相信他的看法的,"假财东转而又对米肖诺小姐说道,"嗯!眼下,大人可以完全肯定,所谓自称为伏脱冷、住在伏盖公寓的人,是都隆苦役监狱的一个逃犯,他在那里的绰号叫玩命鬼。"

"哦!玩命鬼!"布瓦雷说道,"倘若他真的无愧于这个称呼,倒是很走运的。"

"是呀,"探子接口说道,"他在几件胆大妄为的大案里都能死里逃生,

① 哈里发是默罕默德的继承人,伊斯兰国家领袖。

因而有幸得到这个绰号。这个人十分危险,不是吗!他身上的一些素质使他成为不同凡响的人。他坐牢居然引起了轰动,从而在他的圈子里,声名大震……"

"这样说,他是一个有脸有面的人啰。"布瓦雷问道。

"从他的角度上看是的。他曾经非常喜欢过一个漂亮的小伙子,是一个年轻的意大利人,喜欢赌博,曾因伪造文书犯罪,由他自愿顶替了。小伙子后来服兵役去了,从此循规蹈矩。"

"不过,倘若警察总监大人阁下能肯定伏脱冷先生就是玩命鬼的话,那为什么还需要我呢?"米肖诺小姐问道。

"啊!是的,"布瓦雷说道,"倘若当真如您赏脸对我们说的那样,总监大人已经确信……"

"'确信'这字眼不确切,现在只是猜疑而已。您这就明白问题所在了。雅克·科兰,也就是那个叫玩命鬼的人,赢得了三处苦役犯的信任,他们选他当他们的代理人和理财人。这个玩命鬼做这类生意赚了不少钱,干他这种勾当肯定是个有标记的人。"

"喔!喔!您明白这个同音异义的名字游戏①吗,小姐?"布瓦雷说道,"先生叫他'有标记的人',就是身上黥过印了。"

"冒名伏脱冷的人,"探子继续说道,"接收囚犯们的财产,替他们投资、保管,以后再把钱交还给越狱的囚犯花销,如他们在遗嘱上写明,则由他出面转交给他们的家属,或者交给他们的情妇。"

---

① 这里"标记"和"黥过印"在法文里用的都是"marque"这一个词。

“他们的情妇！您想说是他们的老婆吧。”布瓦雷说道。

“不是的，先生。一般而言，囚犯的所谓老婆都是不合法的，我们称之为姘头。”

“这样说来，这些人过的是姘居生活喽？”

“不言而喻。”

“唉！”布瓦雷说道，“这类荒唐事，大人先生不该熟视无睹啊。在我看来，您是个具有博爱精神的人，既然您有幸看见大人先生，您总该把这些人违背道德准则的行为向他指明才好哇，他们对社会作出了很坏的榜样呢。”

“可是，先生，政府把他们送进监牢并不是为了让他们日后成为道德的典范呀。”

“是的，先生，请允许我说下去。”

“嗨，让这位先生说下去吧，亲爱的。”米肖诺小姐说道。

“您知道，小姐，”贡杜罗接着说道，“如果政府没收一个数目巨大的地下财库，就会得到很大的利益。玩命鬼不仅窝藏了他的一些同伙的钱财，而且还接受了万帮会的财产，因而存了一大笔巨款……”

“一万个小偷！”布瓦雷吓得叫出了声。

“不是这个意思。万帮会是一个高级窃贼的组织，这些人成群结队盗窃，低于万把法郎的买卖是不做的。这个帮会的成员都是被带上法庭的人之中最最拔尖的。他们熟知法典，所以被捕之后，是不会让人判处死刑的。科兰是他们的知心人，高参。此人依靠了广泛的关系网，懂得自建一个警察系统，爪牙密布，神秘莫测。虽说一年前，我们已经派密探监视他了，但至今还没找到他的破绽。他凭自己的财力和才智，不停为犯罪提供资金，豢养一批歹徒恶棍，永无休止地与社会捣乱。抓住玩命鬼，没收他的财库，就是斩草除根。因此，这次行动变成了国家大事，具有很强的政策性，能为此举的成功而出力的人，都能获得殊荣。您本人也完全可以因此重新去做行政部门的职员，当上某个警察局的文书，这些位置丝毫不影响您同时领取您的一份退休金。”

“可是，”米肖诺小姐问道，“为什么玩命鬼不携巨款逃跑呢?”

“哼!”探子说道，“倘若他窃取苦役犯的钱财，无论他逃到哪里，都会被人追杀的。再说，拐一笔钱款也不会像拐一位良家千金那么容易。科兰是一条硬汉，干那样的勾当，他认为是丢脸的。”

“先生，”布瓦雷说道，“您言之有理，他那样做，就真没出息啦。”

“这些话都不足以向我说明白，为什么您不干脆把他抓起来呢?”米肖诺小姐问道。

“嗯！小姐，我来回答您……不过，”他凑近她的耳朵说道，“请那位先生别打断我的话，否则，我们永远也讨论个没完。他大概很有钱吧，要不怎么会让人听他说呢，这个老家伙。玩命鬼来到这里时披上了绅士的伪装，把自己装扮成巴黎的一个循规蹈矩的良民，他下榻在一家普普通通的公寓里；他很精明厉害！我们始终找不到机会出其不意地抓住他。所以说，伏脱冷先生是一个举足轻重的人，他做的却是大买卖。”

“当然喽。”布瓦雷自言自语道。

“万一手下人弄错了，逮捕了真的伏脱冷怎么办，总监可不愿开罪巴黎商界和公众舆论。否则，警察总监先生的地位就会不稳定，他原来就有许多对头。他出了差错，那些觊觎他的职位的人便会从中造谣诽谤，乱起哄把他轰下台。必须像审理圣埃莱纳的假公爵科尼阿尔案①那样处理这件事。假如他是真的圣埃莱纳公爵,我们就有口难辩了。因此,首先应该弄清事实。"

"对。这么说,您需要一个漂亮的女人喽。"米肖诺小姐迅速地接口道。

"玩命鬼不会让女人接近他的,"探子说道,"要知道一个内情:他不喜欢女人。"

"这么说我就不明白了:在调查这样一件案子中,我能起什么作用呢;您花两千法郎让我插手,我倒是没有异议的。"

"再简单不过啦,"陌生人说道,"我会给您一个药瓶,预先配制好剂量,让他充血引起中风,但无生命危险。这种药剂可以掺在酒或咖啡里。过后,您立即把这个人放平在床上,解开他的衣服,看看他究竟死了没有。在只有您一个人在场的时候,您在他的肩上猛击一掌,啪!您就会看见印的字母显示出来了。"

"那可不费吹灰之力呀。"布瓦雷说道。

"这么说来,您同意了?"贡杜罗向老姑娘问道。

"不过,亲爱的先生,"米肖诺小姐说道,"假如一个字母都没有,我还能得到那两千法郎吗?"

"得不到。"

"那么有什么补偿呢?"

"五百法郎。"

---

① 科尼阿尔冒充圣埃莱纳的公爵招摇撞骗,后被捕。出狱后以假身份投军,级级晋升,终于被人识破,被判终身苦役。

“干这么一件事情所得甚微，而良心上却总是存在一块疙瘩，我更喜欢心安理得，先生。”

“我向您肯定，”布瓦雷说道，“小姐不仅是一个温存随和的女子，而且心地也十分善良。”

“这样吧！”米肖诺小姐接口说道，“倘若他真是玩命鬼，就给我三千法郎；倘若他是一个良民，我一个子儿也不要。”

“行，”贡杜罗说道，“条件是明天就动手。”

“还不能肯定，亲爱的先生，我得去问问听我忏悔的神父。”

“真精明，”探子起身道，“那么明天见吧。如果您急于要找我谈话，请到圣安娜小街来，在圣婴堂院子尽头。穹顶下只有一道门。您打听贡杜罗先生好啦。”

皮安训上完居维埃教授的课转回，听到“玩命鬼”这个相当刺耳的字眼，并听见治安警察局小有名气的头头说的“行”字。

“为什么不谈出个结果呢，这样一来，您每年不是有三百法郎的固定利息了吗？”布瓦雷向米肖诺问道。

“什么？”她说道，“得好好考虑才对呀。如果伏脱冷先生真是那个玩命鬼，也许与他打交道的好处更多呢。不过，向他要钱等于向他通风报信。那样的话，他就会逃之夭夭了。”

“还说通风报信哪，”布瓦雷接口说道，“这位先生不是告诉我们说，他一直被监视着吗？那么您，您就一无所获了。”

“再说，”米肖诺小姐思索道，“这个人，我一点都不喜欢他！他尽对我说一些不讨喜的话题。”

“您还是照办吧，”布瓦雷接口说道，“这位先生给我的印象倒挺好，此外，穿戴也整齐。照他说的，为社会除害，是服从法律的需要，玩命鬼再讲哥儿们义气也是不行的，本性难改嘛。要是他发起疯来把我们都杀了怎么办？真见鬼！莫说我们会最先被杀害，就算我们不死，也得要对他的谋杀案负有罪责啊。”

米肖诺小姐一直按照自己的思路想下去，根本不理会布瓦雷的话，这些话从他的嘴里一句一句吐出来，就如从没关紧的水龙头里渗出来的水滴。一旦这老头打开了话匣子，只要米肖诺小姐不制止他，他就会像上足发条的机器那样说个没完。他讲开了一个话题之后，又会附带叙述另一个内容完全相反的话题，但从不作出结论。走回伏盖公寓时，一路上他东拉西扯，旁征博引，忽儿又扯到在拉古罗先生和莫罕太太一案中他是如何出庭为被告作证上去了。走进公寓时，他的女伴少不了对欧也纳和塔勒费小姐看了一眼，他俩正在促膝谈心，兴致正浓，连这一对老宿客穿过餐室都没发觉。

“这码子事总归要发展到这一步的。”米肖诺小姐对布瓦雷说道。一周以来，他俩眉来眼去，恨不得彼此把心掏出来才好。

“是呀，”他说道，“她被判刑了。”

“谁？”

“莫罕太太。”

“我说的是维克多莉娜小姐，”米肖诺小姐不知不觉地走进布瓦雷的房间里，“而您又扯到莫罕太太身上去了。这个女人是什么人？”

“那么维克多莉娜小姐的错误又在哪儿呢？”布瓦雷问道。

“她错就错在爱上了欧也纳·德·拉斯蒂涅克先生，并且一往情深，甚至都不知道自己陷得有多深了，可怜的痴情姑娘啊！”

整整一个上午，欧也纳给纽沁根夫人逼到山穷水尽的地步。他内心已经完全倒向伏脱冷，也不想研究这个不同寻常的男人对他表示亲善的动机，以及这种貌似朋友关系的前景如何。一小时以来，他与塔勒费小姐互道了一些温柔体己的诺言，要从他已插足的深渊里拔出来，就得出现奇迹了。维克多莉娜自以为听见了天使的声音，天堂之门向她敞开，伏盖公寓披上布景师装饰剧院所用的神奇的色彩：她爱着，又被人所爱，至少她是这样想的！哪个女人看见了拉斯蒂涅克这副模样，在公寓所有的阿尔居①不在场的时候听他说悄悄话，会不像她那样对他坚信不疑呢？他与良心作剧烈的斗争，明知自己在做坏事，而且是有意的，却期望让一个女人获得幸福以稍稍赎清自己的罪过。由此，他因失望而变得更美，因心中燃烧着地狱之火而变得神采奕奕。所幸的是，奇迹真的产生了。伏脱冷兴致勃勃地走进来，看透了他以邪恶的天才促合成的这一对恋人的内心；他以嘲弄的、粗哑的嗓门唱的几句歌词，猛地扰乱了他俩愉快的心情：

我的芳谢特是迷人的
穿着素雅大方……②

---

① 阿尔居是亚哥斯的王子，有一百只眼睛，后来，阿尔居成了监视人、密探的代名词。
② 这是一八一三年在喜剧院演出的独幕剧《两个嫉妒者》中一句歌词。

维克多莉娜一溜烟跑了,带走的幸福真不亚于她半生中所尝受到的不幸。可怜的姑娘!拉斯蒂涅克紧握她一下手,头发在她的脸颊上厮磨一下,凑着她的耳朵说句把体己的话,使她感觉到大学生的嘴唇的热气,他的颤抖的胳膊在她腰身上压一压,在她的颈脖印上一个吻,在她看来,这些都成了他的爱情的表白,加上胖子西勒维在一旁随时都会走进这间一时显得绚丽辉煌的餐室,这就使得这些表白比之著名的爱情故事里的海誓山盟更加热烈、生动和扣人心弦。按照我们祖先的一种贴切的说法,这些微小的示意对一位每过半个月要忏悔一次的虔诚的少女来说似乎也是一件件罪过!此刻,她过多渲泄了自己的感情,日后,她即使变得富有而幸福,即使她以全部身心去爱,感情也不会如此奔放的。

"交易做成了,"伏脱冷对欧也纳说,"我们两位花花公子斗过了。一切都进行得很顺利。政见不同嘛!我们的小白鸽辱骂了我的老鹰。明天在格利良古尔棱堡见。八点半,当塔勒费小姐还在那里安安稳稳地把涂了奶油的长条面包块浸泡在咖啡里时,她已继承她父亲的爱和产业了。想不通是吗?这位矮个儿塔勒费是一个击剑能手,他很自信,仿佛稳操胜券似的。不过,我只要稍稍把剑提起,直刺脑门,我这看家的一手就会让他见红。我会示范给您看的,因为这一手真能大派用场。"

拉斯蒂涅克愣巴巴地听着,一句话也答不上来。这时,高老头、皮安训和其他几个房客都来了。

"您按我的愿望去做吧,"伏脱冷对他说,"您知道自己该干什么。好啦,我的小鹰!您将支配人;您强壮、坦率、有胆识。我尊重您。"

他想提起拉斯蒂涅克的手,后者急忙缩回,跌坐在椅子上,脸色苍白。

他仿佛看见面前有一大摊血。

“哦！初出茅庐还不好意思呢，”伏脱冷低声说道，“多利邦老爹①有三百万，我知道他的家底。这笔嫁妆会把您洗刷得像新娘子的裙子一样清白纯洁，并且会让您亲眼目睹的。”

拉斯蒂涅克不再犹豫了。他决定当晚去通知塔勒费父子。伏脱冷离开他之后，高老头凑近他的耳朵说：“您心事重重，我的孩子！我嘛，我来让您开开心。来吧！”说着，往日的老面粉商就着他的一盏灯点燃了他的火把。欧也纳心里没底，好奇地跟随他走了。

“到您的屋里去谈，”高老头早先已从西勒维那儿拿到了大学生的钥匙，对他说道，“今天早上，您以为她不爱您了，是吧！”他接着说道，“她硬要您走，您就生气。大傻瓜！她在等我。您懂吗？我们得布置完一间小巧玲珑的套间，三天之内您就要搬进去。别出卖我呀。她想让您大吃一惊，不过，我不想对您长时间保密。您的新居在阿尔图瓦特，离圣拉扎尔街只有几步路。你会像个王子似的在那里过得舒舒服服的。我们为您添置了家具，好像为新娘准备似的。一个月来，我们做了许多事情，什么都瞒着您。我的诉讼代理人已经开始行动，我的女儿每年将有三万六千法郎收入，这是她的陪嫁的利息，而且我还要求把她的八十万法郎在房地产上投资。”

欧也纳默不作声，他交叉双臂，在他那间杂乱无章的卧室里来回踱步。高老头抓住大学生转身背向他的时机，把一只红色山羊皮匣子放在壁炉上，

---

① 多利邦是十八世纪末法国一出戏剧里的主人公，他蠢极了，尽让自己的女婿愚弄。这里指老塔勒费。

匣子外壳上印着烫金拉斯蒂涅克的家徽。

“亲爱的孩子,”可怜的老头儿说道,“我为这些已竭尽全力啦。可是,您瞧,我也着实自私呢,您换个地方住住对我有好处。您不会拒绝吧,嗯!假如我请求您办一件事如何?”

“您要什么?”

“在六层楼您住的套间上面有一间卧室也是属于您的,我要住进去,好吗?我已老了,我离两个女儿太远。我不会妨碍您的。我仅仅想住在那里。每天晚上您都要向我说说她。这不会让您厌烦,对吧?每当您回家时,我正躺在床上。我听见您进来后,心里就想:‘他刚才看见了我的小苔尔费纳。他带她去跳舞,他使她得到幸福。’倘若我生病了,只要我听见您回来,在走动,我内心就会得到无上的安慰。您就是我女儿的化身啊!这样,我到香榭丽舍大街只有几步路,我天天能见到她们,不会像以前那样有时迟到了。再说,也许她还会到您那里去!我会听见她走动,看见她穿着棉绸晨衣,像一只小猫似的欢快地跳来跳去。一个月来,她又变成了原来的样子,像个年轻的姑娘,高高兴兴,娇滴滴的。她的精神正在康复,她的幸福全仰仗您哪。啊!为您我可以赴汤蹈火。方才,在回来的路上她对我说:‘爸爸,我多么幸福啊!’如果她俩客客气气地叫我‘父亲’,我就寒心了;然而,当她们叫我‘爸爸’时,我仿佛觉得她们还像小时候那样,让我回忆起所有的往事。我不止是她们的父亲呢。我想,她们还不属于任何其他人!”老头儿擦了擦眼睛,他哭了,“好长时间,我没有听见这句话,没有挽过她们的胳膊了。哦,对了,我有十年没与两个女儿并肩走路啦。蹭着她的衣裙,跟在她后面走,感受到她的热气,这多好啊!今天早上,我终于能带着苔尔费纳到处走走了。

我与她一块儿走进一家店铺。过后,我送她回到她的寓所。哦！就让我挨着您住下吧。有时您或许需要什么人帮忙,我在这里呢。哦！倘若这个矮墩墩的阿尔萨斯人死掉了,倘若他痛风发作,影响脾胃,我可怜的女儿就幸福啦！这样,您就可以做我的女婿,您将是她名正言顺的丈夫啦。唉！她是多么不幸,从未尝受过人间的欢乐,所以我原谅她的一切。善良的上帝应该站在慈爱的父亲这一边。她太爱您了!”他停顿了一会儿,边摇晃着脑袋边说道,“在路上,她对我谈起您,她说:‘父亲,他很好,是吗！他的心地好！他说到我了吗?’哦,从阿尔图瓦街一直走到全景街,她尽对我谈您了,说了好多好多！总之,她把心都掏给我看啦。整整一个上午,我变年轻了,轻得都没四两重啦。我对她说,您交给了我一张一千法郎的钞票。哦！亲爱的小女儿,她激动得落了眼泪。在您的壁炉上面是什么东西?”高老头看见拉斯蒂涅克一动不动,急不可耐,终于憋不住问道。

欧也纳听得头昏脑涨,神情木然地瞧着他的邻居。伏脱冷声称的在次日将进行的一场决斗与他孕育的希望形成极为强烈的对照,他觉得仿佛在做一场噩梦。他转身面向壁炉,看见上面一只方形小匣,他把匣子打开,发现里面有一块勃雷盖牌表[①],上面盖着一张纸。纸上写着这么几句话:

我希望您在任何时候都想到我,因为……

苔尔费纳

---

① 阿伯拉罕-路易·勃雷盖(一七四七——八二三):瑞士著名钟表匠,他发明许多精密仪器。

最后一句话大概是暗指他俩之间发生的某次争执。欧也纳深受感动。在烫金的匣子里，用珐琅镶饰着他的家族的纹章。这件饰物是他向往已久的，上面的链子、键、式样以及图案都符合他的心意。高老头喜形于色，他大约答应女儿把欧也纳看到这件礼物时的惊喜心情一五一十告诉她听的，因为虽说他是作为第三者参与年轻人之间的感情交流，但却显得同样兴奋。他已经喜欢上拉斯蒂涅克了，既为他的女儿，也是为了他本人。

“今晚您去看她，她等着您呢。那个阿尔萨斯种的胖子在他包养的舞女那里吃晚饭。啊！啊！当我的诉讼代理人对他摆事实时，他显得愣头愣脑的。他不是扬言爱我的女儿到崇拜的地步吗？他敢碰碰她，我就把他宰了。每当我想到我的苔尔费纳属于……（他叹了一口气）我真能去犯法；不过，杀他可不是杀人，我杀的是一头长着牛脑袋的猪。您会把我接去同住的，是吗？”

“是的，我的好老爹，您心里明白我喜欢您……”

“我看出来了，您不为我害臊，您！让我来亲亲您。”说完，他搂紧了大学生。“您会使她幸福的，请答应我！今晚您准去，是吗？”

“啊，是的！我该出门办一件事，不能再耽搁了。”

“我能帮您忙吗？”

“当然啦，能帮上！在我去纽沁根夫人府上时，请您到老塔勒费先生家去一次，让他在晚上给我一个时间，我有一件极为重要的事情要告诉他。”

“难道这是真的吗，年轻人，”高老头说着，脸色陡变，“您真的就如楼下那些傻瓜说的那样要追求他的女儿吗？天杀的！您不知道高老头拳头的厉害吧。倘若您欺骗了我们，那就是拳头相见了。啊！这不可能吧。”

“我向您起誓，世界上我只爱一个女人，”大学生说道，“这我也才发觉。”

“啊，多么幸福啊！”高老头嚷着说。

“不过，”大学生接着说道，“小塔勒费明天与人决斗，我听说他会被人杀死的。”

“这与您有什么关系?”高里奥问道。

“应该去告诉他，别让他儿子去……”欧也纳嚷道。

这时，他的话被伏脱冷打断了。伏脱冷出现在门口，嘴里唱道：

噢，理查德；噢，我的国王！
人间把你抛弃……①

咕噜！咕噜！咕噜！咕噜！

我周游世界已有多年，
人们处处都能看见我……

啦、啦、啦、啦……

---

① 这是喜剧《狮心王理查德》中的一句台词。

“先生们，”克里斯朵夫喊道，“汤上桌了，大家都到齐了。”

“听着，”伏脱冷说道，”去拿一瓶波尔多红葡萄酒来。”

“您觉得那块表好看吗？”高老头问道，“她眼力不错，是吧！”

伏脱冷、高老头和拉斯蒂涅克一齐下楼来；由于他们迟到了，在餐桌上紧挨着一处坐着。整个用餐期间，欧也纳对伏脱冷没好脸色，虽说此人在伏盖太太的眼睛里可爱之极。这天，他比以往更健谈了。他说话时妙趣横生，把所有宿客的情绪都调动起来了。他的自信和沉着让欧也纳看了很懊丧。

“今天您交了什么好运了？”伏盖太太问他道，“您像燕雀一般兴奋嘛。”

“每次我做成一笔生意，总是兴奋的。”

“生意？”欧也纳问道。

“嗯，是的。我交出去一批货，可拿一大笔佣金。米肖诺小姐，”他瞥见老姑娘注视着他，说道，“难道我脸上有什么地方让您看了不舒服，您才盯着我不放吗？说说看嘛！为了使您高兴，我可以整容。布瓦雷，我们不会为此生气吧，嗯？”他瞟了一眼老职员说道。

“见鬼！您够资格当一名模特儿、让人画一张闹剧演员的肖像画呢。”年轻画家对伏脱冷说道。

“天哪，行！假如米肖诺小姐愿意做拉雪兹神父公墓①爱神的模特儿的话，我也干。”伏脱冷答道。

“那么布瓦雷呢？”皮安训问道。

---

① 巴黎最著名的公墓，亦是巴黎公社最后一批战士壮烈牺牲的地点。

“哦！布瓦雷可以为自己做模特儿。他将是花园中的果神，是梨的化身①……”伏脱冷大声说道。

“得！”皮安训接口说道，“这么说起来，您坐在梨和奶酪之间喽。”

“说这些无聊的话干吗，”伏盖太太说道，“您不如把您那瓶波尔多葡萄酒拿来给我们喝喝，我看见酒瓶在引颈翘首啦。喝点酒不仅对胃脾有益，还能助兴呢。”

“先生们，”伏脱冷说道，”主席夫人要我们遵守秩序。古杜尔太太和维克多莉娜小姐对你们的玩笑话是不会生气的，可是，我们得尊重高里奥老爹啊。我建议你们每人喝一杯波尔多葡萄酒，产地拉斐特这个名字使这种酒的名气倍增，我这样说可不是在影射政治呵②。去啊，怪人！”他看见克里斯朵夫不动，又说道，“我在叫你呢，克里斯朵夫！怎么啦，你听不见自己的名字吗？怪物，把饮料拿来！”

“在这儿呢，先生！”克里斯朵夫边递酒边说道。

他先把欧也纳和高老头的酒杯斟满，又在自己的酒杯里慢慢倒了几滴，品味着；正当他的两位邻座啜饮时，他突然做了一个鬼脸。

“见鬼！见鬼！酒里有瓶盖味儿。克里斯朵夫，这瓶你拿去喝吧，给我们再拿几瓶来；在右手，知道吗？我们一共十六个人，拿八瓶来。”

“既然您请客，”画家说道，“我就去买一百个栗子。”

“哦！哦！”

---

① 法语中“布瓦雷”与“梨”谐音。

② 拉斐特（一七六七——八四四）：当时法国的银行家、政治家，与波尔多著名的酿酒区拉斐特同音。

“哈！哈！哈！哈！”

“哇！哇！哇！哇！”

每个人都欢呼一阵，犹如数支烟火同时迸发。

“来吧，伏盖妈妈，来两瓶香槟吧。”伏脱冷冲着她嚷道。

“什么，亏您说得出口！怎么不把整幢房子吃光？两瓶香槟！要十二法郎哪！我挣不到，挣不到。不过，倘若欧也纳愿意付钱，我奉送果子酒。”

“她的果子酒可像篦麻油一样催泻呢。”医科大学生轻声说道。

“你住嘴行不行，皮安训，”拉斯蒂涅克大声说道，”我听见篦麻油几个字就恶心……好吧，去买香槟酒吧，我付钱。”大学生补充说道。

“西勒维，”伏盖妈妈说道，“请拿一些饼干和小点心来吧。”

“您那所谓的小点心太大了，”伏脱冷说道，“上面都长毛了。还是拿点饼干算了。”

一时间，波尔多葡萄酒轮流转悠，食客们叽叽喳喳，愈发高兴了。在放肆的浪笑中，不时冒出模仿种种野兽的叫声。博物馆职员学着巴黎街头上的叫卖声，活像猫儿叫春，立即便有八个人同时拉直嗓门大叫！

“磨剪刀来！”

“卖喂小鸟的栗子啰！”

“妇人必乐用品，必乐用品！”

“修补锅子啰！”

“刚下船的鲜鱼！刚下船的鲜鱼！”

“卖拍子啰，打老婆拍衣服两用啰！”

“有旧衣、旧金钱、旧帽子卖吗？”

"樱桃又嫩又甜啊!"

最绝的话是皮安训用鼻音学修伞人的叫声:"修伞啦——"

霎时间,怪叫声把人的脑子吵得都快炸裂开了,一盘散沙似的谈话像一出真正的闹剧,伏脱冷一面导演,一面偷偷瞟着欧也纳和高老头,这两人似乎已经喝醉了。他俩背靠着椅子,难得喝上一口,神情木然地观望着这不同寻常的混乱场面;两人各有各的心事,都想着当晚要做的事情,然而,他们怎么也直不起身子来。伏脱冷瞧视着他俩,不放过他们脸上的表情变化,眼看他们的双眼迷糊,将要合上时,便倾身凑在拉斯蒂涅克的耳边上说道:

"小家伙,您可不够机灵,还想要弄伏脱冷老爹呢,他太喜欢您啦,不能让您胡来一气。只要我下决心做一件事情,只有上帝才能阻拦我。哦!我们居然还想着要给塔勒费老爹去通风报信,这是小学生犯的错误!炉子热了,面粉和好了,面包已放在铲子上;明天,我们可以啃面包,抛面包屑玩了;难道我们半途而废不成?……不,不,一不做二不休。倘若我们有什么遗憾,一经化解便可万事大吉。正当我们美滋滋地睡大觉时,上校弗朗什西尼伯爵已经用他的剑尖为您把米歇尔·塔勒费的财产安排妥当啦。维克多莉娜承继了她的哥哥,一年就有一万五千法郎的进账。我已经得到消息,如承继她的母亲便可得到三十万……"

欧也纳只能听他说,自己回答不了,因为他觉得舌头粘在上颚上,一个劲地想打瞌睡;他双眼迷糊,透过一层薄雾,才能看见餐桌和众食客的脸。不一会儿,嘈杂声消失了,宿客一个个离去。当餐室里只剩下伏盖太太、古杜尔太太、维克多莉娜小姐、伏脱冷和高老头时,拉斯蒂涅克宛如在梦中,仿佛看见伏盖太太在收拾酒瓶,把剩酒集中起来灌满了几只酒瓶。

“嗳,他们乐疯了,年轻人哟!”寡妇咕哝道。

这是欧也纳所能听见的最后一句话。

“只有伏脱冷先生才会这样闹笑话,”西勒维说道,“瞧,克里斯朵夫鼾打得像陀螺似的。”

“再见吧,妈妈,”伏脱冷说道,“我要到大街上去看马尔蒂演的《荒山》去了,这出戏是由《孤独者》一书改编而成的。如果您愿意,我带您和这几位太太一齐去。”

“谢谢您。”古杜尔太太说道。

“怎么啦,好邻居!”伏盖太太大声说道,“您不想看看《孤独者》中的这出戏吗,这可是阿塔拉·德·夏多布里盎①写的,精彩之极,去年夏天,我们在菩提树下谈论过这本书,爱不释手,眼泪汪汪,哭得像圣女玛德莱娜似的,总之,这是一部伦理道德方面的杰作,难道不能够教育教育你的小姐吗?”

“按规矩,我们是不能去看戏的,”维克多莉娜答道。

“瞧,这两个人不省人事了。”伏脱冷装出滑稽相,晃动着高老头和欧也纳的脑袋。

他把大学生的头放在靠椅上,让他睡得舒服些,然后又亲热地吻他的前额,口中唱道:

睡吧,我亲爱的心肝宝贝,

---

① 夏多布里盎(一七六八——八四八):法国外交家和浪漫主义作家,《阿塔拉》和《墓畔回忆录》是他的传世之作。这里作者的姓名和他的作品名被弄混淆了。

我将终生为你们守护不寐!

“我担心他病了。”维克多莉娜说道。

“那么您留下照料他吧,”伏脱冷接口说道,“这可是当贤妻的责任啊。”他又对着她的耳朵嘘声道,“这个年轻人真心爱您呀,我可以向您预言,您可是他的掌上明珠呢。”他又提高嗓门说道,“总而言之,他们会在当地受人尊重,白头偕老,子孙满堂。所有的爱情小说都是这么收尾的。我们走吧,妈妈,”他转身面向伏盖妈妈,搂了她一下说道,“去戴上帽子,穿上漂亮的花裙,还有伯爵夫人的披肩吧。我这就去为您要一辆马车。”说着,他边走边唱道:

太阳,太阳,神圣的阳光,
是您晒热了一只又一只南瓜……

“我的天哪!您瞧,西勒维,这个男人才让我的日子过得舒心哪。”她向面粉商转过身子,说道,“瞧,高老头去了。这只老甲鱼,从来没想过带我上哪儿玩玩。哦,他要倒下来啦,天哪!像他这把年纪的人丧失理智可太不像话啦。您会对我说,他从来就没有理智,无所谓丧失不丧失吧;西勒维,把他扶上楼去。”

西勒维挽住他的胳膊,扶着他走,像甩一个包袱似的,把他和衣横摔在床上。

“可怜的小伙子呀,”古杜尔太太一面把在欧也纳眼睛上的头发分开,一面说道,“他就像一个女孩子,还不知道饮酒过度是怎么回事呢。”

“唉!我可以说,我开这家公寓已经三十一年了,”伏盖太太说道,“照通常说法,我经手了好些年轻人,可我从未见过一个人像欧也纳先生那么可爱、那么出众的。他熟睡时多么美啊!古杜尔太太,把他的头枕在您的肩上吧。哦!他倒在维克多莉娜小姐的肩上了,孩子们总有神明保佑着的。再侧过一点儿,他的头就要撞在背椅的葫芦上啦。这两个倒是天生的一对。”

“好邻居,别说了,”古杜尔太太高声说道,“您说的这些话……”

“嗯!”伏盖太太说道,“他听不见。别说啦。西勒维,快来替我穿衣服。我要穿上紧身褡。”

“哎哟!吃饱了穿上您那件大号的紧身褡,再箍紧,太太,”西勒维说道,“不,请找其他人帮您紧吧,我可不忍心下毒手。您这样做太不谨慎,在开玩笑呢。”

“我无所谓,得为伏脱冷先生挣点面子。”

“这样,您对您的继承人真是太宽厚了。”

“行啦,西勒维,别争辩啦。”寡妇说着走开了。

“在她那个年纪……”厨娘指着女主人对维克多莉娜说道。

此时,餐室里只剩下古杜尔太太,她的被监护人,和枕在后者肩上熟睡的欧也纳了。克里斯朵夫的鼾声在静悄悄的屋宇上震响,更显出欧也纳安睡时的可爱,他的神态像一个孩子似的恬静。维克多莉娜庆幸自己有这样的机会表现出仁爱之心。她倾注了女人的全部柔情,并且毫不害臊地感觉到年轻人的心与她的心跳动在一起了。她的面容焕发出母性的光辉,显得异常满足。

千头万绪涌上她的心间,她感触到另一个异性小伙子纯洁的暖流,情绪激动,体会到无以言述的快感。

“可怜的小姑娘啊!”古杜尔太太紧握着她的手说道。

老太太欣赏着她这张率真而痛苦的脸庞,幸福的光轮笼罩其上。维克多莉娜酷似中世纪朴实的肖像画,艺术家省略了所有的细枝末节,用他那沉着而自信的神奇画笔,仅仅着力于创造少女的脸庞,在黄色的基调上,映射出天国的金光。

“他才喝了两杯酒呢,妈妈。”维克多莉娜把手指插进欧也纳的头发里说道。

“不过假如他是酒徒,他的酒量就会与其他人相仿了。现在他醉了,反倒值得称道。”

街上传来了一辆马车声。

“妈妈,”少女说道,“伏脱冷先生来了,请扶住欧也纳先生。我可不愿意让这个人看见我这副模样。他的表情玷污了灵魂,目光让女人看了怪难堪的,仿佛裙子被人掀起的感觉。”

“不对,您错了,”古杜尔太太说道,“伏脱冷先生是个正人君子,有点儿像已故的古杜尔先生,鲁莽但心地好,是善良的粗人。”

此时,伏脱冷悄无声息地走进来,凝望着这两个孩子组成的画面,浅浅的灯光似乎在抚爱着他俩。

“妙啊!”他交叉着胳膊说道,“这个场面一定会赋于《保尔和维吉尼》的作者,好样的贝尔纳·德·圣皮埃尔以灵感写出好作品来。青春多么美好啊,古杜尔太太。”他又端详着欧也纳说道,“可怜的孩子睡着了,有时熟睡时会交好运。”他又转向寡妇说道，“太太，这年轻人让我疼爱，使人激动的，就是我明白他的外在美与内在美是谐和一致的。瞧，这不是谢吕拜①枕在天使的肩上吗？这个小伙子呀，真值得好生疼爱哟。倘若我是女人，我宁愿为他而死(不，别那么傻!)，为他而生。”他又凑近寡妇的耳朵轻轻说道，“望着他俩，我禁不住会想，他俩是天作之合啊。”接着，他又提高嗓门说道，“天主有其秘密通道，它探察人的五脏六腑。我的孩子呀，我看见你俩这样结合，你们基于同样的纯洁，具有人类所有美好的感情结合在一起，心里就想，在未来的岁月中，你俩是不可能分开的了。上帝是公正的。”接下去，他又对少女说道，“我似乎觉得您的脸上有福相。把您的手给我看看，维克多莉娜小姐？我会看手相，我常常能看准谁能交好运。嗨，请别害怕。啊！我看出什么来啦？我以正人君子的名誉担保，您要不了多久便会成为巴黎最富有的女财产继承人了。您将使那个爱您的人福星高照。您的父亲在召唤您呢。您将嫁给一个有头衔、英俊，又疼爱您的男人。”

这时，浓妆艳抹的寡妇踏着沉重的步子走下楼，伏脱冷不再占卜了。

“哦！伏盖妈妈漂亮得好像一颗明……明星，捆扎得像一根胡萝卜。您不有点儿气喘吗?”他把手按在她的胸口说道，“前胸绷得太紧了，妈妈。不哭则已，一哭就炸开啦；不过，我会像古董商那样仔仔细细收拾您的肉屑的。”

“他熟悉法语是如何讨好女人的!”寡妇凑近古杜尔太太的耳朵说道。

“回头见，孩子们，”伏脱冷转身面向欧也纳和维克多莉娜说道，“我为

---

① 《费加罗婚姻》里的人物，年轻而多情。

你俩祝福。”他把双手按在他俩的头上，对他们说道，“请您相信我，小姐，一个诚实的男人的祝愿是有分量的，能带来幸福，因为上帝在倾听他的祝愿。”

“再见吧，我亲爱的朋友，”伏盖太太对她的女宿客说道，“接着，她又放低声音补上一句，“您认为伏脱冷先生对我有意吗？”

“呃，呃！”

“啊！我亲爱的妈妈，”当屋里只剩下两个女人时，维克多莉娜瞧着她的双手，叹口气说道，“倘若好心的伏脱冷先生说的话是真的，该有多好啊。”

“不过，就差一着棋了，”老太太答道，“只要你那可恶的哥哥从马上摔下来就成。”

“哦！妈妈。”

“上帝啊，诅咒她的对头是否就是一桩罪恶呢，”寡妇接着说道，“好吧，我来悔过。说真的，我会诚心诚意带着鲜花去上他的坟的。那个坏心眼！他没有勇气去向他的母亲说清楚，只会要阴谋诡计承继她的遗产，牺牲你的利益。我的表亲，也就是你的妈妈，陪嫁是很多的。算你倒霉，在婚书上却没提到她的财产。”

“倘若要以某人的生命为代价，那我的幸福也就不堪承受了，”维克多莉娜说道，“倘若为了得到幸福，我的哥哥必须去死，那我宁愿永远呆在这里。”

“我的上帝哪，还是我们的好好先生伏脱冷说得对，谁又能知道，天主乐意把我们引向哪条路呢？你瞧，他是笃信宗教的，我很高兴地看到，他不像其他人那样，说到上帝时比提到魔鬼更加不敬呢。”

这两个女人在西勒维的帮助下，好不容易把欧也纳抬到他的卧室，把他平放在床上，由女厨娘替他脱下衣服，让他睡得舒服些。临走出房门前，维克多莉娜看见她的保护人背过身子，迅速在欧也纳的前额上吻了一下，体验到这不光彩的偷偷一吻能给她带来的全部快感。她环视了他的房间，可以这样说，现在她把一天之间所得到的所有幸福都集中起来，充盈在她的脑海里，组成了一幅画；她出神地把这画瞻仰良久，睡着时已变成巴黎最幸福的女子了。

伏脱冷利用大吃大喝的场合，让欧也纳和高老头喝了他掺了麻醉药的葡萄酒，这一下却断送了他自己的前程。皮安训在半醉半醒状态下忘了询问米肖诺小姐关于玩命鬼的背景。倘若他说出了这个名字，或者说出了他在苦役犯监牢最叫响的真实姓名雅克·科兰的话，肯定会使伏脱冷警觉起来的。再说，米肖诺小姐坚信科兰讲江湖义气，她盘算着是否给他通风报信，促使他连夜潜逃。就在这当口，她听到拉雪兹神父公墓的维纳斯这个绰号，又突然改变主意，决定把苦役犯交出去了。她在布瓦雷的陪同下，出门走到圣安娜小街上去寻找那个治安警察局的头子时，还以为是与那个自称为贡杜拉的高级职员打交道呢。警察局局长殷勤地接待了她。交谈中，在一切都明白无误之后，米肖诺小姐索要她用于验证苦役犯的药剂。这时，她看到圣安娜小街上的那个大人物从他的办公桌抽屉里寻找小药瓶时心满意足的神态，立即就猜出在这次捕获行动中，有比逮捕一个普通苦役犯更加重要的意义。她冥思苦想，猜测到警察局根据监牢里几个告密者提供的线索，还期望能及时行动，同时没收几笔巨大的财产。她把她的猜想对那个老狐狸说了，后者笑了笑，想打消老姑娘的这个想法。

"您猜错了,"他回答道,"科兰是盗贼帮里前所未有的最危险的头儿。这是唯一的理由。他的喽啰们知道得很清楚,他是他们的帅旗、支柱,总之是他们的'波拿巴';他们都爱戴他。这家伙绝不会心甘情愿地把他的葫芦留在格莱芙广场[1]上的。"

米肖诺小姐懵了。贡杜罗遂而向她解释了他方才使用的这两个字眼的含义。"头儿"和"葫芦"是盗帮切口中的两个有分量的用词,是他们最先了解人头有两层含义的。"头儿"指活人的脑袋,是人的参谋和思想。"葫芦"是一个轻蔑的字眼,表示一旦人头落地,这玩意儿是如何无足轻重。

"科兰在耍弄我们,"他接着又说道,"对付这一类英国钢条般的人,我们也有办法除掉他们,只要在逮捕他们时,他们稍作反抗就成。我们打算明天早晨用某种办法当场杀掉科兰。这样,就省却起诉、看管费用以及伙食费,而且还为社会除了一害。起诉程序,传唤证人,证人的旅费津贴,执行刑法,总之,如让我们合法地清除这些坏蛋,其费用远远超过您将得到的三千法郎,还得浪费时间。一刀捅进玩命鬼的大肚子,我们就避免了上百件罪行,同时遏止了五十个坏家伙继续为非作歹,他们就会乖乖地在教养所里接受教育。按照真正的慈善家所说,这种做法可以预防犯罪。"

"这也是替国家效力呀。"布瓦雷说道。

"这就对啰!"头子接口说道,"今晚您真的明白事理了。当然啰,我们是在为国家效力啦。所以说嘛,世人对我们的看法是不公正的。总而言之,

---

① 格莱芙广场是巴黎工人集会的场所,在一三一〇至一八三〇年间,也是执行要犯死刑的地方。

能超脱社会偏见才是个高尚的人;违背传统习俗,行善必然招至祸害,能够安之若素地承受的人才算是基督徒。巴黎毕竟是巴黎,您瞧见了吧? 这句话就概括了我的一生。我很荣幸地向您表示敬意,小姐。明天,我带人在王家植物园等您。您派克里斯朵夫到布封街,到我上次住的那所房子里找贡杜罗先生就行了。先生,我听您吩咐,我愿为您效劳。倘若今后您被人偷了什么东西,就找我,我会为您把东西找回来的,我随时为您服务。"

"怎么样!"布瓦雷对米肖诺说道,"世上竟有些呆子,一听到警察两字就会吓得魂不附体。这位先生不是挺和善的吗,他请您做的事情就如道声日安那样简单。"

第二天在伏盖公寓的历史上是个非同寻常的日子。在此之前,这一潭死水般的生活中最突出的事件无非是假昂拜尔迈斯尼勒伯爵夫人幽灵般地出现。不过,比之这伟大的、离奇曲折的一天,一切都是显得无足轻重了。后来,在伏盖太太的谈话中,永远也少不了这一天的内容。首先,高老头和欧也纳·德·拉斯蒂涅克一直睡到十一点钟才醒。伏盖太太半夜从快乐剧场回家,一直到早上十点半钟仍躺在床上。克里斯朵夫喝光了伏脱冷给的葡萄酒,迟迟不醒,耽误了屋子里的打扫。布瓦雷和米肖诺小姐没有抱怨早餐开晚了。维克多莉娜和古杜尔太太呢,她俩睡了懒觉。伏脱冷在八点之前出门,回来时刚刚开饭。因此,将近十一点一刻,当西勒维和克里斯朵夫敲响所有房客的门,通知早饭准备妥当时,谁也没有责备的意思。西勒维和仆人退下后,米肖诺小姐第一个下楼来,把药酒倒进伏脱冷专用的银质平底大口杯里,杯里装着冲咖啡的牛奶已与其他杯子一起隔水蒸热。老姑娘就靠房客这种特别的习惯捞取外快。七名房客凑齐亦非易事。当欧也纳伸展着胳膊最后一个下楼时，一个差役递给他一封纽沁根夫人让他转交的信。信上是这样写的：

我对您既不觉得有损自尊心，也不故意生气，我的朋友。我等您一直等到半夜两点钟。等待一个我所爱的人！谁吃过这种苦，就不会让别人再去尝尝了。我明白，您在初恋。那么发生什么事了？我深深地不安。倘若我不怕泄露我内心的秘密的话，我就会来打听您究竟遇凶还是遇吉了。不过，在那个时辰出门，无论是步行还是坐马车，不就等于毁了自己吗？我感到了做一个女人的不幸。请让我安心吧，告诉我，自我父亲与您谈话之后，为什么您没来。我会生气的，但我也原谅您。您生病了吗？为什么住得那么远？说说吧，求求您。我们马上见面，是吗？假如您忙着，回一句话就行了。就说"我就来"，或是"我不舒服"。不过，倘若您身体欠佳，我的父亲会来告诉我的！究竟发生什么事情了？……

"是啊，究竟发生什么事情了？"欧也纳大声说道，他没看完信就把它揉成一团，匆匆忙忙向餐室走去，"现在几点了？"

"十一点半。"伏脱冷边把糖放进咖啡边说道。

逃犯向欧也纳冷冷地、带有诱惑性地看了一眼，某些天生能勾魂摄魄的人本有投下这样的目光的禀赋，据说，在精神病院里，这种目光能镇住狂怒的疯子。欧也纳浑身上下瑟瑟发抖，街上传来了马车的辘辘声，一个穿着塔勒费家号衣的仆人神色慌张地冲进来，古杜尔太太一眼便认出来是谁家的人了。

“小姐,”他大声说道,“令尊大人请您去。大难临头了。弗雷特里克先生决斗时打输了,额上挨了一剑,大夫都认为他无望了;您可能都来不及向他告别,他已经晕过去了。”

“可怜的年轻人!”伏脱冷大声说道,“拥有年金三万利弗尔的人,怎么会去干架呢?可以肯定,年轻人不善于为人处世。”

“先生!”欧也纳冲着他嚷道。

“啊哈!什么,大孩子?”伏脱冷安详地啜完他的咖啡说道。米肖诺小姐神情专注地看着他的动作,因此她对突如其来的意外事件没像其他人那么震惊,“巴黎每天早晨不都有决斗吗?”

“我与您一块儿去,维克多莉娜。”古杜尔太太说道。

接着,这两个女人飞奔而去,连披肩和帽子都没拿上。维克多莉娜出门前,双眼饱含泪水,对欧也纳看了一眼,似乎在说:“我没想到我们的幸福是以我的眼泪为代价的!”

“哦!您是预言家吗,伏脱冷先生?”伏盖太太问道。

“我什么都知道。”雅克·科兰说道。

“这就离奇了!”伏盖太太接着说,对这件事说了一连串似是而非的话,“死神来了也不打声招呼。年轻人常常走在老头前面。我们这些女人,我们是幸运的,我们无需决斗;但是,我们有些毛病,男人却没有。我们生孩子、做母亲的那份苦可长着哪!维克多莉娜拿到一副同花顺子了!她的父亲不得不认这个女儿了吧。”

“说对啦!”伏脱冷瞅着欧也纳说道,“昨天她还两袖清风,今早却成了百万富翁了。”

“您说呀,欧也纳先生,”伏盖太太大声说道,“您摸对门路啦。”

高老头听了这话,瞅了下大学生,看见他手里揉成一团的信。

“您还没把信读完呢！这是什么意思？难道您像其他的人一样吗?”他问大学生问道。

“太太,我永远也不会娶维克多莉娜小姐。”欧也纳对伏盖太太说道,表现出恐惧和厌烦的神色,使在场的人都为之一惊。

高老头拉起大学生的手,握紧它。他真想吻上去。

“呵,呵!”伏脱冷说道,“意大利人说得好:**Col tempo**①。”

“我等着回话。”纽沁根夫人的差役对拉斯蒂涅克说道。

“回话说我这就去。”

来者走了。欧也纳受到极为强烈的刺激,难以再保持审慎。“怎么办?”他大声自言自语地说,“毫无证据。”

伏脱冷含笑不语。这时,他胃里吸收的药酒开始发生作用。然而,这个逃犯身体壮实,他居然站了起来,正视着拉斯蒂涅克,粗声粗气地说道:“年轻人,运气是在我们睡着的时候来的。”

说完,他就直挺挺地昏死过去了。

“上天主持公道啊。”欧也纳说。

“咦！这位可怜的伏脱冷先生怎么啦?”

“中风!”米肖诺小姐大声嚷道。

---

① 意即:走着瞧吧。

“西勒维，我们走吧，我的孩子，去找大夫，”寡妇对她说道，“哦！拉斯蒂涅克先生，快到皮安训先生家里去，西勒维可能碰不上我们的格兰普雷勒大夫了。”

拉斯蒂涅克庆幸自己找到借口可以离开这个恐怖的巢穴，连奔带跑地走了。

“克里斯朵夫，走吧，快去药剂师那里买点治中风的药来。”

克里斯朵夫走了。

“您，高老头，请帮助我们把他抬到楼上他的房间里去。”

众人把伏脱冷托起、抬上楼，放在他的床上。

“我帮不上忙了，我马上要去看我的女儿。”高里奥先生说道。

“自私的家伙！”伏盖太太大声说道，“去吧，我希望您像一条狗似的死去。”

“去看看您有没有乙醚。”米肖诺小姐对伏盖太太说，她本人在布瓦雷的帮助下，已经把伏脱冷的衣服解开来了。

伏盖太太下楼回房，让米肖诺小姐一个人张罗现场。

“快来，把他的衬衣脱掉，快把他翻个身子！您总得有点用处。别让我看见光身子，”她对布瓦雷说道，“您老呆在那里不动干吗？”

伏脱冷被翻转身子之后，米肖诺小姐在病人的肩膀上猛击一拳，血红的皮肉上立即泛出了两个白白的致命的字母。

“哦，您轻而易举地就挣得了三千法郎的赏钱。”布瓦雷把伏脱冷扶正，大声嚷嚷道，让米肖诺小姐重新替他穿上衬衣。他把他放倒在床上时又说道：“啊唷！他好沉啊。”

"别出声。有钱柜吗?"老姑娘急速地说道,她目光锐利,仿佛能穿透墙壁似的,她贪婪地审视着屋内少得可怜的几件家具。"您能找个什么理由打开这张写字台吗?"她又问道。"这样不太好吧?"布瓦雷说道。

"没关系。钱本来是人家的,一旦被窃,谁都可以拿。不过来不及了,"她说道,"我听见伏盖太太上楼了。"

"乙醚拿来了,"伏盖太太说,"妈的,今天尽出事。天哪！这个人不会生病的,他白得像一只子鸡。"

"像一只子鸡?"布瓦雷问道。

"他的心跳正常。"寡妇把手放在他的心房上说道。

"正常吗?"布瓦雷吃惊地问道。

"跳得挺好嘛。"

"您这样认为?"布瓦雷问道。

"当然啦！他就像睡着了。西勒维已去找医生了。您说说看,米肖诺小姐,他在吸乙醚呢。嗯！是一次痉挛发作。他的脉搏很好。他强壮得像土耳其人。您看见吗,小姐,他胸上的毛有多密啊！这个人哪,他能活一百岁！他的发套贴得很紧。看哪,都粘住了。他的头发是假的,因为他长了一头红发嘛。据说长红头发的人不好即坏！他大概是好人吧?"

"够吊死的资格了。"布瓦雷说。

"您是想说吊在一个漂亮的女人的颈脖上吧,"米肖诺小姐激动地嚷道,"您走吧,布瓦雷先生。假如你们生病了,还不是我们来照料。再说,您眼下最好就是去散步,"她补充说道,"伏盖太太和我,我们守着这位亲爱的伏脱冷先生就行了。"

布瓦雷仿佛像一条挨了主子一脚的狗那样，轻轻地、无声无息地走了。拉斯蒂涅克已经出门散步，透透气，他闷得慌。这件准时发生的罪行，他在昨天想制止的。发生什么事情啦？他该怎么办？他想到自己成了同谋，不由吓得发抖。他想起伏脱冷不动声色的神情，仍然心有余悸。

“万一伏脱冷不吭一声就死去了呢？”拉斯蒂涅克心里想道。

他好像被群狗穷追的人那样，穿过了卢森堡公园的一条条小径，仿佛听见了杂乱的狗吠声。

“怎么样！”皮安训冲着他喊道，“您看到《导报》了吗？”

《导报》是梯梭先生[①]办的一张激进党人的报纸，在晨报发行几个小时后，它另向外省出一版，登载当天新闻，在外省比其他报纸早二十四小时。

“发生了一件趣闻，”科香医院的实习医生说，“小塔勒费与一个老近卫军战士，名叫弗郎西尼的伯爵决斗，被伯爵的剑扎进额头两英寸。于是，小维克多莉娜就成了巴黎最有钱的待聘小姐了。唉，谁料得到呢？人生瞬息万变啊！维克多莉娜对你另眼相看，是真的吗？”

“住嘴，皮安训，我绝不会娶她。我正爱着一位可爱的美人儿，她也爱我，我……”

“您说这些话仿佛想竭力为自己辩白没有背叛似的。那个女人居然能让你牺牲塔勒费阁下的万贯家私，你倒说给我听听她是谁。”

“怎么魔鬼老是缠着我？”拉斯蒂涅克大声嚷道。

“那么你又在缠着谁呢？你疯了吗？把手给我吧，”皮安训说道，“让我

---

① 梯梭先生是法兰西学院的教授，复辟时被召回，主办了这份自由派反对党的报纸。

来为你搭脉。你发烧了。”

“到伏盖妈妈那里去吧,”欧也纳对他说道,“这个无赖伏脱冷刚刚倒下,像死了似的。”

“哦!”皮安训丢下拉斯蒂涅克走了,“我本来就有疑心,现在你终于证实了。”

法律系大学生神情严肃地踯躅了好长时间。他前前后后想了一遭。虽说他思考再三仍犹疑不决,拿不定主意,至少,经过了这场激烈而可怕的思想斗争之后,他像经受各种考验的一块生铁似的,诚实正直的品格仍然占据了上风。他想起了高老头在头天晚上对他说的体己话,他也想起在阿尔图瓦街他为他选择的一间靠近苔尔费纳住处的套室。他又取出那封信,重新读了一遍,吻了上去。“这样的爱情是我最后的希望所在了,”他心里想,“这个可怜的老头心里好难受。他对自己的忧愁只字不提,可谁也猜不出来啊!好吧,我来关心他,就像关心我父亲一样,我会使他享尽人间的欢乐。倘若她爱我,她白天会常常到我这里坐坐、陪陪他的。那位身材高大的雷斯托伯爵夫人是个薄情的女人,她会让生身之父沦落为门房的。亲爱的苔尔费纳!她对老头儿好多了,她是值得爱的。啊!今天晚上,我将会多愉快啊!”他抽出怀表,赏玩了一会儿。“一切都会成功!当两人永远相爱时,就会相互帮助,我可以收下这一切。况且,我能成功,毫无疑问,并能百倍地回报她。我们结合既不犯法,也不触动人间最严格的道德准则。世上有多少正直的人缔结了类似的婚约啊!我们不欺骗任何人!欺骗才辱没了自己呢。撒谎不就是认输吗?她已与她的丈夫分居好长时间,何况,我嘛,我会对这个阿尔萨斯人明说,把这个女人让给我,因为他不可能使她幸福。”

拉斯蒂涅克思想斗争了好长时间。虽然他陶醉在年轻人才具有的仁爱道德的观念之中,但在午后四点半钟,他仍然被一种不可能抗拒的好奇心吸引到伏盖公寓去了,他还曾经发誓要搬出去呢。他想知道伏脱冷是否死了。皮安训想出一个主意,给伏脱冷服了吐药,又把他的呕吐物带到他的医院化验。他看见米肖诺小姐坚持要把秽物清除掉,就更加生疑了。再说,皮安训见伏脱冷复原得如此之快,更怀疑有人在对膳宿公寓的这个快乐汉恶作剧。在拉斯蒂涅克回来的一刻,伏脱冷正靠在餐室的火炉旁。房客们听到小塔勒费决斗的新闻,到餐室要比平时早些。他们急于想打听此事的详情和对维克多莉娜前途的影响。除了高老头,他们正在议论纷纷。欧也纳走进餐室时,伏脱冷镇定地站着,他俩相对而视,伏脱冷的目光直刺进他的心里,搅得他心烦意乱,他不禁打了个寒噤。

“好啊!好孩子,”逃犯对他说,“死神找我算找错门啦。照这些太太的说法,我中风后还能康复,可这连一头奶牛也是受不了的。”

“哦!您还不如说一头公牛。”伏盖太太大声说道。

“您看见我活着不生气吗?”伏脱冷已猜出拉斯涅克在想什么,凑近他的耳朵说,“那你真是个不折不扣的狠心人了!”

“啊,当然啦,”皮安训说,“前天,米肖诺小姐提到一个诨名叫‘玩命鬼’的先生,这个名字对您倒挺合适。”

伏脱冷听了这句话如五雷轰顶:他脸色陡变,身体摇晃,他那双能勾魂摄魄的眼睛像一道日光落在米肖诺小姐身上,目光中表现出的意志力几乎吓得她的腿都软了。老姑娘瘫倒在椅子上。布瓦雷看见她处境危险,飞快地插在她与伏脱冷之间,因为逃犯撕下了伪善的面具,脸色变得狰狞残忍。

在场的房客没弄明白这一场戏是怎么回事,一个个张口结舌,不知所措。这时,外面传来了几个人的脚步声,以及兵士在街道石板地上敲响的枪托声。科兰本能地向窗户和墙壁张望,想找一个出路。这时,四个人已经出现在客厅的门口。第一个人是保安警察的头子,其他三个都是保安警官。

“以法律和国王的名义。”一位警官说,他的话被一阵惊讶的絮叨声盖住了。

不一会儿,餐室里静寂无声,房客们纷纷闪开为其中三个人让出一条通道,他们的一只手插在口袋里,拿着一支子弹上膛的手枪。跟在警官后面的两个宪兵堵住了客厅的门,另外两个在通向楼梯口的那扇门上出现了。好几个兵士的脚步声和枪托声在公寓正门的碎石子路上震响。所有的人都不由自主地把目光落在玩命鬼身上,他失去了一切逃跑的希望。警官头头径直向他走去,在他头上狠狠击了一掌,假发套飞落,露出科兰丑陋不堪的脑袋。这颗脑袋和这张脸配上赭红色的短发,显得更加可怖、专横和狡诈,再安在他的身上,又显得精灵而神采奕奕,仿佛沐浴在地狱的光芒之下似的。每个人都对伏脱冷了解得十分清楚,他的过去、现在、未来,他的不可动摇的主张,他的及时行乐的理论,他那玩世不恭的思想和行动给他带来的优越感,以及他那无所不能的组织力量。他的脸上充血,眼睛像一只野猫似的熠熠发光。他以带有野性的爆发力迅速惊起,咆哮一声,使在场的房客一齐发出恐怖的叫声。警官们看见他像雄狮般的敏捷动作,在众人的惊呼声中,一齐亮出了手枪。科兰看见每支手枪上发亮的扳机,明白自己处境危险,突然表现出人的最强的自制力。这一幕场景堪为惊险而壮观!他的脸庞瞬间的变化,可以与一只冒着饱和蒸汽、能把群山掀掉、但浇上冷水后转眼便泄气的锅炉相比。让他平息怒火的水滴就是他那快得像闪电般的敏捷的思维。他笑了起来,看着他的发套。

“你做得不够客气呀,”他对警官头头说。接着,他向宪兵们点头示意,伸出双手。“宪兵先生们,请替我戴上手铐和指铐。在场的人可以为我作证,我没有反抗。”现场气氛的变换之快,好似火山岩浆和火舌突然喷射又复归沉寂,使在场的人发出啧啧的赞叹声,在餐室里回荡。“法官先生,没中您的计。”囚犯看着著名的警官头头说道。

“行了,把衣服脱下。”圣安娜小街的人带着轻蔑的神情说道。

“为什么?”科兰问道,“这儿有女人。我又不否认,我投降。”

他停顿了一会儿,像一个即将一鸣惊人的演说家那样端详着场上的人。

“请写下,拉夏拜勒老爹,”他面对一个满头白发的小老头说道。老头从公文夹里抽出一个逮捕笔录本,在桌子一端坐下。“我原名叫雅克·科兰,绰号玩命鬼,我曾被判坐牢二十年。我刚才表明,我没盗用自己的诨名。我只要举一举手,”他又对房客们说道,“这三个密探就要让我在伏盖妈妈家血流满地。这些可笑的人想让我上钩呢!”

伏盖太太听到这几句话心里很难受。

“天哪!昨天我还与他在快乐剧场看戏的,我要吓出病来了。”她对西勒维说。

“看开些吧,老妈妈,”科兰说道,“难道昨天在快乐剧场坐在我的包厢里看戏是不幸的吗?”他大声说道,“您比我们就好些吗?我们在肩膀上的耻辱还没有你们的心里那么肮脏,你们这些腐蚀社会的蛀虫,你们之中最优秀的人都抗拒不了我的诱惑。”他的眼睛落到了拉斯蒂涅克身上,并向他莞尔一笑，这与他脸上粗犷的表情显得很不协调。“我们的交易照做，我的天使，当然在可以接受的条件下！您明白吗？”他居然唱起来了！

我的芳谢特是迷人的，
穿着素雅大方。

“别难为情，”他又说道，“我懂得如何讨债。他们太怕我了，不敢诈骗我。”

苦役犯监狱有习俗、黑话，有其翻脸不认人的特性、让人胆寒的气概，亦有其亲切和卑贱的一面；蓦地，这一切都体现在这个人发出的呢喊之中，他已不再是一个人，而是一个典型，代表了整个蜕化的民族，一个野蛮而又能自圆其说、粗暴而又柔韧的民族。刹那间，科兰变成了一首地狱的诗，诗里描绘了人类除了反悔之外的所有情感。他的目光酷似一个永远渴望争斗的堕落的天使的目光。拉斯蒂涅克默认与这个罪犯有过交往，垂下了眼睛，仿佛就此赎回了他那邪思恶念。

“谁出卖了我？”科兰边向人群扫视，边问道。当他把目光停留在米肖诺小姐身上时，他对她说：“是你。女探子，你人为地让我中了一次风，好奇鬼！我只消说几句话，在一个礼拜之内就能把你的脑袋割下来。我原谅，因为我是基督徒。再说出卖我的也不是你。但是谁呢？啊！啊！你们在上面搜查呀，”他听见警官打开他的柜子，翻搅他的什物时，大声嚷道，“小鸟出窝，昨天飞走了。而你们将一无所获。我的账本在这儿呢，”他敲打着自己的脑袋说着，“现在我知道是谁出卖我了。这只能是那个坏蛋‘丝线’。是吗，捕快先生？”他对警官头头说，“和我把钞票放在家的这段时间正巧相合，什么也没有了，我的小密探呀。至于‘丝线’，过半个月他也要送命，即使你们出动全部宪兵保护他也无济于事。你们给了她，给了这个小米肖诺什么呢？”他对几位警官说，“千把埃居？我可值钱得多啦。你这个蛀蚀的尼农①、破烂的蓬巴杜②、拉雪兹神父公墓里的维纳斯。倘若你先把消息通知我，你可得六千法郎。啊！你根本不懂，你这个出卖人肉的老贩子，否则，我还真愿意这么办。是啊，我真会出这笔钱，免得作一次旅行，既不痛快，又花钱，”他说着，双手被铐上了，“这些人折磨我，拖延时日为自己取乐。倘若他们立即把我送进班房，我马上就会采取行动，凯德索尔费佛③街的这些小好佬有什么用。在牢里，哥儿们会绞尽脑汁想法使他们的头头越狱的，让好心的‘玩命鬼’远走高飞的！你们之中是否有一个人像我这样，拥有一万多名兄弟随时准备不惜一切为你卖命的吗？”他自豪地问道。“这儿的心好，”他边说边拍拍自己的胸脯说，“我从不背叛任何人！听着，女探子，看看他们，”他冲着老姑娘说，“他们都见我害怕，而你呢，你却使他们恶心。去领你的赏金吧。”他停了一会，凝望着诸房客，“你们都是呆子吗，你们这些人！你们从来没见过苦役犯？一个像这里的科兰这样的囚犯，可不像其他人那么没骨气，社会契约论是个彻底的骗局，这是让-雅克·卢梭④说的，

① 尼农(一六二〇—一七〇五)：以智慧和美貌闻名的贵妇，当时的显贵常出入她的客厅。

② 路易十五的宠妃。这里带有贬意，诅咒米肖诺小姐。

③ 法国司法总署所在地。

④ 法国十八世纪著名的启蒙思想家，作家，《社会契约论》是他的代表作之一。

我反对,因为我能作为他的学生感到光荣。总之,我单枪匹马同拥有一大堆法庭、宪兵和大笔财政预算的政府作对,我要把这些统统都打翻在地。”

“喔哟!”画家说,“他美得可以入画啊。”

“告诉我,刽子手大人阁下,寡妇的主宰人(‘寡妇’是苦役犯对绞架起的充满诗意的别名),”他转向警官头子补充说道,“乖乖的,告诉我,是不是‘丝线’把我出卖的!我不愿意他给别人抵命,这可不公正。”

这时,警官已把他房间里的东西都搜查登记过了,回转来,轻声对这支队伍的头头说些什么。现场笔录完毕。

“先生们,”科兰对房客们说,“他们就要把我带走了。我在这里小住时,你们大家对我都很好,我非常感激。再见吧。你们会允许我把普罗旺斯①的无花果给你们捎来吧。”他迈出几步,又回转身子看看拉斯蒂涅克。“再见吧,欧也纳,”他用温和而悲伤的口吻说道,语气与他刚才说话时那放肆的声调截然不同了,“倘若你有难处,我给你留下一个忠诚的朋友。”虽说他已戴上手铐,但还是像个剑术师那样示意了一下,做了个自卫的动作,叫道:“一、二!”说完就劈杀过去。“有困难时,你去找他。人和钱,你都可以支配。”

这个古怪的人物说最后几句话时油腔滑调,只有拉斯蒂涅克和他才能理解。宪兵、士兵和警官从公寓里撤出之后,西勒维给公寓女主人脑门上擦醋,她看着一个个惊得目瞪口呆的房客说道:

“不管怎么说,他总还是个好人吧!”

---

① 暗指此地区内的科隆监狱。

这个场面使每个人在感情上都受到刺激，产生了影响，西勒维的这句话使他们从精神恍惚中清醒过来。这时，房客们面面相觑，继而又不约而同地看着米肖诺小姐，她蜷缩在火炉旁，低垂着脑袋，像一个木乃伊似的脆弱、干枯和冷漠，仿佛她担心灯罩的阴影不够暗，遮不住她那惊惶不定的目光似的。众人一直讨厌这张脸，现在突然明白其原因了。大家异口同声地叹了一口气，一致对她表示厌恶，屋内嗡嗡作响。米肖诺小姐听见了，木然不动。皮安训首先向他的邻座倾下身子，压低嗓门说：

"如果这个老姑娘再和我们一起用餐的话，我就走。"

刹那间，除布瓦雷外，在场的每个人都赞同医科大学生的意见，后者得到大家的支持，向老房客迈进一步。

"您与米肖诺小姐的关系不一般，"他对布瓦雷说，"您去对她说，让她明白，她应当立即离开此地。"

"立即？"布瓦雷吃惊地问道。

接着，他走近老姑娘，对她耳语几句。

"我这个月的房租付过了，我在这里像大家一样花自己的钱。"她边说边向诸房客恶狠狠地扫了一眼。

"这没什么，我们分摊还您。"拉斯蒂涅克说。

"先生支持科兰，"她说道，并带着质问的神色向大学生恶毒地瞪了一眼，"弄清原因也不困难。"

欧也纳听到这句话，惊跳起来，仿佛要向老姑娘扑去，把她掐死似的。他理解这个眼神阴险毒辣的含义，并且也照亮了他的灵魂里的阴暗面。

"随她去说。"房客们大声嚷嚷道。

“把犹太小姐的事告一段落吧,”画家对伏盖太太说道,“太太,倘若您不把米肖诺赶出去,我们大家就都离开这个窝,我们还会到处说,这座破房子里尽是密探和囚犯。反之,我们大家都对这件事只字不提。说到底,这件事在上流社会里也会发生,除非在犯人额上刻字,不许他们化装成巴黎的市民,并像他们那样到处招摇撞骗。”

伏盖太太听了这一番话,奇迹般地提起了精神;她挺直了腰,抱着双臂,睁开双眼,目光炯炯,毫无落泪的迹象。

“啊,亲爱的先生,您要让我的公寓关门吗?都是伏脱冷先生……哦!我的天,”她停顿了一下,自言自语地说,“我仍然忍不住用好人的名字称呼他!”她接着说道,“已经有一套住房空了,现在这个季节大家都已经租定了房子,您还要我空出两套出租吗。”

“先生们,拿起帽子,到索邦广场的英里戈多餐馆[①]吃饭去。”皮安训说道。

伏盖太太眼睛一眨便算出站在哪一方更占便宜些,于是她便冲着米肖诺小姐走去。

“行啦,我的漂亮的小姑娘,您总不会希望我的公寓空无一人吧,嗯?您看,这些先生逼得我走投无路了。今晚,暂且上楼回到您自己的房间住一宵。”

“不,不,”房客们叫道,“我们要她马上就出去。”

“但她还没吃饭哪,这个可怜的姑娘。”布瓦雷可怜巴巴地说道。

① 拉丁区的一家餐馆,在《幻灭》里经常提起。

“她愿意去哪儿吃就去哪儿。”有几个人叫道。

“滚出去,女探子!”

“是密探的都滚出去!”

“先生们,”布瓦雷大声喊叫道,他对弱小的一方顿生怜悯之心,增强了勇气,“请尊重女性。”

“是探子就不分男女。”画家说。

“可笑的女性‘哈马’!”

“先生们,这样做不合适,即使把人轰走,也得名正言顺。我们付过钱了,就该留下来。”布瓦雷说着戴上帽子,在米肖诺小姐身旁的一张椅子上坐下,伏盖太太正在从旁劝说。

“坏东西,”画家带着滑稽的神色对他说道,“小坏蛋,走吧!”

“行啦,如果你们不走,那我们走。”皮安训说。

说着,诸房客一齐向客厅走去。

“小姐,您看怎么办?”伏盖太太大声说道,“我完了。您不能呆在这里,他们会使用暴力的。”

米肖诺小姐站起来。

“她走! ——她不走! ——她走! ——她不走!”房客轮番喊着,并对她恶语相加,米肖诺小姐向女主人低声交涉了几句话之后,被迫搬走了。

“我到布诺太太家去住。”她以威胁的神态说道。

“随您到哪儿去吧,小姐,”伏盖太太说,她看出米肖诺小姐存心同她捣蛋,选择的那一家膳食公寓正是她的对头,她对那家公寓一向没有好感,“去布诺家住吧，您喝了她的葡萄酒会晕头转向的，她的菜都是在雷格拉蒂埃铺子[1]里买的。”

房客不声不响地分散排成两行。布瓦雷含情脉脉地看着米肖诺小姐，一时不知所措，显得有些天真。他不知道他该随她而去还是留下来。诸房客见米肖诺小姐走了，本来就很高兴，现在又瞧见他这副样子，彼此不禁相视而笑。

“嘻、嘻、嘻，布瓦雷，”画家冲着他喊道，“啊哟喂！”

博物院的小职员开始怪腔怪调地唱起一首流行抒情歌曲的前几句：

出发到叙利亚去，
年轻而英俊的杜诺阿……[2]

“去吧，您会想死的，**trahit sua quemque voluptas**[3]。”皮安训说道。

“把维吉尔这句诗译成白话，就是每个人都跟着心上人走。”辅导教师补充道。

米肖诺小姐看着布瓦雷，做了一个挽住他胳膊的动作。布瓦雷也动心了，便过去挽住老姑娘。欢呼声四起，并且伴以一阵大笑。

“好样的，布瓦雷！——这个老布瓦雷——阿波罗神布瓦雷——战神布瓦雷——勇敢的布瓦雷！”

---

① 一家倒手零卖次等菜的铺子。
② 这首抒情诗的配曲后来成为拿破仑的战歌。
③ 意大利名诗人维吉尔的诗。意为：每个人都随兴所至。

此时，一个听差走进来，交给伏盖太太一封信，她读后瘫软在椅子上了。

“只有烧掉我的房子了事，让雷来打吧。小塔勒费三点钟死了。我老是想让这两位太太得到好处，咒骂这个小伙子，这下我罪有应得了。古杜尔太太和维克多莉娜要来拿行装，就要搬到她的父亲那儿住了。塔勒费先生允许他的女儿把古杜尔太太留在她身边作为伴娘。这下空出四间套房，少了五个房客！”她坐下来，几乎要哭出来了。“噩运临门了。”她大声说道。

突然，从街上传来了马车刹住的声响。

“又是一件倒霉事来了。”西勒维说。

蓦地，高老头红光满面，喜气洋洋地走进来，仿佛他返老还童了。

“高老头坐上马车了，”房客们说道，“世界末日到了。”

欧也纳正在房间角落里发呆，老头儿径直向他走去，抓住他的胳膊，高高兴兴地对他说：“来吧。”

“您还不知道出事了吧?”欧也纳对他说道，“伏脱冷是一个逃犯，刚刚被抓住，小塔勒费死了。”

“啊！这与我们有什么关系?”高老头说道，“我要在您的屋里与我的女儿一起吃饭，您听见了吗? 她正等着您，来吧。”

他把拉斯蒂涅克胳膊猛地一拉，使劲让他走，好像是把他当作情妇劫走似的。

“吃饭吧。”画家叫嚷道。

顷刻间，每个人都拉开椅子上餐桌了。

“啊，”胖子西勒维说道，“今天什么都不吉利，我把羊肉四季豆烧糊了。唉！你们只能将就将就了，真要命！”

伏盖太太看见她的餐桌上只坐着十个人,而不是平时的十八个,一句话也说不上来。不过,大家都设法安慰她,让她高兴高兴。一开始,包伙客人还只是谈谈伏脱冷和当天发生的事情,但他们马上便顺着弯弯曲曲的思路说到了决斗、牢房、司法、需要改变的法律和监狱上了。说着说着,他们便把科兰、维克多莉娜和她的兄弟忘到了九霄云外;虽说他们只有十个人,叫喊声却不亚于二十个,听其声音,似乎比平时的人数还要多些。这便是这天晚餐与头天晚餐的全部不同之处。这群自顾自的人又恢复了悠闲自得的常态;次日,他们各自就要投入到巴黎的日常事务中去对付另一个猎物,把它吞食了。伏盖太太本人也在胖子西勒维的安慰下,怀着希望,稍稍平静下来。

对欧也纳说来,直到傍晚之前,这一天仿佛着了魔似的变幻莫测。他虽说有个性,心地好,但当他靠着高老头坐在马车上时,也不知如何理顺自己的思路。高老头滔滔不绝地说着,显得兴奋异常,但欧也纳的情绪已经过了无数次起伏,在他听来,那就像是梦中传来的话音。

"上午都安排好了。我们三人一起吃晚饭,一起吃!您明白吗?我已有四年没有和我的苔尔费纳吃晚饭了,我的小苔尔费纳啊。我在整个晚间都要和她在一起。从早上起,我俩已经在您的屋里了。我脱去上装,像一个小工似的干活。我帮助人搬家具。啊!啊!您不知道她在餐桌上有多么可爱,她会关心我的,她会说:'嗨,爸爸,吃这个,这个菜好吃。'这时,我反而吃不下去了。啊!我已有好长时间没和她像今天晚上那样可以和她安安静静地呆在一起了。"

"难道,"欧也纳对他说,"今天,世界翻了个儿了吗?"

“翻了个儿?”高老头说,“应该说世界从来没这么美好过。我在街上看到的尽是一张张笑脸,人们互相握手,彼此拥抱;他们兴奋不已,仿佛都要到女儿家吃晚饭似的。一顿精美的晚餐啊,那是她当我的面向英国人开的咖啡馆预订的。哈哈！在她旁边,苦胆也会变得像蜜一样甜呢。”

“我像是又活过来了。”欧也纳说道。

“嗨,走啊,马车夫,”高老头打开了前窗叫道,“跑得快些,如果您在十分钟之内到达目的地,我给您一百个苏小费。”马车夫听见他开了这个口,闪电似的驾车穿过了巴黎。

“他跑不快,这个马车夫。”高老头说。

“您到底要把我带到哪儿去呀?”拉斯蒂涅克问他道。

“去您的府上。”高老头说。

马车停在阿尔图瓦街。老头儿先下车,向车夫扔了十个法郎。鳏夫在极度兴奋时,对什么都不在乎,花钱是不假思索的。

“走吧,上楼去吧。”他对拉斯蒂涅克说道,带着他穿过一个院子,领着他走到一座崭新、外表漂亮的房子后面,从那儿上了四楼,来到一个套间的门口。高老头无须按铃。泰雷兹为他们打开了门,她是纽沁根夫人的贴身侍女。欧也纳走进一个单身汉舒适的套间,这套间包括一个过道、一个小客厅、一间卧室和一间面向花园的书房。小客厅里的家具和装饰完全可以与最漂亮、最舒适的房间媲美;他借着烛光,看见苔尔费纳从火炉边的一张安乐椅上站起来,把隔热扇放在炉檐上,用充满柔情的声调对他说道:

“非得要请您才来吗,您真不懂事啊。”

泰雷兹走出房门。大学生一把抱住苔尔费纳,紧紧搂住她,兴奋得流出眼泪。这一天,他经受的刺激太多,心力交瘁,眼前的场面和方才公寓里所看见的一幕对比鲜明,使拉斯蒂涅克激动不已。

“我早知道他爱你。”高老头悄悄地对女儿说道。这时,欧也纳也筋疲力尽,倒在沙发椅上一句话也说不出来。他闹不清这场景是如何变幻而来的。

“请过来看看吧。”纽沁根夫人对他说道,牵着他的手,把他带进一间卧室,里面的地毯、家具、种种细处却让他勾忆起苔尔费纳的闺房,只是比例缩小了。

“还缺少一张床。”拉斯蒂涅克说道。

“是的,先生。”她说着,脸变得绯红,握紧了他的手。

欧也纳注视着她,他尚年轻,明白一个女人动了真情,自然而然就会怕羞害臊。

“您是一个永远值得疼爱的女人,”他对着她的耳朵说道,“是的,我斗胆向您进一言,既然我们彼此了解至深,因此我们的爱情愈是热烈真诚,就愈该隐蔽、含蓄。我们要向外人严守秘密。”

“哦!我可不是外人呀。”高老头嘟囔着说道。

“您很清楚,‘我们’中包括了您,您……”

“啊!但愿如此。你们不会提防我的,是吗?我来无影去无踪,像一个无处不在的幽灵,你们知道,但就是看不见。啊哈!苔尔费费,尼内特,苔尔苔尔!我不是有充分理由提醒过你了:‘在阿尔图瓦街有一套漂亮的小公寓,我们布置一下让他来住。’你不愿意吗。啊!是我创造了你的欢乐,正如我是你的生身之父一般。做父亲的只有奉献才谈得上幸福。永远奉献,这才是做父亲的本色呢。”

“什么?”欧也纳问道。

“是的,她不愿意,担心别人说闲话,仿佛幸福挂在别人嘴上似的。可是,所有女人连做梦也想着做苔尔费纳所做的事情……”

高老头只顾自言自语,纽沁根夫人早把拉斯蒂涅克带到书房里,从里面响起了亲吻声,尽管声音很轻。这间房间与整个套间相衬,亦很雅致,里面一应俱全。

“我们是否猜中了您的心意?”她回到客厅吃饭时问道。

“是呀,”他说道,“太好啦。天哪,整套奢侈豪华,美梦成为现实,一个高雅年轻人生活中的全部诗意,我都感觉到了,就是不配受用;我不能接受您这一切,我太穷,不过……”

“呵!呵!您已经在违抗我了。”她半认真半打趣地说道,娇滴滴地撅起了小嘴;女人为了消除男人的顾虑,常常会这样做。

整整一天,欧也纳不断在扪心自问,伏脱冷被捕又向他示明了他差点儿陷进去的沟壑有多深,这就使他高尚的情感更纯洁,自尊的心理更加强,因而他不能对她的慷慨施舍、温和的劝说作出让步。

“什么!”纽沁根夫人说道,“您拒绝?您知道这样的拒绝意味着什么吗?您对前途没有信心,您不敢与我同甘共苦。因此,您担心自己会背叛我的爱情?倘若您爱我,倘若我……爱您,为什么您居然不接受这不足挂齿的小小表示呢?倘若您知道我在安排这个单身男子的套间时有多么兴奋的话,您就不会再迟疑,而会向我道歉了。我身边还有您的钱,我把它花在这上面了,如此而已。您自以为了不起,其实反倒渺小。您的要求远不止这些……(哦！她说这句话时攫获了欧也纳一道炽热的目光)而您为这区区小事还在推三阻四。倘若您不爱我，啊！是呀，那您就不要接受了。我的命运就听您的这一句话了。说吧。"她停顿一下，又转身面向她的父亲，说道："爸爸，您就忠告他几句吧，难道他以为我对我们的声誉不像他那么珍惜吗？"

高老头看着、听着这场情人拌嘴，傻乎乎地笑着。

"要孩子脾气！您刚刚踏进社会，"她握紧欧也纳的手接着说道，"对许多人来说，前面有一道不可逾越的障碍，您也发现了，但有一只女人的手为您开道，而这时您却退却了！然而，您会成功的，您有远大美好的前程，成功二字已经写在您那美丽的前额上了。难道您日后不能还给我现在我预借您的一切吗？以往，城堡里的夫人们不是赠与她们的骑士胄甲、剑、头盔、锁子甲、骏马，让他们以夫人的名义去比武吗？那好！欧也纳，我献赠与您的那些东西便是往昔的武装，是一些造就您成才的必需品。本来，您住的小阁子也够漂亮的了，倘若与爸爸的卧室相比的话。嗨，我们还吃不吃饭了？您想让我难过吗？回答啊！"她边说边晃动他的手，"上帝啊，让爸爸说服他吧，要不，我就走了，再也不见他了。"

"让我来叫您决定吧，"高老头从神思恍惚中清醒过来，"亲爱的欧也纳先生，您会去向犹太人借钱是吗？"

"那是万不得已而为之呀。"他说道。

"好吧。我听见您说这句话就够了，"老好人说着掏出了一只用旧了的坏皮夹，"我就算是犹太人吧，所有这些账单都是我付的。这里的一切都付过钱了，您不欠一个子儿。不是个大数目，至多五千法郎吧。我把这些算借给您用的！您不必再拒绝我，我不是女人。您只要立个字据认账，日后还我就是了。”

欧也纳和苔尔费纳的眼睛里同时涌出了泪水，他俩面面相觑，惊奇不已。拉斯蒂涅克向老好人伸出手去，握住了他的手。

“嗯！怎么啦，难道你们不是我的孩子吗？”高里奥说道。

“可是，可怜的父亲呀，”纽沁根夫人说道，“您从哪儿弄来的钱哪？”

“哦！我们该到正题上来了，”他答道，“你听从了我的话，决意把他留在身边，并且我看见你像新娘似的置办东西之后，心里就想：‘她手头又要拮据了！’律师声称，你向你丈夫索回嫁资的那场官司至少要拖六个月以上。那好。我把我一千三百五十利弗尔的终身年金卖掉；我又以一万五千法郎的本钱，存了一千二百法郎的终身年金；余下的钱，我买了这些东西，我的孩子。我自己在楼上有一间每年五十埃居的房间，每天再花二十苏的开销，就可过着王子般的生活，而且还有积余。我不用添置什么，几乎无须再买衣服了。半个月来，我一直在偷偷地笑，心里想：‘他们一定会过得快活的！’怎么样，你俩不快活吗？”

“呵，爸爸！”纽沁根夫人说道，跳到她父亲的身边，后者让她坐在自己的双膝上。她吻遍他的脸，用自己金黄的头发摩挲着他的双颊，把泪珠洒在老人这张笑逐颜开、神采奕奕的脸庞上。“亲爱的父亲，您才是真正的父亲呢。不，在这世上，没有第二个父亲像您这样的。欧也纳过去爱您，现在又会怎样呢！”

“嘿，我的孩子哪，”高老头说道，十年来，他已经没感受到她女儿的心在他心头上跳动过了，“嘿！苔尔费纳，您真的让我高兴死了！我那脆弱的心快活得要炸开啦。行啦,欧也纳先生,我们已经两不欠了!”说着,老人一把搂紧她的女儿,失去控制,用力过猛,她疼得叫出了声:

“啊!你弄疼我了。”

“我把你弄疼了!”他说道,脸色顿时变成惨白。他瞅着她,脸上露出异常痛苦的神色。这个父性基督的面容,只有画坛巨擘在创作救世主为拯救人类而献身的热情时才能与之相比。高老头轻轻地吻着刚才他的双手抱得过紧的腰肢。

“不,不,不是我弄疼你的;不是的,”他以微笑探询着她,继续说道,“是你的叫声让我难受。”他又凑近女儿的耳朵,一边小心翼翼地吻着她,一边说道,“花销还不止于此呢,但要瞒着他。否则,他会生气的。”

欧也纳看见这个男人无穷无尽地作出牺牲,惊呆了,他出神地望着他,那纯真而钦佩的神情,在他那个年纪,就是一种信仰的表现。

“我会对得起这一切的。”他大声说道。

“呵,我的欧也纳呀,您刚才说的话多令人鼓舞啊。”纽沁根夫人立即在大学生的额头上吻了吻。

“他为了你,拒绝了塔勒费小姐和她的几百万法郎,”高老头说道,“是呀,她爱着您呢,那个小姑娘;她的哥哥死了,她现在可以富比克莱苏斯[①]。”

“啊!说这些干什么?”拉斯蒂涅克大声说道。

“欧也纳,”苔尔费纳咬着他的耳朵说道,“现在,我觉得今晚还美中不足。啊!我会好好爱您的,永不变心。”

---

① 克莱苏斯:古代吕底亚国王(公元前五六一—五四六):以富有著称于世。

“今天是你们出嫁以来我最快活的日子，”高老头大声说道。“仁慈的上帝爱怎么让我受罪，我都乐意受着，只要不是你们让我受就行。我将来会常想：今年二月我有一阵子快活过，许多人一生都没尝过这个滋味呢。看着我呀，费费纳！”他对他的女儿说道，“她多美啊，是吗？请您告诉我，您见到过许多女人像她那样脸色鲜艳、带着小小的酒窝吗？没有吧。哈哈！这位爱的天使是我生出来的啊。往后，您给她带来幸福，她会出落得更加妩媚动人的。我的邻居呀，倘若您要我的那份天堂，我可以给您，让我下地狱好啦。吃饭吧，吃饭吧，”他嚷着说道，甚至闹不清自己在说些什么，“一切都是我们的了。”

“可怜的父亲啊！”

“我的孩子，”他起身向她走去，捧住她的头，吻着她的发辫说道，“你不费事就能给我多大的幸福啊！不时来看看我吧，我往后住在上面，与你近在咫尺。答应我吧，说呀！”

“好的，亲爱的父亲。”

“再说一遍。”

“好的，我的好父亲。”

“别说下去了；由我的性子，我会让你再说上一百遍的。”

整个晚上都像孩子闹着玩似的度过了。高老头的疯狂劲不亚于其他两人。他躺倒在女儿的脚下，吻她的脚；他长久地凝视着她的眼睛；他用头蹭着她的裙裾；总之，他的狂热劲儿比之少年温柔的情人有过之而无不及。

“您看见了吗？”苔尔费纳对欧也纳说道，“父亲与我们在一起时，就得整个儿身心给他。有时，也真令人难堪呢。”

后一句话是一切忘恩负义的根源,但欧也纳心里已经多次感到酸溜溜的了,也就没去责备她说的话。

"什么时候房子装修完毕?"欧也纳环顾四周问道,"今晚我们要分手吗?"

"是的,不过明晚请准来我家吃晚饭,"她对他使了个眼色,"明天是意大利剧院上演的日子。"

"我就去坐在正厅①。"高老头说道。

时值午夜。纽沁根夫人的马车在外面等候着。高老头和大学生回到了伏盖公寓,他俩一路谈论着苔尔费纳,越谈越起劲,这两个感情激越的人竟相倾吐衷肠,似乎在干仗似的。欧也纳不得不承认,父爱是任何个人利益都玷污不了的,它经久不变,无比深沉,远胜过他的爱情。对父亲来说,偶像永远是纯洁而美好的,他想到女儿过去的一切,想到她的未来,对她虔诚的爱更加强烈。回到家里,他们看见伏盖太太一个人呆在火炉的一旁,置身在西勒维和克里斯朵夫之间。上了年纪的女主人呆在那里,就像马里乌斯呆在加塔热的废墟上②似的。她正在对西勒维叹苦经,等着仅有的留下来的这两个房客。虽然拜伦爵士借塔斯③的口表达了不绝如缕的哀怨心情,但也远远不及伏盖太太倾吐出来的苦水那么真切,那么深沉。

"明天早上只需准备三杯咖啡了,西勒维。唉!我的房子空空的,难道

---

① 当时的剧院,有身份的达官贵人都坐包厢,正厅是一般市民坐的。

② 马里乌斯吃了败仗后,逃往非洲,在加塔热的废墟上歇脚,思索自己的命运。

③ 《塔斯的哀诉》是拜伦追忆塔斯(一五四四——一五九五)的诗剧。

不令人心碎吗？没有房客，我的生活成了什么样子？空空如也。现在我的房子无人问津，我只能与这些家伙相依为命了。我得罪了上天什么啦，居然遭到如此的不幸？我们贮藏的豆角和土豆够二十个人吃的。警察也跑到我家里来了！我们只能整天吃土豆了！我只好把克里斯朵夫辞退掉。"

萨瓦人正躺着，蓦地惊起，问道：

"太太说什么？"

"可怜的孩子！他也像看门狗一样忠心呢。"西勒维说。

"淡季，每个人都住妥了。我哪来的房客？我有主意啦。老巫婆米肖诺把布瓦雷拐走了！她给他灌了什么迷魂汤，居然能让这个男人像哈巴狗似的跟在她后面转？"

"啊！怎么不！"西勒维晃着脑袋说，"这些老姑娘，她们可狡猾了。"

"这个可怜的伏脱冷先生呀，他们把他当成囚犯了，"寡妇接着说，"唉！西勒维，这太过分啦，我看不见得。一个像他这样高高兴兴的人，每月花十五个法郎喝兑上白酒的咖啡，按时付账，难道会是罪犯吗！"

"他很慷慨大方！"克里斯朵夫说。

"大概搞错了。"西勒维说。

"不，他自己也招认了，"伏盖太太接着说道，"怎么所有这些事都会在我家发生，在猫都不来一只的街上发生呢！我是一个正派的女人，说真话，我不是在做梦吧。你看，我们见过路易十六遭受不测，见过皇帝退位，见过他卷土重来而又失败，所有这些，都还是可以想象的。但是，老百姓办的膳食公寓总不该有什么问题的，因为人们可以没有国王，但总不能不吃饭吧，一个出生在贡芙朗家的正派女人拿出所有好吃的东西供应客人有什么错呢,除非世界末日到了……"

"再想想看,听说罪魁祸首的米肖诺小姐将要接受一千埃居的年金了。"西勒维大声说道。

"别对我提她,她是一个坏蛋!"伏盖太太说道,"再说,她还要住到布诺太太家去呢。这个人无恶不作,大概从事过恐怖活动,杀过人,偷过东西。她该替代这个可怜的好人去蹲班房才对……"

这时,欧也纳和高老头按门铃了。

"啊!两个有良心的人回来了。"寡妇叹了一口气说。

这两位有良心的人对市民公寓发生的骚乱已经记不大起了,他们直截了当地向女主人声称,他俩就要搬到昂坦大街去住。

"啊!西勒维!"寡妇说,"我最后的王牌也完了。你们给了我致命的一击,先生!我像在胃里挨了一下子,上面插了一根棍子呢。今天一天让我老了十年。我起誓,我要发疯了!这些豆角干什么用?哦!是呀,如果只有我一个人呆在这里,你明天也该走了,克里斯朵夫。再见吧,先生们,祝你们晚安。"

"她怎么啦?"欧也纳问西勒维道。

"天哪!出事情后,大家都走了。她被折腾得头晕脑涨的。哎呀,我听见她在哭。哭哭对她有好处。自我侍候她以来,我还是第一次看见她淌眼泪呢。"

次日,照伏盖太太自己的说法,她已经想通了。虽说她是一个女人,失去了所有房客,生活彻底变了样,显得非常痛苦,但她还是非常理智,明白真正的痛苦所在。这是深沉的痛苦,是因物质利益受到影响,日常生活习惯被打乱造成的。真的，情人在离开他的情妇住的地方，并向它作最后告别时的目光，也不见得比伏盖太太看着空空的餐桌时的眼神更加悲伤。欧也纳安慰她，对她说，皮安训的实习期再过几天结束，他大概会回来替代他，而博物院的职员经常表示想住古杜尔太太的套房，不久，她又会宾客盈门的。

“但愿上帝听见您的话，我亲爱的先生！不幸就在这里。不出十天，死神便会降临此地，您会看见的。”她朝餐室凄凉地扫了一眼，对他说道，“会轮到谁呢？”

“还是搬出去好。”欧也纳轻声对高老头说。

“太太，”西勒维神色慌张地跑过来说，“我已经有三天没看见米斯蒂格里了。”

“啊！对，假如我的猫死了，假如它离开了我们，我……”

可怜的寡妇说不下去了。她合起双手，躺倒在椅背上，这个可怕的先兆把她的精神压垮了。

将近正午时分，是邮差到达先贤祠[①]的时候，欧也纳收到一封信，信封精美，上面盖有鲍赛昂家族的纹章。信封里有一张请柬，是给纽沁根伉俪的，邀请他俩参加在一个月前已宣布的、在子爵夫人府邸举办的盛大舞会，另外还附了一张便笺，是给欧也纳的，内容如下：

我想，先生，您将乐意担负起向纽沁根夫人传达我的友情的使命；按您的愿望，这里附上请柬一份，我将很高兴认识雷斯托夫人

① 在巴黎的塞纳河左岸的拉丁区，是伟人国葬的所在地。

的妹妹。把这个美人儿带来吧,希望别让她占有了您的全部情感,因为您除了回敬我的感情而外,还欠我很多呢。

鲍赛昂子爵夫人

"可是,"欧也纳重读了一遍便条,暗忖道,"鲍赛昂夫人对我讲的意思很明确,她不希望纽沁根男爵同去。"他急不可耐地赶到苔尔费纳的家,兴冲冲地赶忙把这件喜事告诉她听,心想他也许会得到报偿的。纽沁根夫人正在洗澡。拉斯蒂涅克候在小客厅里,急得坐立不安,这对一个热情奔放、脾性急躁的年轻人来说是很自然的,因为他想占有一个情妇,已等待两年之久了。这种冲动,在年轻人的一生中不会有第二次了。男人对于他所爱的有十足女人味的女人,即符合巴黎社会条件的、光彩夺目的女人,是不会移情别恋的。巴黎的爱情与其他地方的爱情有着天壤之别。男人也罢,女人也罢,为了体面都会对自己所谓无私的爱情公开表白,装点门面,但谁也不会上当受骗。在这块土地上,一个女人不仅应该满足男人心灵和感觉的需要,还必须完全懂得她要尽更大的义务,即满足男人形形色色的虚荣心,这是生活的一个组成部分。所以说,巴黎的爱情主要表现形式是吹捧、无耻、挥霍、哄骗和摆阔。

路易十四为了吸引凡尔芒图瓦[①]公爵回到人生舞台上,把每只价值一千埃居的神饰撕得粉碎,拉瓦利埃尔小姐[②]居然能施展女人特有的魅力,使

① 巴黎盆地北部的一个地区,有丰富的历史。

② 拉瓦利埃尔(一六四四——一七一〇):法国贵妇人,后成为路易十四的宠妃。

这位伟大国君忘掉此事，引得宫中所有女人嫉羡不已，那么对其他人还有什么可说的呢？只要您年轻、富有、有爵位，只要您能够，就尽量美化自己吧；所以说，假如您有一个崇拜偶像的话，您在这个偶像前烧香愈多，它就愈宠您。爱情也是一种宗教，崇拜这种宗教比笃信其他任何宗教的代价更大。况且，它稍纵即逝，像一个顽童边走边淘气，走过的地上全留下破坏的痕迹。感情是奢侈品，只有住阁楼的穷小子才有这样的诗意；没有这笔财富，爱情又变成什么了？倘若巴黎社会那部严格的法典还有什么例外的话，那么只有在孤独中能找到，在某些不受社会伦理道德约束的人的心灵中能找到，他们都生活在清澈、流动但又绵绵不绝的泉水边；他们守着绿荫，乐于倾听天外之音，这种声音身心内外无所不在；他们一面怨叹浊世的枷锁，一面修身养性，等待着自己羽翼丰满、平地拔起、超凡脱俗。可是，拉斯蒂涅克却像多数年轻人那样，已经过早地尝到权势的滋味，他想全副武装地闯入上流社会的格斗场；他已经染上社会的狂热，也许还感到有本领操纵社会，但既不知实现野心的办法，也不知其目的何在。他缺少充实生活的纯洁而神圣的爱情，于是渴望权力便成了美好的向往；为此，他必须放弃一切个人的利益，仅以国家远大前程为追求的目标。不过，大学生尚未到达客观上审视人生并加以评判的程度。在外省长大的孩子往往做着一些清新、甜美的梦，它像树荫一样萦绕着他们的青春，而这些梦所具有的魅力，对他仍有某种吸引力。他总是迟疑不决，不敢贸然在巴黎作背水一战。尽管他有强烈的好奇心，但仍然下意识地憧憬着一个真正爵爷在古堡里过着的那种恬适的生活。然而，当他置身于新套间的时候，他头天夜里最后的疑虑也打消了。好长时间以来，他已经享受到出身给予他的种种精神上的优势，眼下，他又享受着财富带来的物质生活，外乡人的本色已荡然无存，他渐渐地适应了一种新的社会地位，窥见到了美好前程。所以说，当他慵懒地坐在这间好似归他本人所有的小客厅里静等着苔尔费纳时，他发现自己与去年刚来到巴黎时的那个拉斯蒂涅克已相去甚远，他省视了自己的内心世界之后，自问此时他前后是否还是同一个人。

"夫人在自己的卧室里。"泰雷兹走来向他通报，吓了他一跳。

他看见苔尔费纳躺在火炉旁的双人沙发上，气色鲜艳，精神饱满。他看见她的玉体埋在锦缎绫罗之中，不能不把她与印度那些花间结果的植物相比。

"啊！我们又在一起了！"她激动地说道。

"猜猜我给您带来什么了？"欧也纳说道，顺势在她身旁坐下，提起她的胳膊，吻她的手。

纽沁根夫人读着请柬，激动地悸动了一下。她温情脉脉地把目光投向欧也纳；由于虚荣心得到满足，在极度兴奋之下，她搂住他的颈脖，把他拉向自己。

"是您（'你，'她咬着他的耳朵说道，'泰雷兹在我的梳洗室里，我们得小心些！'），这喜事多亏了您吧？是呀，我勇于把这件事称之为喜事一件。从您那儿得到请柬，当然远不止自尊心的满足啦，是吗？在这个阶层里，没人愿意引荐我。也许此时您会觉得我渺小、轻浮、虚荣，像个巴黎市民吧；可是，您想想，我的朋友，我已做好为您牺牲一切的准备，如果说我比先前更加向往到圣日耳曼区去做客的话，那是因为您在那里的缘故呀。"

"您想到没有，鲍赛昂夫人似乎在暗示我们，她没打算在舞会上见到纽沁根男爵?”

“想到了,”男爵夫人说道,把信还给欧也纳,“这些女人懂得如何放肆无礼,还不动声色。管它呢,我是一定要去的。我的姐姐也要去,我知道她正在定做一套漂亮的行头。欧也纳,”她放低嗓门接着说道,“她去是为了消除那些人可怕的猜疑。您不知道最近有关她的一些传闻吗?纽沁根今天早晨来对我说,昨天,有人在圈子里肆无忌惮地谈论她。上帝啊!女人的荣誉真是不堪一击啊!可怜的姐姐出丑,我也感到受攻击和伤害啊。根据某些人的说法,脱拉意先生签在外面的借条有十万法郎之多,几乎都到期了,他要被起诉了。我的姐姐在走投无路的情况下,很可能把她的钻石卖给了一个犹太人,您大概看见她戴过,那是她婆婆雷斯托夫人传下来的。总之,两天来,这个话题成了人们议论的热点。因此,我猜想,阿纳斯塔西会定做一件饰有金银箔片的衣裙,戴着她的首饰,雍容华贵地出现在鲍赛昂夫人府上,以引起所有人注目。我可不愿意屈居她之下。她一直千方百计地想压倒我,对我从来没有体谅过。我呢,我帮了她许多忙,只要她手头上不宽裕,我总能为她周转到钱。嗨,别说别人闲话啦,今天,我要彻底地乐一乐。”

午夜一点,拉斯蒂涅克仍滞留在纽沁根夫人家,后者与他恋恋不舍地道别时,话中还暗示了往后不尽的欢乐。她对他不无忧伤地说道:

“我既担心又迷信,我想到我的幸福会招致可怕的灾难时,就心惊肉跳。对我的预感,您起个词儿,随您如何起都行。”

“孩子气。”欧也纳说道。

“啊!我今晚成了孩子了。”她笑着说道。

欧也纳回到伏盖公寓时,确信次日就能离开那地方,一路上,他尽做着美梦，所有年轻人在唇边尚留存着一丝享乐的滋味时，都会做出这样的梦来。

“怎么样？”拉斯蒂涅克经过高老头的房门时，后者问道。

“什么怎么样！”欧也纳答道，“明天我全告诉您。”

“全部是吗？”老好人大声嚷道，“去睡吧。明天我们就要过上快活的日子了。”

V

两个女儿

次日，高里奥和拉斯蒂涅克静等搬行李工人到来，就可以离开市民公寓了。将近正午时，陡地，在新圣热诺维也芙街响起一辆马车的辘辘声响，然后戛然停在伏盖公寓的门口。纽沁根夫人从马车上下来，打听她的父亲是否在公寓里。她听见西勒维作了肯定的答复，便轻快地上了楼。欧也纳在自己的房间里，他的邻居并不知道。吃中饭时，他请高老头把他的什物带走，并对他说，他们于午后四点在阿尔图瓦街会面。但是，当老头儿在寻找脚夫时，欧也纳已经迅速地向学校报了到，悄悄地回到住所与伏盖太太结账。他不愿意让高老头增加负担，后者凭着狂热劲儿，也可能为他支付膳宿费的。女房东出门去了，欧也纳上楼回房想看看遗留下什么东西没有；当他看见在桌子的抽屉里的借据时，就暗暗高兴幸亏多了一个心眼。这里一张签发给伏脱冷的没有抬头的汇票，还是他付钱的那天，漫不经心地扔在那里的。房里没有火，他正想把借据撕成碎片时，忽然听见苔尔费纳的声音。他不想发出任何声响，便停下来屏息静听；他心想，她对他不该再有什么隐瞒。不一会儿，当他听了父女间开始的几句对话之后，就觉得他俩的话题事关重大，便留神听下去了。

“啊！父亲，”她说，“上天该让您早一点想到追究我的财产，我现在要破产了！我能在这里说话吗？”

“可以，房子里没人。”高老头声调失常地说道。

“您怎么啦，父亲？”纽沁根夫人接着问道。

“你刚才给我当头一棒，”老头回答道，“上帝宽恕你，我的孩子！你不知道我有多么爱你；假如你知道，就不会突如其来对我说出这样的事情来，再说局面还没到无可挽回的地步。过一会儿，我们就要在阿尔图瓦街会面了，你那里发生了什么急迫的事情非得现在亲自到这里来找我？”

“呵，父亲，人在遭难时，还管得了自己在干什么吗？我都急疯了！您的诉讼代理人让我们提前感到危险在即，当然啦，这件事日后总会发生的。您做生意的老经验会对我们很有用的，因此我赶来找您，就如一个人落水时，抓住一根树枝不放似的。台维勒先生看见纽沁根对他无端取闹时，就威胁要对他起诉，并对他说，他很快就会得到法庭庭长关于分产的允诺。今天早上，纽沁根到我房里来，问我是否想眼看他及我本人一起破产。我回答他说，我对这一切一无所知，我确有一笔财产，我应该对其有自主权，与这有关的一切纠纷可问我的诉讼人，我是不知情的，不可能对这件事谈出什么。您不是吩咐我这样说的吗？”

“是的。”高老头答道。

“那好！”苔尔费纳接着说道，“他把他的生意向我和盘托出了。他把他与我的所有资产都投进一个刚刚起步的企业中去，还要在外面投放大笔款项。倘若我强迫他，要他在我的嫁资上立我的名，他就不得不向法庭递交资产负债清单；而如果我愿意再等上一年，他以名誉担保以双倍乃至到三倍的钱还我。他要用我的财产做一笔地产买卖，交易做成之后，我将可以自由支配我的所有财产。亲爱的父亲，他说得很恳切，简直让我害怕。他请求我原谅他的行为，他只要我答应他，让他以我的名义全权经营管理，他就给我自由，允许我按自己的意愿行事。为了向我证实他的诚意，他答应我，任何时候我想查看他以我的名义制定的产权文件，他就把台维勒先生召来。总之，他把自己的手脚捆住交给我了。他还请求我让他在两年之内管理这个家，并恳求我别再在他给我的预算之外另外为自己增加开支。他对我说，他所能做的一切就是为了保全面子。他已把他的舞女打发走了，他要尽量节省开支，一定要做成这笔投机生意，且不能有损他的信誉。我跟他闹，对什么都不相信，把他逼到底，指望多知道一些实情；于是，他拿出他的账册，最后，他竟然哭了。我从未看见一个男人的处境这样悲惨，他失去理智了，扬言要自杀，神志迷迷糊糊的。我真可怜他。”

“你就相信这些花言巧语，”高老头大声说道，“他在演戏！我遇到过一些做生意的德国人，这些人几乎都是诚心诚意的，一副憨厚相，但是他们只是表面装成爽直和善的样子，实际上在行骗和耍手段，做得比谁都高明。你的丈夫在骗你。他感到压力太大，就装死，他希望以你的名义办事，因为比以他自己的名义更自由些。他想利用这个背景，争取在做交易时多遇上一些机会。他的心眼既小又阴险，是个坏东西。不，不行，我看见我的两个女儿一无所有，我是不进拉雪兹神父公墓的。我对生意经多少也在行。照他的说法，他把他的财产都投资在企业里了，好啊！他的钱就是证券、票据和合同！让他拿出来，作为夫妻共有财产拆分。我们将选择最有利的股票交易，我们也来碰碰运气。我们将以苔尔费纳·高里奥·纽沁根子爵夫人的名义，在财产上分享权益，共担风险。不过，这个人真把我们当成傻瓜了吗？他以为我能坚持两天看你一文不名，没有面包吃吗？这一天，一个夜晚，甚至两个小时也容忍不了！如果你真的落到这个地步，我是活不下去的。什么！在我一生四十年里，我没日没夜地干活，我可以背着沉重的面粉袋，我可以甘冒狂风暴雨，我一生可以为你们节衣缩食，我的天使，只要看见你们，便会减轻我所有劳动和负担；如今，我的财产，我的一生却都要像云雾一般化为乌有了。我会气疯气死的。我以天地间最神圣的一切起誓，我们要使这些事大白于天下，核实账本、库存和企业！我可以不睡觉，我可以不上床，我也可以不吃饭，非得让他向我证实你的一份财产是分开的，你将有台维勒律师做你的诉讼代理人，幸而他是一个正直的人。天神啊！你一定要保留你那份百万法郎的家当，五万利弗尔的年金，直到你生命结束的那一天为止，要不，我在巴黎会闹得天翻地覆的。啊！啊！倘若法庭让我们吃了亏，我要向议会申诉。只要我想到你在财产方面高枕无忧、心情舒畅，我的痛苦就会减轻，不再愁肠百结了。钱就是生命。货币创造一切。这个阿尔萨斯矮胖子对我们胡诌些什么呀？苔尔费纳，对这头粗野的畜生别让一个子儿，他早已把你套上锁链，使你十分不幸了。倘若他需要你，我们就敲敲他，让他做人规矩些。我的上帝啊，我的脑袋在冒火，脑袋瓜里有什么在灼烧呢。我的苔尔费纳一贫如洗了！哦！我的小乖乖，你啊！见鬼，我的手套在哪儿？我们走！走吧，我要看到一切，账册、合同、钱箱、往来信件，刻不容缓。只有当我确认你的财产不会冒风险，并且亲眼看见了，我才会放心。”

“亲爱的父亲！您可要小心行事啊。倘若您在这件事情上有什么报复心理和过分敌视的话，我就完了。他了解您。他觉得在您的示意下，我当然会不放心我的这份财产。我向您起誓,我把钱紧攥在手上,并想牢牢抓住不放的。他是一个恶棍,会席卷财产一走了之,丢下我们不管的。他心里明白,我在追究他时不至于会绝到在自己脸面上抹灰的,他既狠又虚。我把他看透了。倘若我们把他逼得走投无路,我也就完了。"

"难道他是一个骗子吗?"

"嗯,是的! 父亲,"她说着倒在一张椅子上哭了起来,"我以前不想对您说这些,免得您难受,因为您把我嫁给了这么一个人! 他的内心世界和思想意识、灵魂和肉体,在他身上一切都是吻合的! 真可怕啊! 我既恨他又蔑视他。是的,自从这个卑劣的纽沁根向我说了这一切之后,我再也不能尊重他了。一个人能从事他所对我说的那样一种生意的话,是没有羞耻之心的,我的恐惧正是在于我看透了他的本质。他,作为我的丈夫,明确地对我说给我自由,您知道这意味着什么吗? 这就是说,在他倒霉时,我如能成为他手里的一件工具,做他的替罪羊,他就给我自由。"

"可有法律啊! 对这一类夫婿,不是有绞死他们的格莱芙广场吗?"高老头大声说道,"要是没有刽子手,我会来亲手斩下他脑袋的。"

"不,父亲,对他无法律可言。您听他说几句话就知道他真正的含意是什么,不过他说得婉转一些就是了:'要不一切都完蛋,您身无分文,彻底破产,因为除了您,我不会选择另一个同伙的;要不您就让我放手干。'说得还不清楚吗? 他还要拖住我。我是女人,他相信我的诚实。他知道我会把他的一份财富留给他,只想得到自己的一份就够了。这种合作关系是不正大光明的,简直是盗窃行为,但我不得不认可,否则就要破产。他让我自由与欧也纳来往,以此来收买我的良心。'我允许你有过失,但也请你允许我犯点罪，让那些可怜虫破产吧。'这话不就说得更明白了吗？您知道他所说的企业指的是什么吗？他以自己的名义购进空地，然后，在这块土地上为推出做挡箭牌的人建造房子。这些人与各个承建商签订长期支付合同，另外低价把房子卖给我们；当我的丈夫拥有了这些房子的主权之后，他们就宣告破产，把受骗上当的承建商的欠账赖掉。纽沁根家族的姓氏成了吸引可怜的建筑商的诱饵。我懂得这一套。我也懂得，纽沁根为了证明支付过巨款，他已向阿姆斯特丹、伦敦、那不勒斯和维也纳汇出了巨额证券。我们又如何能抓住这些票据呢？"

这时，高老头大概是跌倒在房间的石板地上了，因为欧也纳听见了他的膝盖碰地时沉重的撞击声。

"我的上帝，我何处得罪你了？居然把我的女儿交给了这么一个恶棍，往后，只要他愿意，他要她怎样就怎样。原谅我，女儿！"老头厉声急呼道。

"嗯，倘若我陷入深渊，也许有您的一份过错，"苔尔费纳说道，"我们出嫁时真是稀里糊涂啊！做父亲的原本就该为我们着想。亲爱的父亲，我一点儿也不责怪您，原谅我说了这些话。在这件事上，过错都在我的身上。不，别哭了，爸爸。"她说着吻了吻她父亲的额头。

"你也别再哭了，我的小苔尔费纳。把脸凑过来，让我吻吻你的眼睛，擦干你的眼泪。走吧！我会想出办法来，把你的丈夫搅乱的事情理出个头绪来。"

"不，让我来办，我知道如何对付他。他还爱着我，那我就利用对他的影响，让他迅速拿出部分资金作不动产。也许我会让他以纽沁根夫人的名义在阿尔萨斯赎回一些田地，他有点乡土观念。不过，请您明天来查看一下他的账本和生意。台维勒先生对商业上的事情一窍不通。不,明天别来了,我不想闹得头晕脑涨的。鲍赛昂夫人的舞会定于后天举办,我想好好调理一下,振作精神,漂漂亮亮地在舞会上露面,给我亲爱的欧也纳挣点面子!现在我们去看看他的房间吧。"

这时,一辆马车在新圣热诺维也芙街上戛然停下,只听得雷斯托夫人在楼梯上对西勒维说:"我的父亲在家吗?"她的出现使欧也纳摆脱了困境,后者正考虑跳上床,假装睡着呢。

"啊!我的父亲,有人向您谈到阿纳斯塔西了吗?"苔尔费纳听出了她的姐姐的声音,说道,"似乎她的家里也发生了什么稀奇古怪的事情。"

"什么!"高老头说道,"我真是末日来临了。我那可怜的脑袋可经受不住双重的打击。"

"您好,父亲,"伯爵夫人走进来说道,"哦,你也在这儿,苔尔费纳。"

雷斯托夫人不期碰上了她的妹妹,似乎面有难色。

"你好,纳西,"男爵夫人说道,"你看见我在不感到突然吗?我嘛,每天都来看望父亲。"

"从何时开始?"

"如果你也来,就知道了。"

"别拿我开玩笑,苔尔费纳,"伯爵夫人以忧伤的声调说道,"我太不幸了,完了,可怜的父亲哪!啊!这一回,肯定完了!"

"发生什么事了,纳西?"高老头大声问道,"把一切统统说给我们听,孩子,她的脸色发白了。苔尔费纳,快摇摇她,关心她一下吧,我会更喜欢你的。只要我能够,会更喜欢你的!"

“我的可怜的纳西,”纽沁根夫人边扶着她的姐姐坐下边说道,“说吧。你要把我们看成世间唯有的两个永远爱你的人。我们会原谅你的一切的。你看见吧,骨肉之情是最可靠的。”她让姐姐嗅了嗅盐,伯爵夫人清醒了过来。

“我真要憋死了,”高老头说道,“瞧,”他拨动着掺泥的煤块作燃料的炉火,“你究竟怎么啦,纳西?快说,你把我急死了……”

“那就说吧!”可怜的女人说道,“我的丈夫什么都知道了。您想想,我的父亲,您还记得不久前马克西姆的那张债票吗?嗨!这可不是第一张。我早先已经付清过许多债票了。一月初,我发现脱拉意先生忧心忡忡的。他什么也不对我说;对爱人的心思,一眼便可看穿了,一点蛛丝马迹就够了,何况还有预感呢。总之,他变得更加多情、更加温柔,我以前从未见过他这样的。我也比以前更幸福了。可怜的马克西姆!他对我说,他已经暗暗与我诀别了;他想朝自己的脑袋打一枪。后来,我苦苦哀求他,逼他说出来,我跪在他膝下整整两个小时。他对我说,他欠了十万法郎的债款!啊!爸爸,十万法郎!我真疯了。您拿不出这笔钱的,我也早已花光啦……”

“是的,”高老头说道,“除偷之外,我实在是拿不出。不过,如果需要,我可以去偷,纳西,我会去的。”

两姐妹听见这句话,都愣住了。这句话的口气十分凄凉,就像从一个垂死的人嘴里吐出来的一声喘息,反映出做父亲的在山穷水尽时绝望的心情。这声绝望的哀鸣,又如一块石子投入深渊,听回声能测出其深度似的,天下还有哪一位自私的人听了会无动于衷呢?

“我动用了不属于我的那份财产,凑足了这笔款子,我的父亲。”伯爵夫人说道,泪如雨下。

苔尔费纳感动了,把头靠在姐姐的颈脖上哭了起来。

“那么一切传说都是真的了?”她说道。

阿纳斯塔西垂下了头,纽沁根夫人一把抱住她,轻轻地吻着她,把她紧压在自己的胸前,对她说道:“在这里,我们永远爱你而不会指责你。”

“我的天使啊,”高里奥虚弱地说道,“为什么你俩在患难时才会友爱呢?”

“为了拯救马克西姆的生命,总之,为了拯救我的幸福,”伯爵夫人感受到温暖而动人的爱,受到鼓励,继续说道,“我把他的、我的、全家的珠宝首饰都送到那个放高利贷的高布赛克先生家里去了,您是认识这个人的,他简直像在地狱里长大似的,对一切都铁面无情。雷斯托先生视这些珠宝如命,我把他的、我的全部都卖掉了。卖掉了!您明白了吗?他得救了!可我呢,我却活不成了。雷斯托都知道了。”

“谁说的,怎么知道的?我要把那个人杀掉!”高老头大声叫喊道。

“昨天,他把我叫到他的卧室里。我去了……他对我说(我只要听他说话的声音便猜到一切了):‘阿纳斯塔西,您的珠宝到哪里去了?’‘在我房里。’‘不,’他注视着我对我说道,‘都在这里,在我的衣柜上。’说着,他向我指了指那只他用手帕盖着的首饰盒,‘您当然知道这些珠宝是从哪儿来的。’他说。我向他下跪……我哭了,我问他想让我如何去死。”“你说这句话了!”高老头大声叫道,“活见鬼,让你俩受罪的人真该死。只要我还活着,我几乎可以肯定地说,我会用文火把他烤了!是的,我要把他扯碎,像……”

高老头说不下去了,话音梗塞在他的喉咙里。

“总而言之,我亲爱的,他要我做的事情比死还难办。但愿上天别让任何女人听到这些话吧!”

“我要把这个人杀死,”高老头平静地说道,“不过他只有一条命,但他欠我两条。再说下去啊!”他注视着阿纳斯塔西接着说道。

“哦!”伯爵夫人停顿了一会儿继续说道,“他望着我说:阿纳斯塔西,我会无声无息地把一切都处理好的,我们还要生活在一起的,我们有孩子啊。我不会杀死脱拉意先生,我可能打不中他;倘若我用另一种办法摆脱他,就会触犯人间的刑法。倘若在您的怀里把他杀了,又会使几个孩子名声扫地。但是,为了不让您的孩子、他们的父亲以及我彻底完蛋,我要您答应我两个条件。请您回答我:孩子中间有我生的吗?我说:有。他又问:哪一个?爱尔耐斯脱,我们的大儿子。他又说:行了,现在,请向我起誓,从今以后一定要服从我一条就行了。我起了誓。他说:任何时候只要我要求您,您就得在您的财产卖契上签字。”

“别签字,”高老头大声叫道,“永远也别在这些字据上签字。哦!哦!雷斯托先生,您不知道什么能使一个女人获得幸福,于是,她只好自己往幸福的地方跑,而您却不问问自己有多愚蠢、多无能,反倒惩罚她一个人吗?……我在这里,我,行啦!他以后会碰上我的。纳西,放心吧。啊,他关心自己的继承人了!好,好,我会把他的儿子掐死的,天哪,这可是我的外孙啊。这个小家伙,我能看见他们吗?我把他放到我的家乡去,我会照料他的,放心吧。我会叫这个恶魔投降的,对他说:‘我俩拼个高低吧!倘若您想要您的儿子,那就把我女儿的财产还给她,让她爱怎样就怎样吧。’”

“我的父亲!”

“是啊,你的父亲!啊!我是一个真正的父亲。别让这个可笑的大财主亏待我的女儿。天杀的!我不知道我有多生气。我内心像猛虎似的在咆哮,我要活吞了这两个男人。啊,我的孩子!你们的生活难道是这样?可这是要我死啊。我如不在人世上,你俩又怎么办呢?做父亲的应该与他们的儿女活得一样长。我的上帝哪,你的世界简直不成体统啊!然而你也有一个孩子,别人是这么对我们说的。你不该让我们为我们的孩子受苦。我亲爱的小天使啊!什么!只有在你们受苦受难时才能见到你们吗。你们只是让我看到落泪才来呀。啊哈,是啊,你俩爱我,我心里有数。来吧,来我这里吐吐苦水吧!我的心是宽宏博大的,它能容纳下一切。对啊,你们刺穿它也是白搭,支离破碎的心又会一点点重新弥合成一颗做父亲的心。我情愿为你们受苦,为你们受累。啊!你俩小的时候是多么幸福啊……”

“我们只有在那时是幸福的,”苔尔费纳说道,“我们从大谷仓的面粉袋堆上滚来滚去的那些日子到哪儿去了呢?”

“我的父亲!还有呢,”阿纳斯塔西凑近高里奥的耳朵说,把他吓了一跳,“珠宝没有卖出十万法郎。马克西姆仍在被追究。我们还需补上一万二千法郎。他答应我以后安分守己,不再赌了。我在这个世界上只剩下他的爱情了,我为他的爱情付出的代价太大了,假如他离开我,我会死的。我为他牺牲了财产、名誉、宁静的生活和孩子。啊!请行行好,至少别让马克西姆去坐牢,丢尽面子;让他在上流社会站住脚根,他会在那里占一席之地的。眼下,他只该想着给我幸福,我们有孩子,他们将一无所有。一旦他被关进圣彼拉季监狱①,那么一切都完了。”

“我没有这笔钱,纳西。什么也没有了,什么也没有了!一切都完了。啊!世界将要崩溃,这是肯定无疑的。你们快走吧,先去逃命吧!啊!我还有银镯头,六副餐具,这都是我一生中最早添置起来的。最后,我还有一千两百法郎的年金……”

“您想把那份长期公债作什么用呢?”

“我已把公债卖了,只留下这点钱作生活费。我得有一万二千法郎才能为费费纳布置一个小套间。”

“在你的家里,苔尔费纳?”雷斯托夫人向她的妹妹问道。

“哦!问这个干什么!”高老头接着说道,“一万二千法郎已花掉了。”

“我猜出来了,”伯爵夫人说道,“给拉斯蒂涅克先生吧。哦!我可怜的苔尔费纳,你让一让吧,看看我处在什么境地。”

“我亲爱的,拉斯蒂涅克先生是一个不可能让自己的情妇破产的年轻人。”

“谢谢,苔尔费纳。我陷入困境,我指望得到你的帮助;可见你不爱我。”

“爱,她爱你的,纳西,”高老头大声叫道,“她刚才还与我说到这些。我们谈到你,她同意我的看法,说你很美,而她嘛,她本人只能算漂亮而已。”

“她嘛!”伯爵夫人重复说了一句,“她是一个冷酷的美人儿。”

“就算是吧,”苔尔费纳涨红了脸说道,“你又是如何对待我的呢?你不

① 在一八二六年之前,这个监狱都关押欠债不还的犯人。

承认我这个妹妹，你让人把所有我想去的人家的大门都关上。总之，你从不错过任何一个整我的机会。而我呢，我会像你一样，每次来都一千法郎、一千法郎地搜刮这个可怜的父亲的财产、把他逼到今天这步田地吗？这都是你的功劳，姐姐。我嘛，只要有可能，我就来看望父亲，我没把他赶出家门，而当我需要他时，我也不会来舔他的手。他已为我花了一万二千法郎，我一点都不知道。我嘛，我是有板有眼的，你也知道。要说爸爸送礼给我，我可从来也没向他要过。"

"你比我幸福多了。德·马尔塞先生有钱，你也略知一二。你从来都是惜财如命的。再见吧，我既没有妹妹，也没有……"

"住嘴，纳西！"高老头喝道。

"只有像你这样的姐姐才会反复说出那些话，连外人都不敢相信，你是一个魔鬼。"苔尔费纳对她说道。

"孩子们，孩子们，别说了，要不，我就死在你俩面前。"

"行啦，纳西，我原谅你，"纽沁根夫人接着说道，"你是不幸的。我不过比你稍好一些罢了。我正在想帮助你，看看能做什么事，甚至想走进我的丈夫的房间去求他，这样的事我是从来也不愿干的，不论是为了我或是为了……这总对得起九年来你对我使坏的一切吧。"

"我的孩子，我的孩子，你们拥抱吧！"父亲说道，"你们是一对天使呀。"

"不，放开我，"伯爵夫人大声叫道，高老头已经用胳膊搂住她，她晃动身子不愿给父亲抱住，"她还不如我的丈夫同情我呢。居然有人还说她是一切德行的化身呢！"

"要我承认脱拉意先生花了我二十多万法郎的话，我还不如人家说我欠德·马尔塞的钱呢。"纽沁根夫人答道。

"苔尔费纳!"伯爵夫人向她走上一步厉声叫嚷道。

"你诬陷我,我只好直说了。"男爵夫人冷冷地回了一句。

"苔尔费纳!你是……"

高老头冲上去拦住伯爵夫人,用手遮住她的嘴,不让她再说下去。

"我的天哪!父亲,今天早上您碰过什么了?"阿纳斯塔西问他道。

"嗯,是啊,我错了,"可怜的父亲把双手在裤子上边擦边说道,"不过,我不知道你们要来,我搬家了。"

他庆幸能引火烧身,把女儿的一腔怒火转移到自己身上。

"啊!"他边坐下边说道,"你们伤透我的心了。我快死了,孩子们!我的脑袋瓜像着了一把火,烧得我五内俱焚。发发善心吧,你们要互敬互爱。要不,你俩就让我活不成了。苔尔费,纳西,来吧,你俩又对又不对。瞧,苔尔勒①,"他的一双泪眼看着男爵夫人接着说道,"她需要一万二千法郎,我们去想想办法。你们别再这样誓不两立了。"他在苔尔费纳面前跪下来,凑着她的耳朵说,"向她赔个不是,让我高兴高兴,她是最最不幸的人了,看不出来吗?"

"我的可怜的纳西,"苔尔费纳看见她父亲的脸上痛苦万状,吓坏了,便说道,"我错了,亲亲我吧……"

"啊!您给了我极大的安慰,"高老头大声说道,"不过往哪儿去找那一万二千法郎呢?我是不是去顶替年轻人服兵役赎回一笔钱呢?"

---

① 苔尔费纳的爱称。

“啊！我的父亲!”两个女儿围着他异口同声地说道,“不,不。”

“上帝将会报偿您的这片心意的,我们这辈子可报不了恩啦,是吗,纳西?”苔尔费纳又说道。

“再说,可怜的父亲,赎回这点服兵役的钱也是杯水车薪啊。”伯爵夫人补充说道。

“可是,我这条命就一点用处也没有吗?”高老头绝望地叫喊道,“谁能救你,我就效忠谁,纳西！我为他可以去杀人。我会像伏脱冷一样去干,蹲班房也行！我……”他像被雷电轰劈似的突然住口不说了。他抓着自己的头发说道,“什么都没有了！倘若我知道上哪儿去偷的话就好了,不过要找到可偷的东西就更困难了。再说,抢劫银行需要人和时间。算了吧,我该死了,我只有一死了之。是啊,我什么用也没有了,我也不成其为父亲了！不成了！她求我,她有所需要！而我呢,混蛋一个,我一无所有。啊！老不死的,你为自己搞了一份终身年金,可你有两个女儿啊！难道你不爱她们吗?该死,你像一条狗似的去死吧！是啊,我连一条狗都不如,狗也不会如此狼狈的！啊！我的脑袋！要炸开啦!”

“哦,爸爸,”两个少妇同声惊呼道,她们围着他,不让他用头撞墙,“理智些吧。”

他在啜泣。欧也纳吓坏了,拿起伏脱冷原来给他的借据,上面的印花超过原来借款的数目;他改动了数字,改成了一张一万二千法郎的借据,抬头写上高里奥的名字,接着便走进屋里。

“这里是您所要的钱,夫人,”他递过票据说道,“我正在睡觉,你们的谈话把我吵醒了,这样,我才想起我欠下高里奥先生一笔债。这儿是一张票证，你们可以转让，我会一文不差地付清的。”

伯爵夫人一动不动地拿着票据。

“苔尔费纳，”她说道，脸色苍白，因发怒、愤恨和狂怒而浑身颤抖，“我什么都可原谅你，上帝可以为我作证。可是，这是怎么一回事！这位先生怎么会在这里，你是清楚的！你让我向他道出我的秘密、我的生活、我的孩子的生活、我的耻辱和恐惧，以此来报复我，真是卑劣！走吧，你与我已没有什么关系，我恨你，我要尽可能对你使坏，我……”狂怒之下，她再也说不下去了，她的喉头干涩了。

“可他是我的儿子，我们的孩子，你的兄弟，你的救命恩人，”高老头大声嚷道，“拥抱他吧，纳西！听着，我嘛，我要拥抱他，”他带着一股子怨气，抱紧欧也纳，接着又说道，“啊！我的孩子！我对你不仅是父亲，我还愿是你们的家。我希望自己是上帝，我要把整个世界扔在你的脚下。嗨，吻他啊，纳西！他不是一个凡人，而是一位天使，一位真正的天使！”

“让她去吧，我的父亲，此刻她疯了。”苔尔费纳说道。

“疯了！疯了！你呢，你怎么啦？”雷斯托夫人问道。

“我的孩子们，如果你们再闹下去，我就要死了！”高老头叫嚷道，他像中了一颗子弹似的瘫倒在床上。“她们俩要逼死我了！”他自言自语道。

伯爵夫人注视着欧也纳，后者木然不动，被刚才剧烈的场面惊呆了。“先生。”她对他说，并以手势、声音、眼神询问他，全然不顾她的父亲。这时，苔尔费纳已经迅速地解开了高老头的背心。

“夫人，我会付钱，并且守口如瓶。”他没等对方发问便回答道。

“你杀了我们的父亲，纳西！”苔尔费纳指着昏倒在她姐姐身旁的高老头说道。纳西却走开了。

“我完全原谅她，”老头儿睁开眼睛说道，“她处境可怕，再冷静的人也受不了的。安慰纳西吧，对她温和些，就答应你那可怜的父亲吧，他活不长了。”他压着苔尔费纳的手，哀求着她。

“您怎么啦？”她恐惧地问道。

“没什么，没什么，”老父答道，“一会儿就过去了。我的脑袋涨得慌，头有些晕。可怜的纳西，以后怎么办呢！”

这时，伯爵夫人走过来，跪倒在她的父亲的膝下，大声说道：“请原谅！”

“行啦，”高老头说道，“现在你这样更使我难受啦。”

“先生，”伯爵夫人对拉斯蒂涅克说道，双眼饱含着泪水，“我过于痛苦，错怪了人啦。您会成为我的一个兄弟吗？”她向他伸出手继续说道。

“纳西，”苔尔费纳抱紧她，对她说道，“我的小纳西，把过去的一切都忘了吧。”

“不，”她说道，“我会记住这些的，我！”

“天使啊，”高老头大声说道，“你俩把我眼前的黑幕掀开了，你们的声音又使我振作起来。再拥抱一次吧。嗨！纳西，这张借据能使你摆脱困境吗？”

“但愿如此。说啊，爸爸，您愿意在上面签个字吗？”

“哎哟，我怎么居然蠢到把这件事忘掉啦！我刚才不舒服，纳西，别怨我。要派人告诉我，你已不再为难了。不，我自己去问。啊不，我不去，我不能看见你的丈夫，我会把他活活宰了。如果有谁要使你的财产改姓，有我在这里呢。快去吧，我的孩子，想办法让马克西姆通情达理些吧。”

欧也纳茫然不知所措。

“这个可怜的阿纳斯塔西一向是火爆性子,”纽沁根夫人说道,“不过她的心还是好的。”

“她会为借据签字的事回来的。”欧也纳凑近苔尔费纳的耳朵说。

“您这么想吗?”

“我希望不是这样。但别太相信她了。”他抬起眼睛答道,仿佛为了把他所不敢明说的想法,托付给上帝似的。

“对呀,她总是像在演戏似的,而我那可怜的父亲老是相信她那一套。”

“您觉得怎么样,我好心的高里奥老爹?”拉斯蒂涅克向老头问道。

“我想睡觉。”他答道。

欧也纳照料高里奥睡下了。过了一会儿,高老头握着苔尔费纳的手睡着后,他的女儿退了出去。

“今天晚上在意大利剧院见,”她对欧也纳说道,“到时,您再告诉我,父亲的情况如何。明天,您就搬家,先生。我们去看看您的卧室吧! 多么可怕啊!”她走进去后说道,“想不到您的住处比我父亲的更糟糕。欧也纳,您做得很好。如有可能,我会更加爱您的;不过,我的孩子,假如您想发财,可别像这样把一万二千法郎往窗外扔。脱拉意伯爵是个赌徒,我的姐姐不愿正视这点罢了。他会在动辄输赢成堆金子的地方去找那一万二千法郎的。”

高里奥呻吟了一声,他们原先以为他熟睡了;可是,当这一对情人走进去时,他们听见他说:“她俩真不幸啊!”不论他是睡着还是醒着,这句话的嗓音深深地打动了他的女儿的心,于是她走近她父亲躺着的破床,在他的额上吻了吻。他睁开眼睛说道:

“是苔尔费纳吗?”

“怎么样！您好点吗?”她问道。

“好了,”他说道,“别担心,我马上出门去。走吧,走吧,我的孩子,你们快活去吧。”

欧也纳一直把苔尔费纳送到她的家;不过,眼下,他仍把高里奥留在那里,他不放心老头的身体,因此谢绝了与她共进晚餐,只身返回伏盖公寓。他看见高老头站着,正准备在餐桌旁坐下。皮安训已坐定,坐的角度正好能观察面粉商面部表情。当他看见老头拿起面包,嗅了嗅,想辨别他的化身——面粉的好坏时,大学生发现这个举动完全是下意识的了,做了一个无可奈何的手势。

“到我身边来,科香的实习医生。”欧也纳说道。

皮安训求之不得,移近过去,因为他可就此靠近老面粉商了。

“他怎么啦?”拉斯蒂涅克问道。

“我觉得他完了,要不就是我弄错了！他大概身上发生了什么异常现象,我想他是得了突发性的脑溢血。虽说他的脸的下部还正常,但上半部线条却向脑门抽搐,他自己也意识不到,你看哪！再说,他的眼睛也不正常,说明血已冲入脑门。您看不出他的双眼布满了细微的尘埃吗?明天早晨,我就会看得清楚了。”

“有什么补救办法吗?”

“没有。假如可以找到办法把反应引向下部,引向大腿,也许可以延缓他的死亡;但是,如果到明天晚间病情不好转,这个可怜的老头儿就完了。你知道发生了什么事情才引起这种病的吗?他大概受到沉重的打击,精神支撑不住了吧。”

“是的，”拉斯蒂涅克说道，他想到了两个女儿接二连三地在伤她们父亲的心。

“至少，苔尔费纳是爱自己的父亲的！”欧也纳揣度着。

傍晚，在意大利剧院，拉斯蒂涅克对纽沁根夫人说话斟词酌句，以免过分使她担忧。

“别担心，”她听见欧也纳对她才说了几句，便答道，“我的父亲身体强健。不过，今天早上，我们稍微让他受了点惊吓罢了。我们的财产成了问题，您想过这件事影响有多大吗？这些事，在以往我会愁死的，倘若您的爱没让我对这一切都无动于衷的话，我真活不下去了。眼下，只有一件事使我害怕，对我只存在一个不幸，这就是失去您的爱情，爱情使我感受到生活的乐趣。除此以外，一切对我都无所谓，在这个世界上，我一无所求了。您对我就是一切。倘若我感到钱会带来幸福的话，那也是为了能让您更加高兴。说一句不怕难为情的话，我对父亲不及对您那么爱。为什么？我也不知道。我的全部生命都取决于您了。我的父亲给了我一颗心，而您却使它跳动。世上的人都可以诅咒我，但与我何干！您是没有权利怨怪我的，倘若我为了一种不可抗拒的感情犯了罪，而您能替我赎补的话，那又有什么关系？您以为我是一个天性泯灭的女儿吗？啊，不，像我们的父亲那样，要不爱他是不可能的。难道我能免使他看清我们不幸的婚姻所造成的必然后果吗？为什么他不能阻拦这两门亲事呢？难道他不该为我们认真想想吗？今天，我明白了，他与我们一样痛苦；但是我们能做些什么呢？安慰他吗！我们没什么可以安慰他的。我们的容忍会比起我们的责备、我们的埋怨更使父亲痛苦。

在生活中,有些时候,什么都是心酸的。”

欧也纳为她的诚笃和天真的柔情所感动,默默地听着。假如说,巴黎女子常常是矫揉造作、热衷虚荣、个性强、爱卖弄和冷酷无情的话,那么可以肯定地说,一旦她们真正爱上谁之后,她们能比其他女人在谈情说爱时更加动情;她们超然于委琐渺小之上,变得崇高起来。再说,当女人爱情专一,使她与天然的感情疏远,并产生一定距离之后,在她为此作出客观判断时,思想是深沉而明智的,这使欧也纳深受感动。纽沁根夫人看见欧也纳沉默不语,觉得有些不痛快。

“您在想什么呢?”她问道。

“我还是想着您对我说的话。在这之前,我一直以为我爱您胜过您对我的爱。”

她笑了,并且抑制住自己内心的喜悦,以使谈话不至于显得过分出格。她从未听见过一个诚挚的年轻人表现出如此激动人心的温情。如果对方再多说几句的话,她便会控制不住自己了。

“欧也纳,”她变换了一个话题说道,“您不知道发生了什么事情吗?明天,巴黎的所有显贵都将在鲍赛昂夫人的府上聚会。罗什费特一定和阿絮达侯爵私下约定了不声张出去,国王明天要签署婚约,而您那可怜的表姐还蒙在鼓里呢。她不能不招待来宾,而侯爵却不参加舞会。众人此刻都在谈论这个话题呢。”

“大家都嘲笑这卑劣的行径,而又都参与了此事!您不知道鲍赛昂夫人会因此而气死吗?”

“不会的,”苔尔费纳笑着说道,“您不了解这一类女人。整个巴黎都将来到她的府上，到时候我也去！不过，这种幸福是您赐予我的。”

“可是，”欧也纳说道，“这是否就像巴黎经常流传的无中生有的逸闻呢？”

“明天我们就知道了。”

欧也纳没回到伏盖公寓去。他不能不享受一下新的住处了。如果说，昨天，他不得不在午夜一点之后离开苔尔费纳的话，那么这一次却是苔尔费纳在午夜两点离开他回到自己的家中。次日，他很迟才起身，等着纽沁根夫人在正午时分来与他共进午餐。年轻人只顾贪图这欢愉的时刻，他几乎把高老头忘记了。这些高雅的摆设已属于他的了，他身临其境，感到天天像过节一样，其乐融融。纽沁根夫人就在身边，给一切都带来了新的价值。不过，快到午后四点种时，这对情人终于想到了高老头，想到他曾自作主张到这幢房子里来下榻时流露出来的幸福。欧也纳提醒说，老头儿可能生病了，必须立即帮他搬过来，说完便离开苔尔费纳，匆匆赶回伏盖公寓。高老头和皮安训都不在餐桌上。

“啊哈！”画家对他说，“高老头趴下了，皮安训在楼上照料他。老头儿看见了他的一个女儿，雷斯托‘哈马’伯爵夫人。后来，他又出门了一次，而他的病情却恶化了。我们这伙人就要损失一件漂亮的古董喽。”

拉斯蒂涅克冲向楼梯。

“喂！欧也纳先生！”

“欧也纳先生！太太叫您呢。”西维勒叫喊道。

“先生，”寡妇对他说道，“高里奥和您，你俩本应在二月中离开。今天已经十八了，超过了三天，您和他都应该付给我一个月的房租，不过，要是您愿意替高老头作保，说一句话就行了。”

“为什么？您不信任他吗？”

“信任！如果老头儿神志不清，死期在即，他的两个女儿是一个子儿也不会给我的，而他的全部破衣烂衫不值十个法郎。今天早上，他把剩下的餐具全都拿出去了。我不知道为什么，他变得像个年轻人。老天保佑，我还以为他涂了胭脂呢，好像他返老还童了。”

“我负责一切开支。”欧也纳说道，他内心感到一阵紧张，预料到灾难临头。

他上楼走进高老头的房间。老头躺卧在床上，皮安训在他的身边。

“您好，老爹。”欧也纳对他说。

老头儿对他微微笑了一下，他的一对无神的眼睛转向他，说道：“她怎么样？”

“很好，您呢？”

“不坏。”

“别累着他了。”皮安训把欧也纳拖到房间的一角说道。

“怎么啦？”拉斯蒂涅克问道。

“除非发生奇迹，否则他活不了啦。他的脑门充血，正用芥子泥治疗；幸好，他感到有疗效，芥子泥起作用了。”

“可以把他转移吗？”

“不行。应该让他躺着，不能让他动、受任何感情刺激……”

“我好心的皮安训，”欧也纳说，“我俩来照料他吧。”

“我已经请我们医院的主任大夫来过了。”

“怎么说?”

“要到明天晚上才能知道结果。他答应我下班后就来。不幸今天早上,这个糟老头做了一件失着的事情,他闭口不谈。他像一头驴一样固执。每当我问他话,他装作没有听见,假装睡着不答理我;要不,他就睁大双眼,哼哼唧唧的。上午,他出门了,徒步在巴黎乱转,谁也不知道他去哪儿。他把一切值钱的东西都带走了,他拖着老命,做了一笔什么交易。他的一个女儿来过了。”

”伯爵夫人?”欧也纳问道,“是一个高个子,棕色头发,目光炯炯有神,长着一对纤足,身段婀娜的女人吗?”

“是的。”

“让我与他单独呆一会儿,”拉斯蒂涅克说道,“我要把他的话套出来,他会把一切都对我说的。”

“这当儿我就去吃饭。不过,注意别让他太激动,我们还有一点儿希望。”

“放心吧。”

“明天,她们会玩得挺痛快的,”当高老头和欧也纳单独在一起时,前者对后者说道,“她们要去参加一个盛大的舞会。”

“今天上午您干什么去啦,老爹,要不您今天晚上怎么会这样难受,居然在床上起不来呢?”

“没什么。”

“阿纳斯塔西来过了吗?”拉斯蒂涅克问道。

“来过。”高老头答道。

“好嘛！什么也别瞒我了。她又向您要什么啦？”

“哦！”他鼓足了勇气接着说道，“她太不幸啦，唉，我的孩子。自典当珠宝那件事之后，纳西一个子儿也没有了。她为参加这次舞会定制了一件镶嵌金银丝线的长裙，她穿在身上像一件艺术品。她的女裁缝是一个无耻之徒，不愿意赊账，结果她的贴身女仆就替她预付了一千法郎的服饰费。可怜的纳西居然沦落到这个地步。我听了肝胆俱裂啊。然而，这个女仆看见雷斯托对纳西失去全部信任，担心也会把钱白白垫出，于是与女裁缝串通好，只有当纳西付清一千法郎后才能交出长裙。舞会就在明天举行，衣裙也做成了，纳西心急如焚。她想把我的餐具借去典当掉。她的丈夫希望她在舞会上戴着她的珠宝首饰向全巴黎亮相，因为外面传说这些东西都被她卖掉了。她能对这个魔鬼说‘我欠下一千法郎，请替我付掉’吗？不。我理解她的心情，我。她的妹妹苔尔费纳将会打扮得花枝招展去那里的。阿纳斯塔西不该在她的妹妹之下。再说，她已经多次哭得像泪人儿似的了，我的可怜的女儿！昨天，我没凑齐一万二千法郎，真是羞愧难当，我宁愿献出我不幸的余生来弥补这个过失。

“您明白了吗？我有力量承受一切，可是，我这一回缺钱，真是心痛如绞啊。啊！啊！我马上就打定了主意；我修饰一下，重新着装，去把餐具和手镯卖了六百法郎，我又把我的年金证书抵押给高布赛克老爹一年，换回四百法郎。呸！我以后就以面包果腹！我年轻时就是这样的，现在也可以凑合。至少，她可以度过一个美好的夜晚，我的纳西！她将光艳照人。我在枕头下放着一千法郎。想到我在枕头下面压着一样东西，能让可怜的纳西高兴高兴，心里就暖洋洋的！她可以把那个坏心眼的维克多赶出去了。你还见过仆人不相信主人的事吗！明天，我就会好了。纳西十点钟来。我不希望她俩以为我生病了，否则，她们就不会参加舞会，会来照料我的。明天，纳西就会把我当成她的孩子那样拥抱我，她的柔情会治好我的病。总之，我买药不是要花一千法郎吗？我宁愿把这笔钱给我的纳西，她能包治一切。我至少可以在她不幸时安慰她。我存了终身年金，做了错事，现在可以弥补了。她已落入不幸的深渊，而我呢，我再也无力把她救出。啊！我要去做生意。我将去奥德萨[①]购买粮食。那里的小麦比我们这里的价格便宜三倍。倘若说国家是禁止粮食进口的话，那么那些制定法律的大好佬却没想过禁止用小麦加工进口啊。嗨！嗨！……今天早上，我想出这个主意来了，我！做淀粉交易可以赚大钱啊。"

"他疯了，"欧也纳看着老头心里想，"行啦，您好好休息，别再说话了……"

欧也纳下楼吃晚饭时，正当皮安训又走上楼来。接着，这两个人为病人轮流守了一夜，一个朗读医书，另一个写信给他的母亲和妹妹。次日，病人身上反映出来的病症，照皮安训的看法，还是好兆头；不过，根据病情，需要不断有人照料，也只有这两个大学生有可能办到。先是在老头儿瘦弱的身体上放水蛭吸血，继而采用糊剂，浸泡他的双足，以及其他一些医疗措施，这些都需要这两个年轻人的力气和忠诚。雷斯托夫人没有来，她只是派了一个当差的来取那笔钱。

"我原以为她会亲自来的。不过，这也好，不然，她会担心的。"老头说，

① 奥德萨是乌克兰的一个出口小麦的大港，在俄国的南部。

似乎对她不来反而感到快慰。

到了晚上七点钟，泰雷兹带来苔尔费纳的一封信。

您在干什么呢，我的朋友？您刚爱上我就对我冷淡了吗？我们彼此倾诉过肺腑之言，您向我献出了一颗美丽的心灵，因此，您是属于明知感情瞬息万变，还是忠贞不渝的那一类人。正如您在听《莫伊斯》①一剧中的誓言时所说的："对于一些人来说，这是千篇一律的音符，但对另一些人而言，这是无限的音乐。"您得记住，今天晚上我等您一块儿去参加鲍赛昂夫人的舞会。阿絮达先生的婚约今天早上肯定在宫殿里签字，而可怜的子爵夫人只是在午后两点才知道这件事情的。整个巴黎都要拥到她的府邸去，就如老百姓得知要处死人时，会把巴黎的沙滩广场压坍了一样，去目睹这个女人是否隐藏得了自己的痛苦，是否懂得如何对待死亡。这不是太可怕了吗？如果我曾经在她府上待过的话，这次我肯定不去了，我的朋友；她大概今后不会再接待宾客，我过去所作的一切努力都将是徒劳的。我的处境与其他人的境遇完全不同。何况，我要去也是为了您。我等您。倘若两小时后您还不来到我身边的话，我不知道我是否能原谅这样的背叛。

拉斯蒂涅克抓起一支笔，这样回答道：

---

① 罗西尼的歌剧《莫伊斯在埃及》于一八二二年十月二十日在巴黎完成。

我在等着一位医生，想知道令尊是否还能活下去，他已奄奄一息了。我将给您带去一份医生的判决书，我担心这是一张死亡判决书。您斟酌吧，是否去参加舞会。请接受我无限的温情。

医生于八点半钟来到，没有带来什么好消息，他也不认为死亡逼近了。他说，老头儿时好时坏，因此也时而清醒时而昏迷。

“还不如早一些死好。”这是医生最后一句话。

欧也纳把高老头委托给皮安训照料，出去把不祥的消息告诉纽沁根夫人；他的思想里还充满着子女的责任感，认为此刻一切娱乐都应该停止。

“请告诉她，让她照旧痛痛快快地玩。”高老头冲着他大声喊道。他似乎陷入昏迷状态，但正当拉斯蒂涅克要出门时，他又支起身子说话了。

年轻人愁眉不展地出现在苔尔费纳的面前，他看见她已穿鞋戴帽，除了再穿上她那件跳舞长裙而外，一切都准备停当了。然而，就如画家在完成作画时那最后几笔最难画一样，夫人最后的装饰比油画底部着色还要花工夫。

“怎么啦，您没有换装？”她问道。

“不过，夫人，令尊……”

“又是我的父亲，”她打断他的话大声嚷道，“无须您来开导我，我欠了父亲多少情分啊。我了解我的父亲已经很久了。别说了，欧也纳。只有当您换装打扮完毕之后，我才听您说话。泰雷兹在您家里已经把一切都准备好了，我的马车也准备停当，上车去吧；再坐着回来。我们在去舞会的路上再谈谈我的父亲。应该早一些动身好；倘若我们被卷进马车的车队里，可就要到十一点钟光景才能进门啦。"

"夫人!"

"走吧,别再噜苏了。"她说着奔向她的小客厅去取项链。

"走吧,欧也纳先生,您会让夫人生气的。"泰雷兹一面说道,一面推年轻人走,后者已被女儿的变相弑父行为吓呆了。

他去换装了,思绪万千,悲观而失望。他把人间看成是一潭污泥浊水,人若涉足其中,必定陷至颈脖。"里面尽是讲不出口的罪孽!"他心想道。"伏脱冷比较伟大些。"他早就看清了社会的三大特征:服从、斗争和反抗;家庭、社会和伏脱冷。而他不敢拿定主意。服从是恼人的,反抗不可能,斗争则是没有把握的。他又想到了自己的家庭。他回忆起宁静的家庭生活里纯洁美好的情感,想起在爱他的人身边度过的日子。这些亲人循规蹈矩,安安稳稳地居家过日子,能绵绵不断地,真正享受到其中的乐趣,无忧无虑。他虽然抱有这些想法,但他却没有勇气把这些心灵纯洁的人的信念向苔尔费纳倾诉,并以爱情的名义把贞德观强加给她。他受到的启蒙教育已开花结果。他已经学会以功利的目的去爱。他已有心计,可以看穿苔尔费纳内心的实质。他预感到她可以踏着她老父的躯体走去参加舞会,而他既无力量扮演说教者角色,也无勇气拂她心意,更无离开她的骨气。"在这样的情况下开导她,她决不会宽恕我的。"他暗忖道。接着,他琢磨起医生的话来。他高兴地想到,高老头的病情也许没他想象的那么危险;最后,他罗列了种种罪恶的理由为苔尔费纳开脱:她不知道其父的病状吧;倘若她去看他,老头儿本人也会叫她去参加舞会的。由于性格不同,个人利益和处境各异,在家庭内部产生的无数变化的格局掩盖了实际的罪恶,而在形式上完美无缺的社会准则却往往谴责那些表面的过失。欧也纳想自己骗自己,准备为他的情妇出卖自己的良知了。两天以来,他的生活全变了。这个女人给他的生活带来了混乱和不安,她使他对家庭变得淡漠,她为自己的利益没收了他的一切。拉斯蒂涅克和苔尔费纳是在理想的条件下幽会,彼此享受偷情的欢愉。他俩酝酿已久的爱情在扼杀爱情的纵欲中,在寻欢作乐中,反被煽得更旺了。欧也纳在占有这个女人时才发现,在此之前,他对她有的只是情欲,他真正爱她还是在占有她的次日:也许爱情只是对欢乐的感激之情吧。这个女人无耻也罢,高尚也罢,他爱她,既出于他作为赠予给她带来的全部欢乐,也因为他从她那里得到了全部欢乐;同样,苔尔费纳也爱着拉斯蒂涅克,就如坦塔罗斯①去爱前来满足他的食欲或是在他口干舌燥时为他解渴的天使一样。

"唉!我的父亲怎样啦?"当他穿着舞会的盛装返回时,纽沁根夫人问他道。

"非常不好,"他答道,"倘若您愿意向我证明您的爱有多深的话,我们快去看看他吧。"

"嗯,好吧,"她说道,"但要在舞会之后。我的好心的欧也纳啊,行行好吧,您别给我谈经说道了。来吧。"

他俩出发了。在路上,欧也纳沉默不语。

"您怎么啦?"她问道。

---

① 坦塔罗斯:希腊神话中一位国王,因触犯主神宙斯,被罚立在齐胸深的水中,身后有果树。他口渴欲饮,水就流去;腹饥欲食,果子就被风吹走,因此永远又饥又渴。

“我听见您父亲在喘气。”他没好气地答了一句。接下,他便以年轻人的热情而激昂的口吻,开始叙述雷斯托夫人如何为虚荣心所驱使作出残忍的行为,做父亲的出于爱女之心,如何作出最后努力才招来了致命的恶果,以及为阿纳斯塔西穿在身上的镶金银丝线的长裙所付出的代价。苔尔费纳哭了。

“我会变得难看的。”她想到此,便不再流泪了。

“我要去守着我的父亲,不离开他的病榻了。”她接着说道。

“啊! 现在你变得像我希望的那样了。”拉斯蒂涅克大声嚷道。

五百辆马车的灯笼把鲍赛昂府邸的四周照得如同白昼。在通明透亮的大门的两侧,各有一名宪警直挺挺地站着。贵宾们如潮水般涌来,每个人都兴致勃勃地想一睹这位贵夫人在失宠时的神态,因此,当纽沁根夫人和拉斯蒂涅克进入时,在府邸的各个套间里都已经挤满了人。自从路易十四夺走了大夫人[①]的情夫,宫廷上下都涌向这位公主的府邸之后,任何人内心的痛苦也没有像鲍赛昂夫人那样引起外界的关注。在这样的背景下,勃良第省的王族的最后一个女儿压抑了自身的痛苦,超然物外,直到最后仍然君临众人之上,当初,她与他们虚与委蛇只是用以渲染她在情场上的胜利罢了。巴黎最美的夫人以她们的服饰和微笑使每个客厅生气盎然。宫廷里最显赫的人物、大使们、大臣们,以及形形色色的达官贵人都斑斑驳驳地系着十字勋章和彩色绶带,纷纷向子爵夫人挤过去。乐队在金碧辉煌的宫殿里奏起一

① 她是路易十五的兄弟加斯东·德·奥尔良之女。路易十四起初同意她与洛曾公爵联姻,后又改变主意,把公爵监禁了。

曲曲美妙的音乐，但在它的女主人的心目中，此地已是一片荒凉。鲍赛昂夫人站在她的第一客厅前迎接她那班所谓的朋友。她身穿一身素衣，把头发简简单单地扎成发辫，不加任何装饰。她显得很平静，脸上既没表现出痛苦、自负，又没有曲意逢迎的笑容，谁也看不透她的心思。她仿佛是一尊尼奥贝①的大理石像。她对知心朋友微笑时常常带有嘲讽之意，然而在众人面前她依然如旧，表情与她沉浸在欢乐之中时相仿，以至受到了漫不经心的人的赞赏，就如罗马的年轻人对临终时报以微笑的斗士鼓掌欢呼一样。来宾似乎都精心打扮过了，特来与他们的一位王后告别。

"我提心吊胆，怕您不来。"她对拉斯蒂涅克说道。

"夫人，"他把这句话看成有些责备他的意思，便以激动的口气答道，"我来了就最后一个走。"

"好，"她握起他的手说道，"您在这里也许是我唯一可以信赖的人。我的朋友，对一个您可以终生相爱的女人，您就爱下去吧。别随便抛弃任何女人。"

她挽着拉斯蒂涅克的胳膊，把他带到一间客厅的长沙发上，人们在那里玩牌。

"到侯爵家去一次，"她对他说道，"我的贴身仆人雅克会领您去的，并会给您一封信，请您转交侯爵。我请他把我的信件还我。他会悉数交给您的。我宁愿这么想。您拿到了我的信，就上楼到我的卧室里来。有人事先

① 弗里吉亚地区传说中的王后，有七个女儿，七个儿子。她以多产在只有两个孩子的莱托前夸耀。莱托令她的孩子阿波罗和阿尔泰米杀尽了尼奥贝的孩子。尼奥贝忧伤过度，宙斯把她变成了一块岩石。

会告诉我的。”

她站起来向她的最好的朋友朗热公爵夫人走去，这天她也来了。拉斯蒂涅克走了，在罗什费特府邸求见阿絮达侯爵，据说，侯爵这天晚上在那里，拉斯蒂涅克找到了他。侯爵把他带到自己家中，交给大学生一只匣子，并且对他说：“信都在这里面了。”他似乎想对欧也纳说些什么，或是想问问舞会和子爵夫人的情况，或是为了向他透露，他对他的婚姻已经绝望，就如以后证实的那样。然而，他的眼睛里忽然闪现出一道自负的光芒，他鼓起了可悲的勇气，对他那崇高的感情守口如瓶。“千万别提我，亲爱的欧也纳。”他带着爱抚和忧伤的感情紧握拉斯蒂涅克的手，示意他可以走了。欧也纳回到鲍赛昂府邸，被领到子爵夫人的内室，他看见她动身的准备就绪了。他靠近壁炉坐下，望着雪松木的匣子，陷入深深的忧郁之中。在他看来，鲍赛昂夫人与《伊里亚特》中的女神不相上下。

“啊！我的朋友。”子爵夫人走进来时说道，把手放在拉斯蒂涅克的肩上。

他看见他的远房亲戚哭得像泪人儿似的，双眼抬起，一只手颤抖着，另一只手向上举着。蓦地，她拿起匣子，放进火里，看着它燃烧。

“他们在跳舞！他们一个个都准时来了，然而，死神却姗姗来迟。嘘！我的朋友，”她把一个手指放在拉斯蒂涅克的嘴上，后者正准备开口说话，“我再也不想看见巴黎，不愿参与社交了。清晨五点钟，我就要出发，到诺曼底过隐居生活。午后三点钟起，我就不得不整理行装，签署证件，料理账本；我不能派任何人到……”她不往下说了。“可以肯定，他会在……”她欲言又止，痛苦万分。此时此刻，一切都是痛苦的，某些语言是无法表达的。“临了，”她接着说道，“我还是依靠您替我完成了最后一件事情。我想给您一件友谊的信物。我会常常想到您的，我觉得您心地好，品德高尚，年轻又耿直，在茫茫人海中，这些品质真是少见啊。我希望您有时也会想到我。听着，”她说着向四周看了一眼，“这是我放手套的匣子。每次我去跳舞或是看戏前拿手套时，就感到自己很美，因为我很幸福，我碰碰它只是为了把我的美好的愿望留在里面；匣子里面有许多‘我的气息’，有整个儿已不复存在的鲍赛昂夫人。请收下吧。我会让人把它送到阿尔图瓦街的贵府去的。今晚，纽沁根夫人很美，好好爱她吧。如果我们不能再见面，请相信，我会为您祝福，您对我一直很好。我们下楼吧，我不想让他们以为我在哭。我以后一个人呆着的日子长着呢，任何人也不会注意我为何落泪。再对这间内室看上一眼吧。”她不再说了。接着，她用手遮了遮眼睛，擦干眼泪，在凉水里浸了一下，然后挽着大学生的胳膊说：“我们走吧！”

拉斯蒂涅克见她坚强地压抑了内心的痛苦，表现得如此崇高，心情异常激动。回到舞场上之后，他与鲍赛昂夫人共舞了一圈。这位优雅的夫人最后一次委婉地表示出照拂之意。不一会儿，他瞥见了雷斯托夫人和纽沁根夫人这一对姐妹。伯爵夫人戴着她的全部珠宝首饰，显得光艳照人，这些珠宝也许在灼烫着她，她也是最后一次享用了。虽说她傲气凌人，感情激越，但还是受不了丈夫咄咄逼人的目光。拉斯蒂涅克看见这一幕又悲上心头。他在这对姐妹的珠光宝气之下，仿佛又看见了高老头躺卧着的那张破床。子爵夫人误解了他的忧郁的表情，从他的胳膊里抽出了手臂。

“走吧！我不想让你为我而不快。”她说道。

苔尔费纳很快就找到了欧也纳，她为自己所产生的魅力而沾沾自喜，急于想把她本人所觊觎的社交场合中所听到的恭维话说给大学生听。

“您觉得纳西怎么样?”她问道。

“她把她父亲死前的钱全部预支掉了。”拉斯蒂涅克说道。

将近清晨四点光景,客厅里的宾客开始散去。不多久,音乐声也戛然而止。朗热公爵夫人和拉斯蒂涅克单独留在大客厅里。子爵夫人以为在大厅里只有大学生,便与鲍赛昂先生道别后也去了。鲍赛昂先生在去睡觉前,再三对她说道:“亲爱的,在您这个年纪就过隐居生活是不妥的,与我们在一起吧。”

鲍赛昂夫人看见大厅里还有公爵夫人,禁不住惊呼一声。

“我猜出您要干什么了,克拉拉,”朗热夫人说道,“您要一去不复返了。可是,请您听我说一番话,以求得彼此充分理解,在此之前,您是不能走的。”她挽住她的朋友的胳膊,把她带进隔壁的一间客厅里。到了那里,她眼泪汪汪看着她,搂住她,亲她的面颊。“我不希望冷冰冰地离开您,亲爱的,否则,我良心上的负担太重。您可以信赖我,就像相信自己一样。今天晚上,您显得特别崇高,我感到还配得上您,并想向您证明。我曾经有对不起您的地方,我不是一直就那么好,请原谅我,亲爱的;我为过去有损于您的一切而内疚,我愿意收回我的话。同样的痛苦把我俩的灵魂连结在一起了,我不知道我俩之间谁更为不幸。蒙脱里伏先生今晚不在这里,您明白了吗?克拉拉,今晚的舞会上,谁见了您,都永远不会忘记您的。我嘛,我将作最后的努力。倘若我失败了,我就到隐修院去!您呢,您上哪儿?”

“去诺曼底的古尔赛勒,去祈祷,直到上帝把我从尘世间召回的那天为止。”

"请过来,拉斯蒂涅克先生,"子爵夫人激动地说,她想到这个年轻人在等着她。大学生弯下单膝,拿起他的表姐的手,吻着。"安多纳德,再见了!"鲍赛昂夫人接着说道,"祝您幸福。至于您呢,您已经很幸福了。您年轻,还能有所信仰,"她对大学生说,"在我离开社会时,我就像某些受到上帝惠顾的死者那样,周围还有一些虔诚而真诚的情感呢。"

将近五点钟光景,拉斯蒂涅克走了。在这之前,他最后去看了一次鲍赛昂夫人,她已在她的轿式旅行马车里坐定;鲍赛昂夫人眼泪汪汪地向他告别,从而证明了,最有教养的人们也终究是会感情外露的,并不像一些哗众取宠的人想使老百姓相信的那样,说他们的生活是没有忧伤的。天气既湿又冷,欧也纳徒步回到伏盖公寓。他受的教育完成了。

"我们救不了可怜的高老头的命了。"当拉斯蒂涅克回到他的邻居的居室时,皮安训对他说道。

"我的朋友,"欧也纳看见老头睡熟了,对他说道,"去吧,你的欲望不大,去努力争取你那小小的前程吧。我嘛,我已经下到地狱,我得留在那里。无论人们把社会说得如何坏,你还是相信它吧!这个丑恶的社会是以金子和宝石作为外衣的,世上真正能够描绘它的朱费纳勒①根本不存在。"

---

① 朱费纳勒(六〇——一四〇):拉丁诗人,《讽刺集》的作者,他在书里攻击了当时的弊端。

Ⅵ

父亲之死

次日午后两点光景，皮安训把拉斯蒂涅克叫醒了，因为他非得要出门一次，想请拉斯蒂涅克守护着高老头，高老头的病情在上午又大大恶化了。

“老头儿没两天可活了，甚至活不到六个小时，”医科大学生说，“不过，我们总不能见死不救啊。我们还得支付昂贵的医药费。我们就是他的看护；但是，我没有钱，我。我搜索过他的口袋，翻过他的柜子，都空空如也。他清醒时我问过他，他说他身上没有一个子儿。你有吗，你？”

“我还有二十个法郎，”拉斯蒂涅克答道，“可我要拿去赌，我会赢的。”

“如果你输了呢？”

“我向他的女婿、女儿要钱。”

“如果他们不给你呢？”皮安训接着说道，“此刻最紧急的事情不是找钱，而是把老人从双脚到大腿涂上滚烫的芥子泥。如果他叫喊，就有希望了。你知道这该怎么办。再说，克里斯朵夫还可以帮你。我嘛，我就去药剂师那里作保预订一些药品，以便待会儿去拿。不幸的是可怜的人早先没有转移到我们的医院去，在那儿他要好受些。行啦，你来，让我给你安排好，不等我回来你不要离开他。”

这两个年轻人走进老人躺卧着的房间。欧也纳看见老人痉挛的脸上毫无生气，心里不免为之一震。

"怎么样，老爹？"他向陋床倾下身子，对老头说。

高里奥向欧也纳抬起了暗淡无光的双眼，非常认真地注视着他，但没把他认出来。大学生不忍目睹这个景象，泪水濡湿了他的眼睛。

"皮安训，窗户要拉上窗帘吗？"

"不用。外界条件对他不再会发生什么影响了。如果他能感到冷暖就好啦。不管如何，我们要生火煎汤药，以及在火上准备许多东西。我会送给你一捆捆劈柴，一直用到柴薪运来为止。昨天的白天加夜里，我把你的柴薪，还有可怜的人的所有泥炭都烧光了。天气潮湿，水从墙上渗出来。房间还没完全烤干，克里斯朵夫把屋子也打扫过了，这可是一间不折不扣的牛棚啊。我在屋里烧了刺柏，太臭啦。"

"我的老天！"拉斯蒂涅克说道，"可他的两个女儿呢！"

"听着，他如想喝水，你就给他这个，"医科大学生向拉斯蒂涅克指着一只白色大罐说道。"如果你听见他说呓语，肚子又烫又硬的话，你就让克里斯朵夫帮你给他来一下……你知道该怎么办的。如果他万一兴奋起来，说胡话了，总之，如果他有点精神错乱的话，就随他去。这并不是一个坏兆头。但是你要派克里斯朵夫到科香医院去。我们的医生，我的同学和我，我们会来给他敷烙灼剂。今天早上，你睡觉时，我们与加尔博士的一个学生、慈善医院的主任医生和我们的医生一起会诊过了。这些先生认为发现了奇异的症状，我们将注视病情的发展，以便在许多重要的科学论点上有所突破。其中的一位先生声称，血如果在某个器官施加的压力较大的话，就可能导致产生某些特殊的现象。所以在他说话的时候,请留心听,以便证实他的话是属于什么类型的想法,譬如说是记忆型的,理解型的,还是判断型的;他关心的是物质还是感情;他是否在算计,还是在回顾往事,总之,请给我们一次详尽的汇报。病情有可能突然恶化,他会像现在这个样子无知无觉地死去。在这类病例上,一切都是难以理解的!如果在这里出现问题,"皮安训指着病人的后脑说道,"就会出现一些特殊的现象:大脑会恢复某些功能,一时就不会致死。血可能从大脑里转向,从其他途径流走,我们只有通过解剖才能发现其轨迹。残废医院[①]曾收容过一位患痴呆症的老头,溢血沿着脊椎骨流,他痛苦极了,可他还活着。"

"她俩玩得痛快吗?"高老头说道,他已认出了欧也纳。

"啊!他只想着他的女儿,"皮安训说,"昨天夜里,他对我说了不下一百次:'她们在跳舞!她穿那条舞裙。'他叫唤着她俩的名字。他让我直想哭,真不如去死呢!他老是在说:'苔尔费纳!我的小苔尔费纳!纳西!'我起誓,"医科学生说道,"谁听了也会流眼泪。"

"苔尔费纳,"老头说道,"她在那儿,是吗?我心里明白。"说着,他的眼睛使劲在搜索,想看清墙壁和门。

"我下楼去叫西勒维准备芥子泥,"皮安训大声叫道,"这时上药正好。"

拉斯蒂涅克独自与老头呆在一起,他坐在床脚边,眼睛注视着他这张可怕而痛苦的脸。

"鲍赛昂夫人出走了,这一个又在奄奄一息,"他说道,"高尚的人不能

---

① 该医院于一六三四年建立,是现在拉埃奈医院的所在地。

长久与这个世道共处。这个社会卑劣、渺小、虚伪,感情真挚的人又如何能与它沆瀣一气呢?”

他刚刚参加过的舞会的景象又在他的脑海里浮现,与垂死者的病榻形成鲜明的对照。皮安训突然又回来了。

“哦,欧也纳,我刚刚见过主任医生,我是一路跑回来的。假如他显示出清醒的迹象,假如他说话了,就让他躺在一条长长的芥子泥上,用芥末给他敷上,从颈背一直涂到腰部,然后再派人来叫我们。”

“亲爱的皮安训。”欧也纳说道。

“哦!这里涉及到一个科学现象。”医科学生带着新入教的教徒的全部热情接着说道。

“好啊,”欧也纳说道,“那么我将是唯一凭感情照料这个可怜的老头的人了。”

“如果你今天上午看见我,你就不会说这些了,”皮安训接着说道,听了他说的这句话并没动怒,“行医医生只看病情;我嘛,我还要照看病人,亲爱的孩子。”

他走了,留下欧也纳单身与老头在一起。病人危在旦夕,他时刻担心,果然不久就发作了。

“哦!是您啊,我亲爱的孩子,”高老头说道,他认出欧也纳来了。

“嗯,我的头像被钳子夹住了似的,但是现在轻松些了。您看见我的女儿了吗?她们马上就要来了,她俩知道我病了,就会立即跑来。从前在鲁西埃纳街,她们护理得我多好啊!我希望我的房间干干净净的,可以接待她俩。有一个年轻人把我的泥炭烧光了。”

“我听见是克里斯朵夫的声音，”欧也纳对他说，“他替您添加的木柴是这个年轻人送来的。”

“好！可是怎么付木柴钱呢？我身无分文，我的孩子。我什么都给掉了，一切的一切。我靠救济过活了。嵌金线的长裙至少很漂亮吧？（哦！我好疼呵！）谢谢，克里斯朵夫。上帝会补偿您的，我的孩子。我嘛，我一无所有了。”

“我会付钱给你的，你和西勒维两人。”欧也纳凑近男用人的耳朵说。

“我的两个女儿对您说过了，她们就要来的，是吗，克里斯朵夫？再去一次吧，我给你一百个苏。告诉她们，我感到不好，我在死前想拥抱她们，再见她们一回。把这些话告诉她们，可不要吓着她们了。”

拉斯蒂涅克做了一个手势，克里斯朵夫去了。

“她俩就要来了，”老人又说道，“我了解她们。这个好心的苔尔费纳呀，假如我死了，我给她造成多大的悲伤啊！纳西也一样。我不想死，是为了不让她俩流泪啊。死，我的好欧也纳，就是意味着不能再看见她们。我到了阴曹地府，我会烦闷死的。对一个父亲而言，地狱，就是没有孩子。自从她俩出嫁之后，我已经开始尝到滋味了。我的天堂在鲁西埃纳街。请您说说，如果我升入天堂，我的灵魂是否会回到人间，来到她俩身边呢？我听说有这些事情的。难道是真的吗？此刻，我仿佛看见她俩了，如她们在鲁西埃纳街一模一样。早上，她俩下楼来，对我说：‘您好，爸爸。’我把她俩抱在膝上，百般讨好，逗弄她们。她们也亲亲热热地对我好。每天，我们一起用午餐，我们一块儿晚餐。总之，我是做父亲的，我享有我的两个孩子。当她俩住在鲁西埃纳街时，她们不懂事，对社会一无所知，她们可爱我了。我的天哪！为什么她俩不能老是像小孩子那样呢？（哦！痛死我了，我的脑袋发涨。）啊！啊！对不起，我的孩子！我痛不堪言，这应该是真正的痛苦吧，因为你们早使我能忍受痛苦了。我的上帝啊，只要我能握住她们的手，我就什么痛苦也感觉不到啦。您认为她俩会来吗？克里斯朵夫真不会办事！我早知道就自己去了，他倒看见她们了，他啊。不过，昨天，您是在舞会上的。那么请告诉我，她俩怎么样呀？她们对我的病一无所知，是吗？否则，她们是不会去跳舞的，可怜的小家伙。哦！我不想再生病了。她们太需要我啦。她俩的财产受到危险。我把她俩交给了什么样的丈夫啊！医治好我吧！（哦！我痛死了！哦！哦！哦！）您看见吗，应该把我的病治好，因为她俩需要钱，而我知道到哪儿去挣。我要去奥德萨做棱柱形颗粒淀粉生意。我可精明了，我能挣几百万。（哦，我痛死了！）”

高里奥沉默了一会儿，仿佛作了最大的努力，想拼足力气忍受痛苦似的。

“如果她俩在这里，我不会叫苦的，”他说道，“为什么要叫苦呢？”

他又神志不清了，并且延续了很长时间。克里斯朵夫回来了。拉斯蒂涅克以为高老头睡着了，就让男用人高声禀报他的这趟差使。

“先生，”他说，“我先是去了伯爵夫人的府上，但我无法与她说话，她正与她丈夫商谈重要的事情。由于我一再央求，雷斯托先生自己出来了。他对我这样说：‘高里奥先生快死了，好啊！再好不过了。我需要雷斯托夫人与我解决重要的事情，等一切解决之后，她会去的。’这位先生还带着一脸怒气呢。我正要走，这时，夫人从另一扇我没看见的门里走进前厅，对我说：‘克里斯朵夫，告诉我的父亲，我正在与我的丈夫商谈，我不能离开他，这关系到我孩子的生死问题。不过，一旦事情解决了，我就去。’至于男爵夫人，又是另一回事了！我根本没有看见她，没能与她说话。‘啊！’她的贴身女仆对我说，‘夫人是五点一刻从舞会上回来的，她睡了；假如我在正午前叫醒她的话，她会训斥我的。等下她按铃叫我之后，我会告诉她，说她父亲不好了。既然是坏消息，什么时候告诉她都不嫌迟。’我再央求也没有用啦！哎呀！我请求与男爵先生说几句话，但他出门了。”

“他的两个女儿一个都不来！”拉斯蒂涅克嚷道，“我这就给她俩写信。”

“一个都不来，”老头支起了身子说道，“她们有事情，她们睡了，不会来了。我知道啦。人到死才能知道孩子是怎么回事。哦！我的朋友，别结婚吧，不要有孩子，您给了他们生命，他们却让您去死。您把他们引入世界，他们就把您驱逐出去。不，她们不会来了！十年前我就知道了。我有时也这么想来着，但我不敢相信。”

在他的双眼红润的眼眶边上都有一滴眼泪在滚动，但没有掉下来。

“啊！假如我有钱，假如我能守住我的产业，假如我没有把财产给她们，她俩就会在这里，甚至会用亲吻来舔我的脸！我也会住在府邸里，有华丽的内室，成群的仆役，为自己生起炉火；而她们也会带着丈夫、孩子哭得死去活来。我将拥有这一切。但现在一切变为乌有。用金钱可以买到一切，甚至女儿。哦！我的钱，到哪儿去了？倘若我的财产留下来，她们就会安慰我，照料我；我会听到她们的声音，看见她们的。啊！欧也纳，我亲爱的孩子，我唯一的孩子，我宁愿被人抛弃，贫困落魄！当一个不幸的人为人所爱时，至少他可以肯定别人是真爱他。不，我还是宁愿有钱，这样我就能看到她们了。我的天，有谁知道呢？她俩都是铁石心肠。我太爱她们啦，她们就不该再另有所爱了啊。既然做了父亲，就得终生有钱，他该能驾驭女儿，就像驾驭会要性子的马一样。但现在我得跪在她俩面前。可恶之极！十年来，她俩对我还是以礼相待，尽心尽责的。您可知道，在她俩结婚后最初的日子里，她们是那么精心地照顾我啊！（哦！痛得我好惨啊！）不久前，我给了她们每人近八十万法郎，她俩以及她们的丈夫对我都不敢唐突无礼。他们接待我，左一声‘我的父亲’，右一声‘我亲爱的父亲’。她俩的家里总放着我的一套餐具。总之，我与她们的丈夫一起吃晚饭，他们对我也是彬彬有礼，以为我手头还有几文呢。为什么呢？因为我对自己的生意闭口不谈。一个分别给两个女儿八十万法郎的人是该得到照顾的。她们无微不至地关怀我，可这都是冲着我的钱来的。世界不是美好的，我，我早就看清楚啦。她们用马车把我带去看戏，晚会上，我想呆多久就能呆多久。总之，她俩心甘情愿做我的女儿，并且承认我是她们的父亲。我的心还是挺细的，行了，什么也逃不过我的眼睛。一切都是有目的的，并且刺痛了我的心。我看出来了，这些都是虚情假意的；但我的病无药可救啊。我在她们家还不如坐在这里的餐桌末端舒坦呢。在那儿我说什么也不合适。这个阶层的某些人物凑近我的女婿的耳朵会小声议论：‘这位先生是谁？——这个父亲是埃居的化身，他有钱。——啊，原来如此！’他们冲着埃居才对我另眼相看的。不过，倘若有时我妨碍他们，我得好好弥补我的过失了！再说，有谁是十全十美的呢？（我的脑袋就是一块烂疤呵！）此时，我受着临死前的痛苦，我亲爱的欧也纳先生，唉！那年阿纳斯塔西向我第一次瞪了一眼，让我明白我做了傻事，说了句有损她自尊心的话，现在与那时所感受的痛苦相比，真是算不得什么了。她的目光刺穿了我所有的血管。我想知道一切，不过，我能确信的，就是我成了世界上一个多余的人。第二天，我去苔尔费纳家找安慰，我又做了一件蠢事，使她怒气冲冲的。我急得好像变成了个疯子。整整一个礼拜，我不知道我该干什么。我不敢去看她们，担心挨她们训斥。这样，我就被赶出她俩的家门了。啊，天哪，既然你知道我经历过的不幸和痛苦，既然你对我挨过多少次致命打击心里有数，而现在的日子又催我衰老、面目全非、须眉皆白、痛不欲生，那么今天你为何还让我受这份罪？我已经赎清了由于过分爱她们所犯下的罪孽。她俩已经回报了我的父爱，她俩像刽子手那样折磨我。唉！做父亲的都是那么蠢啊！我太爱她们了，我回头又去她们家时的心情就像赌徒留恋赌场似的。我的女儿，她们就是我本人的缺陷；我曾经把她俩当情妇那样爱过。总之，她们是我的一切！她们两个需要些什么，如首饰之类的，贴身女仆会告诉我，我把这些都送掉，就是为了得到好一些的待遇。可是，她们因为我说错了话就教训了我几次。哦！她们都没等到第二天，当时就为我脸红了。这就是养儿育女的好处吧。到了我这把年纪，我总不能再去上学吧。（我难受极了，天哪！医生！医生！如果能把我的头打开，我就没那么疼了。）我的女儿，我的女儿，阿纳斯塔西，苔尔费纳！我想见见她们。让警察强行把她俩找来！法律在我的一边，天理、法典，一切都支持我。我要抗议。假如做父亲的都被踩在脚底下，国家也就亡了。这是一清二楚的。社会、世界是在父爱之上活动的，倘若孩子们不爱他们的父亲，一切都要垮掉了。啊！看着她们，听她俩说话，不管说的是什么，只要我听到她们的声音，特别是苔尔费纳的声音，我的痛苦就减轻了。不过，倘若她俩在这里，请对她们说，别像往常那样冷冰冰地看我。啊！我的好朋友、欧也纳先生，您不知道看着金黄色的眼神突然变成暗灰色时，我的心情有多么难受吧。自那天她们不再含笑看我之后，这里对我就像漫长的冬日；我只有唉声叹气的份儿，而我已经受下来了！我活着就为受辱、挨骂的。我太喜欢她们了，我忍气吞声，她们只是对我报以一丝丝让我屈辱的愉悦。一个做父亲的为了能看看女儿得躲起来！我把生命都交给她俩了，可今天她们却不能给我一个钟点的时间。我渴，我饿，我心在燃烧，而她俩却不来为我送终，我觉得我已命在旦夕了。然而，她们并不知道踏着父亲的尸体行走意味着什么。天上有一个上帝，不管我们愿意不愿意，它会为我们这些做父亲的报仇的。哦！她们会来的！来吧，亲爱的，来吻吻我吧，你们最后的一吻就是为父的临终圣体，我将为你们祈祷上帝，对他说，你们都是孝顺女儿，他将为你们辩护！总而言之，你们是无辜的。我的朋友，她们是无辜的！请向所有的人去说说，叫他们别为了我让她俩犯难。一切都是我的错，是我纵容她们践踏我自己的。我喜欢这样，我。这与任何人无关，与人类的正义无关，与上天的神明无关。倘若上帝因为我而惩罚她们，那么他是不公道的。我不懂得如何做人，我放弃权力是愚蠢的。我为她俩自暴自弃！有什么办法呢！最自然的美，最高尚的灵魂都可能禁不住父爱的侵蚀。我是一个坏蛋，我罪有应得。就是我一个人使我的女儿欲壑难填，我把她俩宠坏了。现在，她们想纵乐极欲，就如往昔她们想吃糖一样。我总是容忍她们，满足少女的荒唐的欲望。她们在十五岁时便有马车了！什么也阻止不了她们啦。我是唯一的罪人，不过是出于父爱才沦为罪人的。她们的声音敞开了我的心房。我听见她们的声音了，她们来啦。哦！是的，她们会来的。法律要求儿女来看父亲咽气的，法律站在我的一边。再说，不就是叫人跑一次嘛。我付这笔车马费。请写信给她们，说我有几百万留给她们！我起誓。我将到奥德萨去做意大利馅饼。我知道怎么做。在我的计划里，还要赚它几百万。谁也想不到的。它不会像小麦或是面粉在运输中会变质，呃，呃，淀粉？也能赚上几百万！您没有说谎，告诉她们有几百万，不管如何，她们出于贪心也会来的。我宁愿被人欺骗，我要看看她们。我要我的女儿！我生下她俩，她俩是属于我的！”他说着支起了身子，在欧也纳眼前露出一颗白发稀疏的脑袋，那脸上尽可能地表现出了恶狠狠的样子。

“行啦，”欧也纳对他说，“躺下，好心的高里奥老爹，我这就给她俩写信。等皮安训一回来，她们如果再不来，我就去。”

“她们如果再不来？”老头呜咽起来，重复道，“那么我就要死了，在疯狂中，疯狂中死去！我气上心头了！现在，我才看清了我的全部生活。我上当了！她们不爱我，从来没有爱过我！这是明明白白的。倘若她们不来，她们也就不会来了。她们越是推迟，就越下不了决心让我高兴一下。我了解她们。她们从来就想不到我的悲伤、我的痛苦和我的需要，她们也想不到我死；她们完全不知道我的爱的秘密。是啊，我看得明白，在她们看来，她们折磨我已习以为常，于是我所贡献的一切都算不得什么了。假如她们要挖我的眼睛，我会对她们说：‘挖吧！’我太蠢啦。她们以为天下所有的父亲都像她们的父亲那样呢。应该强调自身的价值。她们的孩子会为我报仇的。唉，到这里来看我是为了她们自己的利益啊。请您预先告诉她们，说她们将咎由自取，不得好死。她们所有的罪恶都集中在这一条中了。唉，去吧，告诉她们，不来就意味着犯了弑父之罪！别说这一条，她们这一类罪过已经够多的啦。像我一样叫喊吧：‘喂，纳西！喂，苔尔费纳！来到父亲身边吧，他对你们那么好，他正在受罪！’什么也没有，没人来。那么我就像野狗一样死去吗？这就是对我的报偿，被人遗弃。她俩是卑劣小人，是歹徒恶棍；我唾弃她们，诅咒她们；半夜，我还会从棺材里爬出来再咒骂她们。说到底，我的朋友，这难道是我的错吗？她们做得太不对了！是吗？我在说什么了？您不是说苔尔费纳在这里吗？两人之中她好一些。您是我的儿子，欧也纳，您！爱她吧，像一个父亲那样对待她。另一个也十分不幸。她们的命好苦啊！啊！我的天哪！我要断气了，我也太难受了！把我的脑袋砍了吧，只要把我的心留下就行了。”

“克里斯朵夫，去找皮安训！”欧也纳大声说道，他看见老头又是埋怨又是叫嚷，吓坏了，“把敞篷马车给我叫来。”

“我这就去找您的女儿，我的好老爹，我把她俩带来。”

“抓来，抓来！请叫卫兵，叫卫兵，一切的一切，”他说着向欧也纳看了最后一眼，闪烁着理性之光，“去向政府，向国王的总检察官说，让人把她们带来，我要这样！”

“可您咒骂过她们了。”

“谁在说话！”老头惊呆了，嚷道，“您很清楚，我爱他们，我酷爱她们！假如我看见她们，我的病就好了……去吧，我的好邻居，我的好孩子，去吧，您是好人，您；我愿意感谢您，但除了一个垂死的人的祝福而外，我没什么可以给您的。啊！我至少想见到苔尔费纳，要她偿还我欠下您的债。如果另一个不能做到，就把她带来。请告诉她，如果她不愿意来，您就再也不爱她啦。她非常爱您，她会来的。拿喝的来，我五脏六腑都在烧呢！请在我头上放点什么，最好是我的女儿的手，它能救活我，我感觉到……我的天哪！如果我去了，谁替她们挣钱呢？我要为她们去奥德萨，奥德萨，去那儿做面粉生意。”

“喝下去，”欧也纳扶起垂死的人说道。他用左胳膊扶着他，另一只手拿一只盛满汤药的茶杯。

“您大概爱您的父母亲吧，您！”老人用他那双无力的手捧着欧也纳的手说道，“我死前看不见她们了，我那两个女儿，您明白吗？永远渴着，但喝不到嘴，十年来，我就是这么生活过来的……我那两个女婿把我的女儿断送了。对啊，自她俩结婚以后，我再也没有女儿了。天下做父亲的，请要求议会制定一条关于结婚的法律吧！总之，倘若你们爱自己的女儿，就别让她们出嫁。做女婿的都是无耻之徒，他们毁了女儿的一切，玷污了一切。别再结婚啦！是婚姻夺走了我们的女儿，当我们瞑目时，我们没有女儿啦。请制定一条关于父亲故世的法律吧。多么可怕啊，这件事情！要报复！阻止她俩来的是我的女婿。把他们杀了！处死雷斯托！处死阿尔萨斯人，他们是杀人犯！我把女儿交出来便是死！啊！完了，我丢下她俩慢慢死去！她俩呢！纳西！费费纳，喂，你们来吧！你们的爸爸出门了……”

“我的好老爹，请息怒，唉，安静些，别再想什么。”

“不看见她们，这就是临终的痛苦啊！”

“您就要看见她们了。”

“真的？”老头迷惘地问道，“啊！看见她们！我就要看见她们了，听见她们的声音，我死而无怨。啊！对啊，我再也不求生了，我坚持不了啦，愈来愈痛啦。不过，能看见她们，摸摸她们的裙子，啊！只要摸摸她们的裙子，这算不得什么吧，只要让我感觉到她们的什么就行了！让我抓抓头发……我想……”

他像是挨了一锤子似的，脑袋落在枕头上。他的双手在被子上乱舞，好像想揪住他的女儿的头发。

“我为她们祝福，”他挣扎着说道，“祝福。”

陡地，他瘫软下来。这时，皮安训走了进来。

“我遇见了克里斯朵夫，”他说道，“他就要为你雇一辆马车来，”说完，他望了望病人，使劲撑开了他的眼皮，这两个大学生只看见一只毫无生气的、黯然无光的眼睛。“他醒不来了，”皮安训说，“我认为他醒不来了。”他找到脉搏，搭了搭，把手放在老头儿的心上。

“心脏还在跳，但是，他像这样活着也是受罪，还不如死好！”

“天哪，一点也不错。”拉斯蒂涅克说道。

“你怎么啦？你的脸像纸一样白。”

“我的朋友，我刚刚听到他又哭又嚷。有一个上帝！哦！是的！有一个上帝，他给了我们一个更为美好的世界，要不，我们的世界便毫无意义了。倘若刚才没有这么悲惨的话，我早就感动得热泪直流了。可是，现在，我的心和胃都收得太紧啦。”

“说吧，现在需要办不少事情。到哪儿去找钱呢？”

拉斯蒂涅克掏出他的怀表。

“听着，快去把它送进当铺。我不想在路上停留，因为我担心来不及了，我等着克里斯朵夫。我一个子儿也没有了，还得付给马车夫的回程费。”

拉斯蒂涅克冲向楼梯，出发到爱尔德街上的雷斯托府邸去。他刚才亲眼看到了可怕的一幕，在路上，他还在想着，更加义愤填膺。当他走进前厅，求见雷斯托夫人时，仆人回答说，夫人此时不见客。

“不过，”他对贴身侍仆说道，“我从她父亲那儿来，他不行了。”

“先生，我们得到伯爵先生明确的吩咐。”

“倘若雷斯托先生在家，请告诉他，他的岳父病情危急，并请告知他，我马上要见他。”

欧也纳等了好久。

“此刻，他大概已经在咽气了。”他想道。

那仆人把他引到第一间客厅里，雷斯托先生站在壁炉前接待他，也没请他坐下。壁炉里没有生火。

“伯爵先生，”拉斯蒂涅克对他说道，“您的岳父大人此刻正在一间不像样的破屋里快要断气了。他一个子儿也没有，买不起木柴；他确实已死亡在即，他想见见他的女儿……”

“先生，”雷斯托伯爵冷冷地答道，“您不难看出，我对高里奥先生没多少感情。他把雷斯托夫人宠坏了，造成了我生活的不幸，我认为他破坏了我的平静生活。他活也罢，死也罢，我完全无所谓。在这件事上，这就是我的态度。外人可以谴责我，我对舆论毫不在乎。我现在有更重要的事情要做，比那些傻瓜和不相干的人所要我关心的更重要。至于雷斯托夫人，她现在出不去。再说，我也不愿意她离开家。请转告她的父亲，一旦她对我、对我的孩子尽了责任，她会去看他的。假如她爱她的父亲，不一会儿，她就会有空的……”

“伯爵先生，我无权评说您的所作所为，您是您的夫人的主宰。可是，至少我能相信您的诚意吧？那好！请仅仅答应我转告她，她的父亲没一天好活了，他没见她去送终，已经在诅咒她了。”

“您自己对她说吧。”雷斯托先生答道。他听见欧也纳的嗓音里带着愤怒，不免暗暗吃惊。

拉斯蒂涅克在伯爵的带领下走进伯爵夫人通常休憩的客厅。他发现她泪流满面，埋在一张安乐椅里，像是一个一心只想轻生的女人似的。他怜悯她了。她在看拉斯蒂涅克之前，先怯生生地看了她丈夫一眼，从她的眼神里可以看出，她的力量已被她丈夫的道德上和物质上的专横武断所摧毁，她已沮丧消沉了。伯爵晃了晃脑袋，她以为他允许她说话了。

“先生，我什么都听见了。请对我的父亲说，倘若他知道我的处境，他就会原谅我的。我没有想到会受这种折磨，我是无能为力的。先生，不过我将抗拒到底，”她对她的丈夫说，“我是母亲。请对我的父亲说，不管表面现象如何，他对我是无可指摘的。”她冲着大学生绝望地嚷道。

欧也纳猜到了这个女人所面临的可怕的危机，便向这对伉俪躬身致意，悻悻地退了出去。他从雷斯托先生的语调里判断出，他的努力是徒劳的，况且他也明白，阿纳斯塔西不再有自由了。他径直到了纽沁根夫人府邸，看见她躺在床上。

“我很难受，可怜的朋友，”她对他说，“我从舞会出来后就着凉了，我担心得了肺炎，正在等医生……”

“即使死神在眼前，”欧也纳打断她的话说道，“您拖也得拖到您的父亲身边去。他在叫您，倘若您能听见他最轻微的叫声，您就不再感到有病在身了。”

“欧也纳，我父亲的病也许不像您说的那么重；然而，如果我在您的眼里哪怕有一丁点儿不到之处，我也是很失望的，我要像您愿意的那样做人。他啊,我知道他,如果我这样出门,我的病成为不治之症的话,他会忧愁而死的。好吧!等医生来后,我马上就去。啊!为什么您的表没有了?"她没看见表链子,顺口说道。欧也纳的脸红了。"欧也纳,欧也纳,倘若您已经把表卖了,丢了……哦,这可不好。"

大学生向苔尔费纳的床倾下身子,就着她的耳朵说:"您想知道吗?好吧!我说给您听!令尊没有钱为自己买一块今晚就要用的裹尸布。我把您的表当掉了,我已一无所有。"

苔尔费纳突然从床上一跃而起,冲向她的书桌,从里面取出钱袋,交给拉斯蒂涅克。她按了铃,大声说道:"我去,我去,欧也纳。让我换装;否则,我不是人了!走吧,我在您前面赶到!泰雷兹,"她向她的女仆叫喊道,"请对纽沁根先生说,让他马上上楼来。"

欧也纳庆幸能向垂死的人通报他的一个女儿快到的消息,心情几乎变得轻松了,便回到新圣热纳维也芙街。他在钱袋里掏钱,想立即把钱付给车夫,这位富有而高雅的少妇的钱包里只有七十法郎。他到了楼上,看见皮安训扶着高老头,而住院手术医生在主治大夫的注视下在为他治疗。他在热敷他的背脊,这是医学上的最后的一招,一帖无用的药。

"您感到热了吗?"医生问道。

高老头瞥见大学生,说道:

"她们来了,是吗?"

"他还有救,"手术医生说道,"他说话了。"

"是的,"欧也纳答道,"苔尔费纳跟我来的。"

"算啦!"皮安训说道,"他在说他的女儿。他一个劲儿地叫她们,就像老百姓说的，一个人坐在尖头桩①上还在要水喝似的。”

“停止，”主治医生对手术医生说，“没指望了，他没救了。”

皮安训和手术医生重新把垂死的人平放在他那张臭熏熏的陋床上。

“总得给他换身内衣，”主治医生说道，“虽说没有希望了，也应该尊重他。我待会儿再来，皮安训，”他对大学生说道，“假如他再哼，就给他在膈膜上搽些鸦片。”

手术医生和主治医生都走了出去。

“干吧，欧也纳，别怕，我的孩子！”当屋里留下他俩时，皮安训对拉斯蒂涅克说道，“现在得给他换件白衬衣，换床褥单。去对西勒维说，让她把床单拿来，帮我们一把。”

欧也纳下楼去，看见伏盖太太正在和西勒维一起放餐具。拉斯蒂涅克刚开口，寡妇就迎上去，带着满腹狐疑的女贩子那种似笑非笑的神情，似乎既不想亏本，又不愿开罪顾客似的。

“我亲爱的欧也纳先生，”她答道，“您像我一样心里明白，高老头身无分文。给一个快闭上眼的人床单，等于白送，何况还得另外拿出一条来作裹尸用。您本来就欠我一百四十四个法郎，再加上四十法郎的床单和其他杂费，加上西勒维以后要给您的蜡烛的钱，总共至少有二百法郎，像我这么一个寡妇可损失不起啊。唉！请公平一些，欧也纳先生，自从五天前我遭了厄运后，我的损失够大的了。最近这几天，我宁愿倒贴十个埃居，让这个老头儿升天了事，您也是这么说的。他让我的房客扫兴。只要不破费，我就让人

① 古代一种酷刑，使犯人坐在桩上，桩尖由肛门刺穿人体而致死。

把他抬到医院去。总之,请您处在我的位置上想想吧。我这幢公寓最最要紧,这是我的命根子,是属于我的。"

欧也纳又飞快地上楼回到高老头的屋里。

"皮安训,当表的钱呢?"

"在桌子上,只剩下三百六十多法郎了。我付了我们欠下的钱;当票压在钱下面。"

"拿着,太太,"拉斯蒂涅克气急败坏地从楼梯上三脚两步跨下来后说道,"结账吧。高里奥先生在贵府也呆不长了,而我……"

"是呀,他是脚朝前出去的,可怜的好老头哪。"她边数着二百法郎,边说道,高兴中还带点儿伤感。

"结账吧。"拉斯蒂涅克说道。

"西勒维,把床单拿出来,上楼去帮帮这几位先生。"

"您可别忘了西勒维,"伏盖太太对欧也纳轻声说道,"她已经熬了两个夜了。"

欧也纳刚刚转过身来,老太婆就奔向她的厨娘,小声对她说:"把那条旧翻新的被单拿去,七号那条。看在上帝的面上,对一个死人来说已经够好的了。"

欧也纳已经踏上了几级楼梯,没听见公寓老板娘说的话。

"来吧,"皮安训对他说,"把衬衣给他换上。把他扶正了。"

欧也纳站在床头前,扶住垂死的人;皮安训替他脱去衬衣。老人做了一个手势,仿佛想在身上留住什么,断断续续地叹息了几声,就像一头疼痛难忍的牲口似的。

“哦！哦！”皮安训说，“我们刚才给他涂芥子泥时把他的一根发链和一枚小圆胸章拿掉了，他想戴上。可怜的人！得给他挂上。在壁炉上呢。”

欧也纳走去拿来一条用灰发编织的发链，大概是高里奥太太的头发。圆章的一面刻着阿纳斯塔西的名字，另一面刻着苔尔费纳的名字。这是他心上人的形象，他把它们永远放在他的心口上。里面的头发卷非常纤细，大概是他的两个女儿在童年时剪下的。老头感到胸口碰到小圆章后，拖长声调“哦”了一声，表示心理上得到了极大的满足，令人不寒而栗。这是他的感知的最后一次反应，它似乎又回到了内心的深处，我们的同情心由此而来，也为此而产生。他那痉挛的脸显露出病态的笑容。两个大学生看见他瞬间爆发出超越思想的可怕的感情力量，震惊了，各自在临危老人的脸上落下几滴热泪，老头发出尖厉的快慰声。

“纳西！费费纳！”他喊着。

“他还活着。”皮安训说道。

“活着有什么好？”西勒维问道。

“活受罪。”拉斯蒂涅克答道。

皮安训向同伴做了一个手势，示意他仿效自己，然后便跪下来，把两臂伸进病人的大腿弯，拉斯蒂涅克也从床的另一头把他的背托起。西勒维守一旁，准备在垂死者被托起的刹那间用带来的被单换下旧被单。高老头大概误解了落泪人，拼足余力把双手伸出床的两侧，触摸到大学生的头，使劲地揪着他俩的头发，轻微地说道：“啊！我的天使！”这最后两句话犹如两声叹息，话音刚落，灵魂便飞走了。

“可怜可亲的人哪，”西勒维说，她听到叹息声深受感动；这声叹息包含着一种崇高的感情，这是老人在无意识中产生的最后一次可怕的错觉所激起的。

这个做父亲的最后一声叹息应该是一声快乐的感叹。这声叹息概括了他的一生，他在自己骗自己呢。他们恭恭敬敬地把高老头放回到陋床上。从这时起，他的面容就保持着生死搏斗时的痛苦的痕迹，他的身体已不受大脑支配，失去了普通人的欢乐与痛苦的感情。最终的毁灭只是时间问题了。

“他就这样还要拖上几个小时，然后悄无声息地死去，甚至不会喘一口气。大脑大概已完全充血了。”

这时，在楼道里传来了一个少女气喘吁吁的声音。

“她来得太晚了。”拉斯蒂涅克说道。

来者不是苔尔费纳，而是她的贴身女仆泰雷兹。

“欧也纳先生，”她说，“可怜的夫人为她父亲向先生要钱，于是在先生和夫人之间发生了激烈的争吵。她昏过去了，医生来了，必须替她放血。她叫喊道：‘我的父亲快死了，我想见父亲！’总之，听了这叫喊声令人心碎。”

“算了，泰雷兹。她就是来了，也是多余的，高里奥先生已失去知觉。”

“可怜的老先生，他病到这步田地！”泰雷兹说道。

“你们不需要我了，我得去开饭，已经四点半了，”西勒维说，她在楼道上差一点把雷斯托夫人撞倒。

伯爵夫人的到来非同小可，令人胆寒。她望了望孤灯微照的死者的病榻，看见父亲的脸上还残留着生命最后搏动的形迹，泪如雨下。皮安训悄悄地退了出去。

“我没有及早跑出来。”伯爵夫人对拉斯蒂涅克说道。

大学生神情悲伤,点了一下头。雷斯托夫人抓起父亲的手,吻上去。

“请原谅我,父亲!您说过,我的声音能把您从坟墓里召回。好吧,那就回来一会儿,为您的忏悔的女儿祝福吧。请听我说,多么可怕啊!从今以后,在人世间,您的祝愿是我唯一能听到的了。所有的人都恨我,只有您才爱我。我的孩子也会恨我的。把我带走吧。我会好好爱您,照料您。您也听不到了,我要疯了。”她扑通跪倒在地,头晕目眩地凝视着这具残骸。“真是雪上加霜啊,”她看着欧也纳说道,“脱拉意先生走了,留下一大笔债款,我知道他欺骗我。我的丈夫永远不会宽恕我,我让他控制了我的财产,我的一切幻想都破灭了。唉!我为了谁才背叛了唯一爱我的人呢(她指了指她的父亲)!我不认他,赶他走,对他坏极了,我是个卑劣的小人呵!”

“他心中有数。”拉斯蒂涅克说道。

此时,高老头睁开了双眼,但这是一次本能的痉挛。伯爵夫人带着希望,悸动了一下,其情状之悲惨不亚于死者的眼神。

“他听见我说话了吗?”伯爵夫人嚷道,“不会了。”她在他身旁坐下,自言自语地说道。

雷斯托夫人表示想留在父亲身旁,于是欧也纳就下楼去吃点东西。房客们已经到齐。

“怎么样?”画家对他说,“似乎我们楼上多了一个死‘哈马’了?”

“查理,”欧也纳对他说,“我觉得您最好开一些不那么叫人伤心的玩笑才好。”

“难道我们在这里不能笑了吗?”画家接口说道,“既然皮安训说老头儿失去知觉了,那么,这又有什么关系?”

“那好吧，”博物馆职员说，“他马上就死了，与他活着时也差不多。”

“我父亲死了！”伯爵夫人叫喊道。

西勒维、拉斯蒂涅克和皮安训听到这可怕的叫喊声，登上楼去。他们看见雷斯托夫人昏过去了。他们设法把她弄醒，抱着她送到在门外等着的马车上。欧也纳把她托付给泰雷兹，吩咐送她到纽沁根夫人府上。

“哦！他真的死了。”皮安训下楼时说道。

“来吧，先生们，用饭吧，”伏盖太太说道，“汤快冷了。”

两个大学生并肩呆着。

“现在该怎么办？”欧也纳问皮安训。

“我替他合上眼睛，把他放端正了。我们马上去报丧，一俟市府医生确认死亡后，再把它缝在裹尸布里埋掉。你还想怎样呢？”

“他再也不会这样嗅面包了。”一个房客模仿着老头的怪相说道。

“该死，先生们，”辅导教师说道，“别管高老头了行不行，让我们耳根清静些。一个钟头来，只听见谈论他。巴黎这座美丽城市的长处之一，就是让您可以在此自生自灭而没人来管您。那么请利用文明的优点吧。今天，有六十个人死去，你们还想去一一追悼巴黎的这些亡灵吗？让高老头去死吧，这是他的福分！倘若您喜欢他，就去守着他吧，让我们安安稳稳地吃顿饭。”

“哦！对啊，”寡妇说道，“他死了只有好。似乎这可怜的人在生前也是愁眉苦脸的。”

欧也纳把他看成是父爱的象征，上述的对话便成了对他唯一的悼词。十五位房客像往常那样谈天论地。叉匙声、笑谈声、这些贪吃而木讷的人的形形色色的表情、他们那麻木不仁的神态，这些都使欧也纳和皮安训感到惶恐。他们吃完饭后走出餐室去找教士守夜,并给死者祷告。他们得依靠手头现有的一点点钱来合计最后为老头儿尽些什么责任。将近晚上九点,尸体被安放在一个空房间的角落里,两旁各放了一支蜡烛,一个牧师在他的面前坐下。拉斯蒂涅克就寝前,向神职人员询问了为死者安魂和送葬等的费用,然后便给纽沁根男爵和雷斯托伯爵各写了一封简短的信,请他们派管账的来结算所有的丧葬费用。他派克里斯朵夫去送信,接着便上床睡着了,他已疲惫不堪。次日清晨,皮安训和拉斯蒂涅克不得不亲自去报丧,到了正午才得到验证。两个小时后,两个女婿一个都没把钱送来,也没派人来,拉斯蒂涅克不得已先把钱垫付给教士了。西勒维要了十个法郎的缠尸和缝尸布费。欧也纳和皮安训合计了一下,倘若死者的亲属置之不理,他俩的钱刚够开销。医科大学生负责把尸体装进一口薄皮棺材里,这口棺材是他以低价从医院买来的,并让人运了过来。

"给这些怪人开个玩笑,"他对欧也纳说,"你到拉雪兹神父公墓买一块地,租期五年,并到教堂以及殡仪馆预订一套三等殡葬仪式。倘若他的女婿和女儿拒绝还你钱,你就让人在墓碑上刻下:**雷斯托伯爵夫人,纽沁根男爵夫人之父——高里奥先生之墓。两位大学生捐助。**"

欧也纳到纽沁根夫人和雷斯托夫人府上去后,一无所获,他当真按照他的朋友的意见去办了。他都没能迈进这两家大门一步,因为仆役都得到各自主人明确的吩咐。

"先生和夫人谢绝宾客,"他们说,"他们的父亲死了,都沉浸在深深的悲哀之中。"

欧也纳对巴黎上流社会的一套已了如指掌,他懂得,他不该再坚持下去。当他发觉自己已不可能再接近苔尔费纳后,心里产生一种异样的感觉。

“请卖掉一件首饰吧,”他在守门人的房间里给她写了一张字条,“让令尊下葬得像样些。”

他把字条封好,请男爵的门房把字条交给泰雷兹,再由她转交给她的女主人。但是,门房却把字条交给了纽沁根男爵,后者把它扔进火炉里了。欧也纳作了一切努力之后,在午后三点左右回到了市民公寓,他在这条偏僻小街的独扇大门门口,看见一口棺材放在两张椅子上,上面好歹遮着一块黑呢,这时,他忍不住落下泪来。一把没人用过的蹩脚圣水器浸在一只盛满了圣水的镀银铜盆子里。门上也没挂上黑布。这就是穷人的送终仪式,既无排场,也无吊唁人、朋友和亲属。皮安训不能再不去他的医院了,他给拉斯蒂涅克涂写了几句话,把自己与教堂商定的情况告诉他。医科大学生告诉他,做弥撒太昂贵了,做晚祷便宜些,也就凑合了。他已派克里斯朵夫捎个信给殡仪馆。欧也纳读完皮安训草涂的字条后,突然看见伏盖太太手上拿着一只藏有两个女儿头发的镶金边的圆章。

“您怎么敢拿这东西?”他问她道。

“天哪,连这个也要下葬?”西勒维答道,“这是纯金的。”

“当然啦,”拉斯蒂涅克气愤地接着说道,“至少让他把身边唯一的东西带走吧,它能代表他的两个女儿。”

柩车来了,欧也纳叫人把棺材抬上楼,自己撬开钉子,虔诚地把这件东西放在老头儿的胸前,它让人回忆起苔尔费纳和阿纳斯塔西纯洁而天真烂漫的贞女时代,就如老头在临终时叫喊的那样,那时她们还不懂事呢。拉斯蒂涅克和克里斯朵夫两人带着两名殡仪馆的装殓人,护送着灵车,把可怜的人带往离新圣热纳维也芙街不远的圣艾蒂安教堂。到了那里,他们把灵柩放在一只矮小而阴暗的小祭台上。大学生想看看高老头两个女儿或是她们的丈夫是否来了,但没有看见。现场只有他和克里斯朵夫两个人,后者因为收过死者不少小费,把为他送终看成是自己该做的一点礼节。拉斯蒂涅克在等待两个教士、侍童和教堂执事时,紧握着克里斯朵夫的手,一句话也说不上来。

"是的,欧也纳先生,"克里斯朵夫说道,"他是一个善良而正直的人,他从不大声说话,从未损害谁,也从不使坏。"

两个教士、侍童和教堂执事到了,他们依据七十法郎的开价,作了例行公事。时下,教堂也不太富有,不能免费提供服务。神职人员唱起圣诗《解放》和《来自心灵深处》。仪式只用了二十分钟。只有一辆灵车供教士和侍童乘坐,他俩同意把欧也纳和克里斯朵夫带去。

"没有送葬行列,"教士说,"我们可以快点走,别再拖延,现在是五点半。"

正当棺木安放在柩车上时,两辆带家族纹章的空荡荡的马车出现了,这是雷斯托伯爵和纽沁根男爵府邸的车辆。这两辆马车跟在柩车后面驶到拉雪兹神父公墓。六点钟光景,高老头的遗体放进墓穴,周围围着他的两个女儿的管事。一俟大学生花钱买来的简短的悼词念完之后,他们便与神父消失得无影无踪了。两个掘墓人在棺木上盖了几铲土后,便昂起脑袋,其中一个向拉斯蒂涅克索要小费。欧也纳掏了掏口袋,没找到钱,只得向克里斯朵夫借了二十个苏。这件事情虽小,却引起拉斯蒂涅克无限的悲哀与惆怅。天色晦暗,黄昏的凉气袭人,他望了望坟墓,洒下了年轻人最后一滴眼泪,这是一个纯洁的人出于神圣的情感洒下的热泪，这样的泪水洒落在土地上，又会飞上无垠的天空。他紧抱双臂，仰望云天；克里斯朵夫见他这样，径自走了。

拉斯蒂涅克独自呆着，他向墓地高处迈出几步，遥见巴黎蜿蜒曲折地横卧在塞纳河的两岸，开始泛出星星点点的亮光。他的贪婪的目光停留在旺多姆广场的柱子和荣军院的穹顶之间，这个地带生活着上层社会的红男绿女，他曾经一心想打入其中。他向喧嚣纷繁的"蜂窝"扫了一眼，仿佛想抢先吮尽里面的蜜汁，并且夸下了海口，说道："现在，就看我俩的了！"

说完，拉斯蒂涅克便上纽沁根夫人府上吃饭去了，作为向这个社会的首次挑战。

一八三四年九月于萨榭

经典译林

Yilin Classics

书名	单价	ISBN 号
艾青诗集	35.00 元	9787544773584
爱的教育	39.00 元	9787544768580
安娜·卡列尼娜	65.00 元	9787544740883
安徒生童话选集	42.00 元	9787544775731
傲慢与偏见	36.00 元	9787544774697
八十天环游地球	32.00 元	9787544775861
巴黎圣母院	42.00 元	9787544775748
白洋淀纪事	32.00 元	9787544772617
百万英镑	35.00 元	9787544777360
包法利夫人	38.00 元	9787544777353
悲惨世界(上、下)	98.00 元	9787544777346
背影	28.00 元	9787544777483
被侮辱与被损害的人	39.00 元	9787544777261
边城	36.00 元	9787544757416
变色龙：契诃夫中短篇小说集	39.00 元	9787544777421
变形记 城堡	38.00 元	9787544777292
草叶集:惠特曼诗选	39.00 元	9787544789509
茶馆	32.00 元	9787544773539
茶花女	35.00 元	9787544777384
查拉图斯特拉如是说	38.00 元	9787544759793
沉思录	22.00 元	9787544759649
城南旧事	29.00 元	9787544768801
大卫·科波菲尔(上、下)	79.00 元	9787544769068
地心游记	32.00 元	9787544775847
飞鸟集·新月集:泰戈尔诗选	39.00 元	9787544786096
飞向太空港	39.00 元	9787544781763
福尔摩斯探案集	58.00 元	9787544775373

复活	42.00元	9787544777308
傅雷家书	49.00元	9787544771627
富兰克林自传	36.00元	9787544750691
钢铁是怎样炼成的	39.00元	9787544774635
高老头	39.00元	9787544768856
格列佛游记	35.00元	9787544774642
格林童话全集	49.00元	9787544777285
给青年的十二封信	38.00元	9787544774321
古希腊悲剧喜剧集(上、下)	118.00元	9787544711708
海底两万里	38.00元	9787544775717
红楼梦	55.00元	9787544774604
红与黑	49.00元	9787544777315
呼兰河传	35.00元	9787544783620
呼啸山庄	39.00元	9787544775779
基督山伯爵(上、下)	108.00元	9787544777490
纪伯伦散文诗经典	42.00元	9787544777438
寂静的春天	35.00元	9787544773430
假如给我三天光明	32.00元	9787544768511
简·爱	39.00元	9787544774666
金银岛	35.00元	9787544780100
荆棘鸟	45.00元	9787544768818
静静的顿河	128.00元	9787544777513
镜花缘	39.00元	9787544771603
局外人·鼠疫	38.00元	9787544781756
菊与刀	35.00元	9787544750707
宽容	32.00元	9787544760492
昆虫记	39.00元	9787544775830
老人与海	32.00元	9787544774789
理想国	45.00元	9787544785204
聊斋志异	55.00元	9787544779791
猎人笔记	38.00元	9787544775809
林肯传	28.00元	9787544759960

鲁滨逊漂流记	39.00元	9787544783392
绿山墙的安妮	36.00元	9787544775755
罗马神话	16.80元	9787544711722
罗生门	39.00元	9787544777193
骆驼祥子	32.00元	9787544775724
麦田里的守望者	38.00元	9787544775106
美丽新世界	35.00元	9787544777254
名人传	39.00元	9787544774673
拿破仑传	38.00元	9787544759809
呐喊	29.00元	9787544768528
牛虻	38.00元	9787544777339
欧·亨利短篇小说选	36.00元	9787544775823
欧也妮·葛朗台	32.00元	9787544775854
彷徨	32.00元	9787544786041
培根随笔全集	38.00元	9787544768788
飘(上、下)	88.00元	9787544777407
乞力马扎罗的雪	39.80元	9787544790925
热爱生命·海狼	38.00元	9787544777469
人类群星闪耀时	36.00元	9787544766906
人性的弱点	28.00元	9787544759977
儒林外史	42.00元	9787544781084
三个火枪手	59.00元	9787544777278
三国演义	59.00元	9787544774598
沙乡年鉴	42.00元	9787544775441
莎士比亚喜剧悲剧集	49.00元	9787544777322
少年维特的烦恼	28.00元	9787544777506
神秘岛	48.00元	9787544772884
神曲(共三册)	128.00元	9787544777414
圣经故事	35.00元	9787544768825
十日谈	68.00元	9787544714280
双城记	45.00元	9787544781879
水浒传	69.00元	9787544774581

四世同堂（上、下）	78.00元	9787544788380
苔丝	39.00元	9787544777179
谈美	26.00元	9787544772013
谈美书简	36.00元	9787544772006
汤姆叔叔的小屋	45.00元	9787544775793
汤姆·索亚历险记	32.00元	9787544774659
唐诗三百首	39.00元	9787544781916
堂吉诃德	78.00元	9787544714877
天方夜谭	42.00元	9787544775816
童年	38.00元	9787544762168
童年·在人间·我的大学	49.00元	9787544775786
瓦尔登湖	36.00元	9787544768764
我是猫	39.00元	9787544777186
物种起源	42.00元	9787544765022
雾都孤儿	44.00元	9787544768696
西顿野生动物故事集	38.00元	9787544789424
西游记	48.00元	9787544774611
希腊古典神话	49.00元	9787544777391
乡土中国	36.00元	9787544781886
小妇人	45.00元	9787544766784
小王子	29.00元	9787544774628
星星离我们有多远	35.00元	9787544782043
羊脂球	38.00元	9787544775878
一九八四	36.00元	9787544777216
伊索寓言全集	35.00元	9787544775762
尤利西斯	58.00元	9787544712736
约翰·克利斯朵夫（上、下）	98.00元	9787544777476
月亮和六便士	45.00元	9787544773805
战争与和平（上、下）	108.00元	9787544777445
朝花夕拾	22.00元	9787544768535
中国哲学简史	48.00元	9787544771580
子夜	49.00元	9787544784221
最后一课	36.00元	9787544777377